HELENA HEART

DER
FALSCHE LORD
FÜR DIE
Lady

1. Auflage

Juni 2020

©Hilga Höfkens

Wülfrather Str. 303

40822 Mettmann

Alle Rechte vorbehalten

www.hilgahoefkens.de

Lektorat: S. Steck

Korrektorat: U. Schötzig

Cover-Gestaltung: F. Rüttgers

Verwendete Bildlizenzen:

© Pavel Vozmischev / Shutterstock

© Epitavi / Shutterstock

© Kiev.Victor / Shutterstock

© NINASPHOTOGRAPH / Shutterstock

Druck:

Bookpress, Olsztyn, PL

Bestellung und Vertrieb:

Nova MD GmbH, Vachendorf

INHALTSVERZEICHNIS

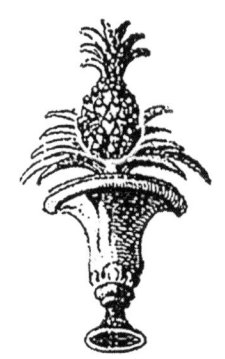

KAPITEL EINS

London, Chesterfield Gardens
April 1765

Anthony schüttelte energisch den Kopf, bereute das jedoch sofort. „I-ch brauche Sie nicht, B-enson. Ich komme allein zurecht." In seinem Nachtgewand hockte er auf der Bettkante und stierte vor sich hin. Schon das Aufsetzen hatte ihm einen leichten Schwindel bereitet und sein Magen revoltierte genauso wie sein Schädel. Das war gar nicht gut. Der Whiskykonsum der letzten Nacht sorgte noch immer für einen üblen Kopfschmerz, obwohl er sich bereits den ganzen Vormittag im Bett herumgewälzt hatte, doch seine Hoffnung, das dumpfe Hämmern würde von allein verschwinden, war vergebens gewesen. Nun war es fast Mittag und ein Blick aus dem Fenster hob seine Stimmung auch nicht gerade. Von der Sonne war nichts zu sehen, ein wolkenverhangener, düsterer Himmel spiegelte nur seine eigene beklagenswerte Verfassung wider.

Er widerte sich selbst an, wenn er so über die Stränge geschlagen hatte, und seit er vom Kontinent zurück war, wurde es immer schlimmer. Selbst in den längsten Nächten in Paris hatte er sich nicht so besinnungslos betrunken, wie es hier neuerdings immer wieder geschah.

Der Kammerdiener hatte das Zimmer noch immer nicht verlassen und stand nun neben der Tür. Er schien nicht recht zu wissen, was er nun tun sollte, und sah aus, als hielte er sich mit einer Hand am Türknauf fest, anstatt diese nun endlich von außen zu schließen. Schließlich räusperte er sich. „Mylord, ich serviere Ihnen gern ein Frühstück hier oben, denn im Salon diniert momentan der Earl, und vielleicht möchten Sie lieber nicht …"

„Nein, raus", unterbrach Anthony den unverschämten Vorschlag. Aus dem Augenwinkel sah er, wie Benson sich mit unbewegter Miene zurückzog. So eine Frechheit. Meinte er etwa, dass er seinem Vater in diesem Zustand nicht gegenübertreten könnte? Was erlaubte dieser Kerl sich, ihm vorzuschreiben, wo er sein Frühstück einnehmen sollte?

Anthony erhob sich schwerfällig und trat an den Waschtisch. An dieses Gewühl von Bediensteten hatte er sich in all den vergangenen Wochen nicht gewöhnen können. In Paris hatte er keinen Kammerdiener gebraucht, auch keinen Butler, keinen Kaminjungen und keinen anderen Lakaien. Da hatte es nur die Köchin gegeben, und das hatte vollkommen genügt.

Griesgrämig sah er in den Spiegel, und sein unrasiertes, verkatertes Selbst stierte mit leeren Augen zurück. War er das noch selbst? Wann hatte er sich verloren?

Bitterkeit sammelte sich in seiner Kehle und er wandte den Blick ab. Er wusste ganz genau, an welchem Tag und zu welcher Stunde Anthony Royston gestorben war und seit wann nur noch dieser seelenlose Körper herumlief.

Trocken lachte er auf. Wie pathetisch.

Vielleicht wurde er langsam verrückt, dass er solche wirren Vorstellungen hatte, wenn er sich selbst im Spiegel sah. Das klang ja beinahe wie in diesem Gruselgedicht von Thomas Gray. Tote stiegen aus ihren Gräbern auf. So weit war es also schon, dass er sich selbst als lebenden Toten bezeichnete.

Er sah sich mit kritischem Blick noch einmal im Spiegel an. Wenn er weiter dieses sinnlose, ausschweifende Leben führte, wäre es um seine geistige Gesundheit tatsächlich schon bald nicht mehr gut bestellt. Mit einem Schnauben schloss er die Augen. Es war eigentlich völlig gleich, ob er bei klarem Verstand war oder nicht. Er könnte auch auf der Stelle tot umfallen, auch das wäre völlig gleich. Niemandem würde es etwas ausmachen, am wenigsten ihm selbst.

Er tauchte das Leinentuch in das das lauwarme Wasser und wusch sich. Es sollte besser wie früher in Paris eiskalt sein, dann wäre er danach richtig wach. Dort hatte er bei seinem Onkel zumindest eine sinnvolle Beschäftigung gehabt, nicht diese Nutzlosigkeit und Leere, die er verspürte, seit er wieder in London war. Warum war er nur zurückgekehrt? Er schüttelte sich wie ein nasser Hund, um diese Gedanken zu vertreiben.

Eine Viertelstunde später stand er angekleidet oben an der Treppe und sah ein letztes Mal prüfend an sich hinunter. Ohne die Hilfe seines Kammerdieners konnte er doch nicht ganz sicher sein, dass er einigermaßen passabel aussah. Natürlich hatte er vergessen, die Schnallen an den Kniehosen zu schließen. Er seufzte auf. Da er inzwischen das Hemd mit den hochmodernen, aber fürchterlich unpraktischen Rüschen an den Ärmeln trug, geriet ihm der Stoff dauernd zwischen die Finger und er fummelte ewig mit den Schnallen herum. Schließlich hatte er es geschafft und richtete sich auf.

Er fuhr sich mit der Hand durch die ehemals kurzen Stoppeln, die inzwischen einige Inches gewachsen waren. Zumindest außer Haus konnte er zwar noch nicht auf die übliche Perücke verzichten, wenn er nicht aussehen wollte wie ein gerupftes Huhn, aber in Paris hätte er nicht einmal das Zimmer verlassen, ohne eine zu tragen. In dieser Angelegenheit waren die Franzosen eben doch rückständig, auch wenn sie viel darauf hielten, in Sachen Kleidung und Einrichtung in Europa den Ton anzugeben.

Noch einmal zog er an dem weißen Halstuch, das irgendwie immer zu eng war, egal wie locker er es band, und strich den schlichten blauen Gehrock glatt. Dann straffte er sich und ging langsam die Treppe hinab.

Schon vor der Tür zum Speiseraum hörte er, wie der Earl den Servierburschen zurechtstutzte. Er war versucht anzuklopfen, aber natürlich musste er das in seinem Elternhaus nicht. Was für eine abwegige Idee. Mit einem Seufzer trat er ein. Seine Kehle war eng und er war sicher, selbst einen belanglosen Gruß nicht flüssig über die Lippen zu bekommen, daher nickte er seinem Vater, dem Earl of Stourton, nur wortlos zu, um dann am entgegengesetzten Ende des langen Tisches Platz zu nehmen.

„Aha, wie schön, dass du auch schon herunterkommst."

Er rang sich ein schräges Grinsen ab. Der Sarkasmus des

Earls hatte früher auch mehr Schärfe gehabt. Überhaupt hatte sich in den vergangenen vier Jahren hier viel verändert. Nachdem seine kleine Schwester verstorben war, hatte die Countess sich ins Landhaus zurückgezogen. Es schien Anthony, als würden seine Eltern nur noch per Briefboten miteinander korrespondieren. Seine distanzierte und herrische Mutter vermisste er ganz sicher nicht. Aber ohne seine Schwester war es hier im Stadthaus jetzt noch viel leerer und dunkler geworden, als es ohnehin schon gewesen war.

„Ich muss dringend mit dir sprechen, mein Sohn", riss der Earl ihn aus den trüben Gedanken.

Überrascht sah er auf. Das war eine ungewöhnliche Anrede. Nicht, dass sie sich seit seiner Rückkehr oft gesprochen hätten, aber „mein Sohn" hatte der Earl ihn im ganzen Leben nur selten genannt. Mit fragendem Blick musterte er den Mann, der am anderen Ende der Tafel saß und normalerweise nur selten ein nettes Wort für seinen zweitgeborenen Sohn übrig hatte.

Der Earl kaute auf einem Stück Braten herum und fuhr mit vollem Mund unbeirrt fort. „Wir sollten gleich, wenn du gegessen hast, in die Bibliothek gehen, es gibt wichtige Angelegenheiten, die die Zukunft der Familie betreffen."

Anthony wurde noch ein wenig übler, als ihm aufgrund des Whiskys der vergangenen Nacht ohnehin schon war. Dieses Gespräch hatte er bereits seit seiner Rückkehr aus Paris erwartet, und nun wollte er es endlich hinter sich bringen.

Aber was trug der Earl dabei für einen seltsamen Gesichtsausdruck? Er sah aus wie die gelbe Katze der

Köchin, wenn sie einen Löffel Sahne bekommen hatte. Warum schien er heute Morgen, nein, es war ja bereits Mittag, so exzellent gelaunt? Das konnte wohl kaum etwas Gutes bedeuten. Der Earl hatte es schon immer besonders genossen, wenn er Familienmitglieder und Angestellte wie Schachfiguren nach seinen Vorstellungen herumschieben konnte. Nun war augenscheinlich etwas geschehen, das ihm die Möglichkeit gab, wieder jemanden zu manipulieren. Er biss die Zähne zusammen und wandte den Blick ab.

„W-wi-hir k-k..." Er presste einen Moment die Lippen zusammen, holte noch einmal Luft und würgte die Silben krampfhaft hervor, „… k-önnen das durchaus a-auch sofort e-erledigen, M-m-ylord."

Er hasste es, dass schon allein die Anwesenheit des Earls ihn wieder so weit gebracht hatte, dass er kaum ein Wort flüssig sprechen konnte. Auch wenn es in den letzten Jahren deutlich weniger geworden war, brachte die Stotterei ihn immer wieder dazu, sich minderwertig und dumm zu fühlen. Seinem Vater gegenüber war es besonders schlimm, während er mit Freunden durchaus fast normal sprechen konnte. Der Blick des Earls verriet auch sofort, wie sehr dieser das Herumgestottere hasste.

Am liebsten hätte er gar nichts mehr gesagt, nur um diesem vernichtenden Starren zu entkommen, aber es hatte keinen Zweck. Er räusperte sich und fixierte seinen Teller. Wenn er den Earl nicht ansehen musste, war das Sprechen deutlich leichter, auch wenn dann immer wieder die Bemerkung kam, wie furchtbar unhöflich das war.

„I-i-ih-ich kann dieses G-geh-espräch a-auch auf

nüchternen Magen führen, wenn eeh-es denn nötig ist."

Als ob er jetzt noch Lust auf Frühstück hätte!

„Gut, dann lass uns direkt hier reden. Komm herüber und setz dich neben mich, dann kann ich dich wenigstens richtig anschauen."

Die körperliche Distanz, die der lange Tisch zwischen ihn und den Earl brachte, hatte er bisher immer als sehr passend und angenehm empfunden. Je näher er ihm körperlich kommen musste, desto mehr krampfte sein Magen sich stets zusammen. Trotzdem trat Anthony widerwillig um die Tafel herum und stellte sich neben dem Earl auf. Im Stehen erschien die Tirade, die nun folgen würde, irgendwie leichter zu ertragen. Der Servierbursche huschte dienstbeflissen herum und beschäftigte sich damit, Anthonys Gedeck auf den neuen Platz umzuräumen.

„Lass das, du kannst jetzt gehen."

Anthony fuhr zusammen, als der Earl den Jungen in einem scharfen Ton hinausschickte. Einen Moment lang hatte er sich angesprochen gefühlt, denn das war der Ton, den er kannte und gewöhnt war. Die überschwänglich freundliche Ausdrucksweise, die der Earl heute für ihn verwendete, hatte er sonst nur für seinen älteren Bruder reserviert, den erstgeborenen Zwilling.

„Nun setz dich doch, Ant. Du stehst ja da, als hätte es dir in den Whisky geregnet."

Der Earl grinste ihn breit an und er war versucht, ihm endlich einmal zu sagen, wie sehr er es hasste, dass er seinen Namen nie ganz aussprach. Als könnte er sich nicht die Zeit nehmen, als wäre es nicht wichtig genug, ihn Anthony zu nennen. Seine Übelkeit wurde schlimmer und er nahm schweigend Platz, um sich nicht weiter mit überflüssigen Worten zu quälen.

„Es ist ja schließlich ein freudiges Ereignis, das wir hoffentlich bald feiern wollen. Du solltest dich für deinen Bruder freuen und nicht aus der Wäsche schauen, als wäre die Hochzeit ein Unglück."

Anthonys Atem stockte und er musterte den Earl aus schmalen Augen. Was für eine Hochzeit? Er hatte ja sicher viel verpasst in den vergangenen Jahren, aber dass es eine Hochzeit geben sollte, das überraschte ihn wirklich.

„Greg ist ja nun schon seit einem Dreivierteljahr Witwer, und daher hat die Familie noch immer keinen Erben", erklärte der Earl mit anklagendem Unterton.

Anthony starrte auf die dunkle Tischplatte und wartete ab.

„Das kann natürlich so nicht weitergehen. Ich habe ihm schon nahegelegt, sich wieder nach einer passenden Frau umzusehen, aber das hat ihn sehr verärgert."

Nun musste Anthony unvermittelt lachen. Einerseits darüber, dass es für den Earl außer Frage stand, dass die Zeugung eines Erben Gregs Hauptaufgabe war. Aber vor allem war ihm völlig klar, wie sein Bruder auf den Vorschlag des Earls reagiert haben musste. Gregory hatte seine Ehefrau bei einem katastrophalen Unfall verloren, bei dem er auch selbst schwere Verletzungen davongetragen hatte. Aus den Briefen seines Bruders wusste er, dass er trotz aller ärztlicher Kunst einen großen Teil des vergangenen Jahres im Krankenbett verbracht hatte. Auch nachdem er endlich wieder halbwegs genesen war, hatte Gregory sich von der Außenwelt zurückgezogen und sein Anwesen südlich von London nicht mehr verlassen. Zur Saison in die Stadt zu kommen, um sich eine neue Frau zu suchen, war sicher das Letzte, was er in absehbarer Zeit in Erwägung ziehen würde.

„Ja, und da er selbst nichts unternimmt, habe ich eine passende Ehefrau für ihn ausgesucht", fuhr der Earl ungerührt fort.

Anthony hielt die Luft an. Himmel, das war ja wohl das Letzte! Warum konnte er Gregory nicht einfach in Ruhe lassen. Warum konnte er das nicht verstehen? „E-e-eher wird ni-cht ...", begann er, aber sein Vater ließ ihn wie so oft nicht ausreden.

„Deine Aufgabe wird es sein, ein Auge auf das Mädchen zu haben, solange Greg sich hier nicht sehen lässt. Wir müssen sie wieder in die Gesellschaft einführen, ehe er sie heiratet. In der Zwischenzeit darf sie natürlich nicht mit jedem dahergelaufenen Kerl verkehren, der eventuell mit ihr tanzen will. Daher wirst du in ihrer Nähe sein, um etwaige Verehrer zu verscheuchen und klarzumachen, dass sie bereits zur Familie gehört."

Einen Moment lang starrte er seinen Vater verständnislos an. Da sein Bruder sich wohl kaum aus seinem selbstgewählten Exil nach London aufmachen würde, sollte er sich also nun um die Zukünftige kümmern? Groll stieg in ihm auf. Wieder sollte er der Lückenbüßer sein, zumindest solange der liebe Bräutigam selbst nicht kommen wollte.

Das war nicht neu, denn immer, wenn es galt, Gregorys Fehler auszubügeln, seine Jugendsünden zu vertuschen oder den Ruf des unfehlbaren älteren Zwillings zu schützen, war Anthony gut genug gewesen, in die Bresche zu springen. Schon oft war es hilfreich gewesen, dass sie sich äußerlich so sehr glichen. Es durfte nur nicht dazu kommen, dass er selbst etwas sagen musste, denn dann war jede Verwechslung natürlich ausgeschlossen. Er war trotz seines Widerwillens gegen dieses Verwechslungsspiel immer wieder bereit gewesen, für seinen Bruder einzuspringen, und nun stellte er ernüchtert fest, dass er auch dieses Mal tun würde, was der Earl verlangte.

Als er auf der Suche nach seinem alten Leben nach London zurückgekehrt war, war er sich bewusst gewesen, dass er sich den Manipulationen des Earls wieder würde fügen müssen. Er war bereit gewesen, diesen Preis zu zahlen, wenn er dafür die verfluchte Vergangenheit und den größten Fehler seines Daseins hinter sich lassen konnte. Der geplante Neubeginn schien ja nun gleich zu scheitern, denn wieder zog der Earl die Fäden in seinem Leben, wie er es schon immer getan hatte. Es sollte ihm eigentlich gleich sein, was sein Vater für seinen Bruder plante. Er selbst wäre wieder nur eine Marionette im Bühnenstück des Earls. Ernüchtert nickte er und ließ sich auf dem harten Stuhl nach hinten sinken.

„Du weißt ja, dass ich dieses Mädchen zu deiner Mutter nach Stourton Manor geschickt habe, die Tochter meines Schwagers Robert, Marquess of Solway. Sie ist mein Mündel geworden, als er plötzlich verstarb. Vier Jahre müsste das jetzt schon her sein." Der Earl zog die Brauen zusammen, als ob er angestrengt nachdachte. „Finna, Fenna, oder wie sie noch heißt. Sie ist Schottin, und die Schotten sind ja bekanntlich hitzköpfig und unkultiviert. Deine Mutter hat sie sicher bereits in ihre Schranken gewiesen, es wird dir also wahrscheinlich keine weiteren Probleme machen, auf sie achtzugeben. Du wirst dich benehmen und dich in der Öffentlichkeit zusammenreißen. Keine Trinkgelage und auch keine sonstigen Ausschweifungen in dieser Zeit. Hast du mich verstanden?"

Innerlich kopfschüttelnd über all das, was sein Vater ihm da eröffnete, starrte Anthony noch immer vor sich hin und bemühte sich weiterhin, den gleichgültigen Gesichtsausdruck beizubehalten, den er in den vergangenen Jahren perfektioniert hatte. Dieses schottische Mädchen, das Mündel seines Vaters, sollte nun Gregorys Frau werden? Wenn sie es tatsächlich seit vier Jahren unter der Fuchtel der Countess aushielt, konnte es sich nur um das langweiligste Geschöpf der Erde handeln. Sie würde sicher nicht die Richtige sein, um seinen Bruder aus seiner selbst auferlegten Isolation zu holen.

„Ich werde morgen früh nach Enfield abreisen und sie persönlich von unserem Landsitz nach London holen", redete der Earl einfach weiter, ohne abzuwarten, ob Anthony dazu etwas sagen wollte. „Du wirst ein Auge auf das Mädchen haben und jeden fernhalten, der ihr zu nahe kommt. Greg wird sie dann am Ende der Saison heiraten." Der Earl hielt inne und wartete. „Ant, sieh mich an, wenn ich mit dir rede. Benimm dich nicht wieder wie ein verstockter Junge."

Anthony hob den Blick und sein Magen zog sich zusammen. Mit abfälliger Miene fixierte der Earl ihn und er konnte die Verachtung körperlich spüren.

„Was du nach der Saison tust, ist mir völlig gleich, aber dieses eine Mal wirst du Verantwortung übernehmen und die Familie nicht blamieren. Ist das klar?"

Der altbekannte scharfe Ton war wieder da. Wie im Reflex nickte Anthony. Es war ihm gleich, sagte er sich immer wieder. Völlig gleich. Er hatte ohnehin keine eigenen Heiratspläne mehr, dann konnte er auch eine Weile eine öde schottische Landpflanze herumschleppen. Sein eigenes Herz würde dabei zumindest nicht auf dem Spiel stehen, denn Schlimmeres als den Verrat, den er bereits erlitten hatte, würde ihm niemand mehr antun können. Er ballte die Fäuste. Nie mehr würde er zulassen, dass sein Herz für einen anderen Menschen schlug, nie mehr würde er es jemandem zu Füßen legen, nur damit diejenige es zerfetzen und darauf herumtrampeln konnte.

Wortlos erhob er sich, als sein Vater sich wieder dem Essen zuwandte. Es war alles gesagt.

∼

Fiona zuckte zusammen, als eine Bewegung hinter der hohen Hecke sie aus ihrem Tagtraum schreckte. Sie hatte sehnsüchtig aus dem Fenster in die Ferne geschaut und bemerkte erst jetzt, dass unten auf dem Weg etwas vor sich ging. Sie lehnte sich vor und spähte genauer durch das schmale Fenster, um zu erkennen, was dort draußen geschah.

Eine Kutsche fuhr den breiten Kiesweg entlang. Der Weg führte nur zum Herrenhaus und in die dahinter liegenden Felder, daher konnte das nur bedeuten, dass ein Besucher auf dem Weg hierher war und hoffentlich ein bisschen Abwechslung von dem trüben Alltag in diesem Haus brachte.

Aufgeregt sprang sie auf, das Nähzeug rutschte von ihrem Schoß zu Boden und sie sah schuldbewusst auf die Unordnung hinab. Sie hasste Nadelarbeiten mit Inbrunst, aber die Countess of Stourton wollte davon nichts hören, und so musste sie sich jeden Tag mindestens eine Stunde lang damit herumquälen. Meist starrte sie in dieser Stunde gelangweilt aus dem Fenster und kam so mit der Arbeit natürlich nicht voran. Das brachte dann wiederum Schelte von der Countess ein und sie konnte froh sein, wenn es nur bei Worten blieb.

Nichtsnutziges Kind schien ihr neuer Name zu sein, obwohl sie schon kein Kind mehr gewesen war, als sie vor vier Jahren hier hergekommen war.

Davor hatte sie mit ihrem Vater in der großen Burg der Familie gelebt und da ihr geliebter Athair oft unterwegs gewesen war, hatte sie für eine junge Lady viele Freiheiten gehabt. Sie war der Schreck der Bauern in der Nachbarschaft gewesen, wenn sie mit ihrem weißen Pony unvermittelt hinter den Hecken auftauchte und in halsbrecherischem Tempo über die Gräben setzte. Wenn man sie nicht auf dem Pferderücken fand, dann in der Bibliothek. Reiseberichte, klassische Dramen oder die Romane von Samuel Richardson hatte sie gewälzt. Sie verschlang einfach alles, was sie fand, und nicht einmal die trockenen Werke über Tierhaltung oder neue Methoden der Bodenbearbeitung waren vor ihr sicher.

Sie erinnerte sich noch genau an den Aufbruch nach London, an die Vorfreude auf ihre erste Ballsaison und all die Gentlemen, denen sie begegnen würde. Der plötzliche Tod ihres Vaters hatte all dem Glanz schon nach zwei Wochen ein abruptes Ende gesetzt. Danach war sie in dieser Einöde gelandet.

Seit sie hier war, durfte sie nichts mehr von alledem tun, was sie früher geliebt hatte. Weder Reiten noch Lesen zählten in den Augen der Countess zu den angemessenen Beschäftigungen einer jungen Dame. So hatte sie nur noch das zu tun, was der Countess passend erschien. Sticken, singen, den Tee zubereiten und bei gutem Wetter im Garten spazieren gehen. Das altmodische Spinett in der Bibliothek durfte sie immerhin spielen, aber sobald die Musik verklang, erschien die Countess of Stourton mit der Präzision einer Kirchenuhr und hielt sie so davon ab, sich mit den Büchern zu beschäftigen.

Die Räder knirschten im Kies, als der Wagen draußen zum Stehen kam, und Fionas Herz hüpfte vor lauter Vorfreude. Eine Kutsche, das verhieß irgendwelchen herrschaftlichen Besuch und der war wirklich selten in Stourton Manor. So brachte die Kutsche hoffentlich ein bisschen Abwechslung von dem trüben Alltag in diesem Haus. Es gab hier nur die Countess, sie selbst und ein paar stille, verhuschte Angestellte. Und natürlich den Geist von Adele.

Fiona wäre zu gern in Windeseile zur Haustür gerannt, um den Besucher zu begrüßen. Natürlich tat eine wohlerzogene Dame so etwas nicht, daher seufzte sie nur sehnsüchtig und bückte sich, um die durcheinandergeratene Stickarbeit aufzuheben. Sie musste sich hinhocken, um den Boden zu erreichen, weil sie mit der übermäßig engen Schnürbrust schon ohne sich zu bücken kaum atmen konnte. Es war verrückt, aber selbst an ganz normalen Tagen ohne gesellschaftliche Anlässe bestand die Countess darauf, dass das Ding so eng wie nur irgend möglich zusammengezogen wurde.

Gerade als sie alles weggeräumt hatte, klopfte es leise und ihre Zofe Rose huschte herein. Sie knickste schnell und brachte atemlos hervor: „Mylady, Sie möchten bitte nach unten in den Morgensalon kommen."

Fiona schnappte nach Luft und spürte, wie ihre Wangen heiß wurden. Der Besuch wollte sie sehen. „Sag schon, wer ist es?"

Rose schien wie versteinert zu sein und hielt den Blick auf das polierte Parkett gesenkt.

„Der Herr, ähm, ich meine der Lord, der Earl of Stourton", stammelte sie kaum hörbar.

Fiona griff nach der Lehne des Sofas. Plötzlich war ihr gar nicht gut. Ihr Vormund war gekommen, das konnte nichts Angenehmes bedeuten. Sie hatte den strengen, düsteren Onkel nur kurz kennengelernt, gleich nach dem Tod ihres Vaters, als er sie direkt von Vaters Grab zu einem Notar gezerrt hatte. Nur Tante Lindsey, die Schwester ihres verstorbenen Vaters, war ebenfalls mitgekommen und hatte auf der Fahrt ihre Hand gehalten. Sie war überhaupt die Einzige gewesen, die daran gedacht hatte, Fiona zu trösten. Die Trauer um den geliebten Bruder hatte sie mit Fiona fühlen lassen und sie bewegt, sich um das jetzt verwaiste Kind zu kümmern. Natürlich war Fiona mit siebzehn kein Kind mehr gewesen, aber einen Vormund brauchte sie so oder so. Im Büro des Notars war viel und laut geredet worden und dieser Earl hatte sich schrecklich mit Tante Lindsey gestritten. Dann hatte die Tante angefangen zu weinen, der Earl hatte Fiona die Treppe hinuntergezerrt und in eine Kutsche gestopft. Sie waren, ohne ihre Sachen zu packen oder irgendeine Erklärung, hierher zu seinem Landhaus gefahren, wo er sie bei der Countess abgeladen hatte und auf Nimmerwiedersehen verschwunden war.

Bis jetzt.

„Mylady, der Earl, er ist ganz abgespannt …", flüsterte Rose.

„Angespannt", korrigierte Fiona aus Gewohnheit und nickte hastig. Es war sicher keine gute Idee, den finsteren Mann warten zu lassen.

Sie lief hastig die Treppe hinab und unten angekommen schnappte sie schon nach Luft. Diese verflixte Schnürerei. Einen Augenblick blieb sie stehen, um wieder zu Atem zu kommen, dann fasste sie entschlossen die Klinke und öffnete die Tür zum Salon. Ihr erster Blick fiel auf die Countess, die mit verkniffenen Lippen und ineinander verwobenen Fingern mitten im Raum stand, die blassblonden Haare zu einem strengen Knoten gefasst, straff und aufrecht wie eine Pappel. Neben dem Schachtisch stand ihr Vormund. Er war in einen reichbestickten flaschengrünen Gehrock und ebenso grüne Kniehosen gekleidet. Die Spitzenvolants an seinen Ärmeln und vorn auf dem Hemd erschienen Fiona lächerlich üppig, aber wahrscheinlich entsprachen sie der neuesten Mode. Die Weste spannte sich stramm über seinen Bauch und auch sonst schien er Fiona seit dem ersten Treffen an Rundlichkeit zugelegt zu haben. Das strenge Auftreten und der finstere Gesichtsausdruck, den er zur Schau trug, hatten sich allerdings nicht geändert.

Die Stimmung war eisig und Fiona ahnte, dass die beiden gestritten hatten.

Als die Countess Fionas Eintreten bemerkte, schoss sie einen warnenden Blick zu ihr hinüber und winkte zugleich hektisch mit einer Hand, dass sie vortreten solle. Mit einem gehorsamen Nicken trat Fiona einige Schritte in den Raum.

„Na, da ist das Kind ja endlich." Der Earl wandte sich ihr zu und ließ den Blick prüfend an ihr hinabgleiten. Seine schweigende Musterung schien unendlich anzudauern und Fiona spürte, dass sie wieder einmal rot anlief. Sie fühlte sich unzureichend, schmutzig und hatte das dringende Bedürfnis, sich hinter dem großen Ohrensessel zu ihrer Linken zu verstecken. Ihr Kleid, dessen verwaschenes Rosa ohnehin überhaupt nicht zu ihren roten Haaren passte, war einfach, sie trug nur einen einzigen Petticoat darunter, nicht einmal einen Reifrock.

Ihre sämtlichen Kleider, die der Earl ihr damals nachgeschickt hatte, waren trotz der strammen Schnürung darunter inzwischen viel zu eng und passten vorn und hinten nicht mehr. Was musste er angesichts dieser ärmlichen Aufmachung von ihr denken?

Endlich löste der Earl seinen Blick von ihrer Gestalt und wandte sich an seine Frau. „Sieht ein wenig zu schlicht aus, das Mädchen. Zu blass, zu dünn und sie hält sich nicht gerade. Besonders hübsch war sie ja noch nie, aber das hier …" Er trat zu Fiona und zupfte an ihrem Ärmel. Seine Mundwinkel zogen sich missbilligend nach unten. „Sie wird eine ganz neue Garderobe brauchen. Hoffentlich wird sie mit einer ordentlichen Frisur und netten Kleidern annehmbarer aussehen als jetzt. Ich setze außerdem voraus, Sie haben ihr die nötigen Manieren beigebracht. Nicht auszudenken, sie würde uns blamieren."

Die Countess reckte das Kinn vor und sah mit schmalen Augen zum Earl hinüber. „Mylord, ich habe mein Bestes getan. Sie ist allerdings sehr schwierig und störrisch."

Mit Schrecken bemerkte Fiona den steifen Umgangston der beiden. Stand es denn in England nicht einmal Ehegatten zu, sich vertraulich anzusprechen?

Die Countess drehte sich zu Fiona herum und durchbohrte sie mit ihren Blicken. „Sie ist überaus eigensinnig, gibt Widerworte, benimmt sich wie eine Bauernmagd und …"

„Na, na, so schlimm wird sie ja wohl nicht sein", unterbrach der Earl ihre Tirade. „Zumindest hoffe ich das sehr. Wir werden morgen abreisen, das Kind und ich. Ihre Zeit, eine standesgemäße Lady aus ihr zu machen, ist jetzt abgelaufen."

Die Countess schnappte nach Luft. „Aber Mylord, Sie können sie doch nicht mitnehmen, meine Adele. Ich kann sie doch nicht noch einmal verlieren." Dann schlug sie die Hand vor den Mund, starrte Fiona mit aufgerissenen Augen an und ihre Schultern begannen zu beben.

Da war sie wieder. Adele. Der Geist.

Fiona durchfuhr ein Schauer, denn der Name war lange

nicht laut ausgesprochen worden. Im ersten Jahr hatte sie sich ständig anhören müssen, wie unmöglich sie sei und wie engelsgleich Adele gewesen wäre. Nicht einmal die Angestellten hatten ihr erklären wollen, was genau mit Adele geschehen war, nur dass sie das jüngste Kind und die einzige Tochter von Earl und Countess of Stourton gewesen und kurz vor Fionas Ankunft verstorben sei.

„Ich werde mitkommen", stellte die Countess mit ungewohnt zittriger Stimme fest. Dann gab sie einige erstickte Geräusche von sich, die nach unterdrücktem Schluchzen klangen. „Jawohl, ich werde mitkommen."

Jetzt tat sie Fiona leid, auch wenn ihre Gefühle für die übermäßig strenge Hausherrin sonst ganz anderer Art waren. Sie hatte sich nicht vorgestellt, dass die Countess so sehr an ihr hängen würde, dass sie deswegen sogar weinte.

Aber nein, es war ja nicht sie selbst, korrigierte Fiona sich schnell. Adele war es, wegen der die Countess weinte, nicht der ungezogene schottische Nichtsnutz.

„Gut, Sie dürfen uns begleiten", beschied der Earl gnädig, woraufhin die Countess erleichtert aufseufzte und mit einem Spitzentaschentuch die Tränen abtupfte. „Dann beeilen Sie sich aber mit dem Packen, wir brechen in aller Frühe auf." Damit wandte er sich um, verließ den Salon und ließ seine Frau und Fiona einfach stehen.

„Steh nicht rum, unmögliches Ding. Sieh zu, dass du packst. Viel brauchst du nicht mitnehmen, denn du sollst ja neu eingekleidet werden. Tzz, zu schlicht. Was denkt er denn? Hätte ich dich wie eine Kokotte anziehen sollen?" Sie sah noch einmal an Fiona herab und schüttelte wieder energisch den Kopf. „Es sieht wirklich aus, als wären deine Kleider zu eng geworden, aber das liegt nur daran, dass du dich nicht ordentlich schnürst. Außerdem isst du immer viel zu viel."

Die Countess wandte sich ab, eilte in die Halle und fuhr auf dem Weg nach oben fort, sich über die Bemerkungen des Earls aufzuregen.

Fiona blieb wie angewurzelt stehen. Sie konnte sich in ihrer engen Schnürbrust kaum normal bewegen, geschweige denn zu viel essen. Tatsächlich hatte sie an Gewicht verloren, seit sie hier war, denn eine normale Mahlzeit zu sich zu nehmen, war ihr kaum möglich. Trotz allem war sie nicht mehr das siebzehnjährige Mädchen, das hier angekommen war, sondern hatte weibliche Formen entwickelt. Diese mussten natürlich zusammengeschnürt werden, wenn sie wie eine fünfzehnjährige Adele aussehen sollte.

Sie rang nach Luft und spürte, wie ihr wieder schwindelig wurde. Sie war kein Kind mehr und wollte auch nicht wie eins behandelt werden. Sie hatten schon wieder irgendetwas über sie beschlossen, ohne eine Erklärung für nötig zu halten. Morgen würden sie gemeinsam irgendwohin abreisen und es hatte geklungen, als würde sie selbst nicht hierher zurückkehren. Fiona begann leicht zu zittern.

Natürlich hatte sie immer von diesem langweiligen Ende der Welt und vor allem von der herrischen Countess of Stourton weggewollt. Sie wollte kein Abbild von Adele mehr sein, still, gefügig und fade. Aber was hatten sie nun mit ihr vor? Warum redete niemand mit ihr darüber? War es so furchtbar, dass sie es ihr nicht sagen konnten? Fieberhaft drehte und wendete sie die Worte des Earls. Auch wenn er es nicht ausgesprochen hatte, alles, was er gesagt hatte, ließ nur einen Schluss zu: Er wollte sie verheiraten. Fiona hielt die Luft an. Angst und Vorfreude mischten sich zu glühender Aufregung. Sie würde eine zweite Saison in London bekommen!

Auch wenn sie mit einundzwanzig nicht mehr die Allerjüngste war, könnte es ihr gelingen, einen respektablen Gentleman für sich zu interessieren. Aber was, wenn sie niemanden fand, den sie mochte? Was, wenn niemand sich für sie interessieren würde und sie wie ein Mauerblümchen am Rand stehen musste?

Sie durfte in London auf keinen Fall mehr Adele sein, sie musste sich von diesem Geist befreien.

Oh Himmel, sie musste packen, und zwar schnell.

～

Die Kutsche ratterte über die Straße und harte Regentropfen prasselten auf das Verdeck, sodass es im Inneren nicht nur eiskalt, sondern auch furchtbar laut war. Die Gleichförmigkeit der Geräusche machte Fiona trotz ihres leichten Zitterns schläfrig. Sehnsüchtig erinnerte sie sich an die Wärmekästen, an denen sie sich auf der langen Fahrt von Schottland nach London immer wieder Hände und Füße aufgewärmt hatte. Ihr Vater hatte sie zu jeder Rast an einer Poststation neu mit glühenden Kohlen befüllen lassen, sodass die Kutsche immer von einer gewissen Wärme erfüllt gewesen war. Der Earl hatte die angebotenen Kohlen an der letzten Station abgelehnt. Das wäre für die kurze Reise nicht nötig, hatte er gemeint, aber Fiona war überzeugt, dass er schlicht zu geizig dafür war.

Sie hielt den Blick aus dem Fenster gerichtet, die draußen vorbeiziehende Landschaft war ihr jedoch herzlich gleich. Vielmehr versuchte sie, sich ihre Zeit in London auszumalen. Aber ging es wirklich nach London? Bis jetzt hatte sie nicht gewagt, nach Ziel und Zweck der Reise zu fragen, sondern gehofft, die Herrschaften würden sich unterhalten, damit sie ihre Schlüsse aus deren Worten ziehen könnte. Bisher vergeblich.

Earl und Countess of Stourton saßen ihr gegenüber, allerdings war jeder in seine eigene Ecke gerückt, um sich nur ja nicht zufällig zu berühren.

Würde sie jemanden finden, der sie liebte, oder würde ihre Ehe auch solch ein Desaster werden wie diese hier? Würden sie und ihr Gemahl einander ebenfalls meiden, nur das Nötigste besprechen und sich sonst aus dem Weg gehen? Immerhin hatten die Stourtons drei Kinder, es musste zwischen ihnen also auch andere Zeiten gegeben haben. Unwillkürlich stellte sie sich vor, wie die beiden sich küssten, und ihr Gesicht wurde sofort glühend heiß. Sie musste kichern und schlug die Hand vor den Mund. So etwas tat eine Lady nicht, und diese verflixte Neigung, bei jeder unpassenden Gelegenheit zu erröten wie die untergehende Sonne, war auch wenig hilfreich.

„Ant scheint nun völlig der Trunksucht verfallen zu sein", begann der Earl endlich ein Gespräch, während er weiter unverwandt aus dem Fenster starrte. „Jede Nacht treibt er sich in Bars und Bordellen herum. Ach was, nicht nur in der Nacht. Er kommt überhaupt nur zum Schlafen nach Hause, und das erst in den frühen Morgenstunden."

„Hm hm" war alles, was die Countess dazu hervorbrachte und Fiona befürchtete schon, dass die Unterhaltung damit bereits wieder beendet wäre. „So war er immer schon. Eine Enttäuschung", schob sie dann aber noch nach, worauf der Earl sich zu ihr herumdrehte.

„Aber früher hat er sich trotz seines Makels mit seinen Freunden in der Gesellschaft bewegt. Er ging auf Bälle, in die Oper, zu Hausgesellschaften. Natürlich hat er auch schon immer seinen Boxclub und die einschlägigen Häuser der Damen besucht. Aber diese Mengen Alkohol, nein. Tja, vielleicht ändert sich das ja jetzt. Ich habe ihn eindringlich ermahnt, dass er sich um das Mädchen kümmern muss, bis sein Bruder auftaucht."

Ant war sicher eine Abkürzung von Anthony. Fiona konnte also annehmen, dass sie über den zweitgeborenen Zwilling sprachen. Was für einen Makel er haben sollte, war ihr nicht ganz klar, und sie stellte ihre Vermutungen an. Fehlte ihm eine Hand oder vielleicht sogar ein ganzer Arm? War er hässlich oder einäugig? Hinkte er?

Wie auch immer, das würde sich später wohl zeigen. Sie hatte gehört, er sei seit Jahren in Frankreich, aber auch darum wurde aus irgendeinem Grund ein Geheimnis gemacht. Offenbar war er jetzt zurückgekehrt, aber die Freude der Familie hielt sich offensichtlich sehr in Grenzen. Kein Wunder, wenn er der Säufer war, den der Earl da beschrieb. Sie hatte es als Kind schon furchtbar gefunden, wenn sie den Ehemann der Köchin irgendwo in den langen Fluren der Burg getroffen hatte. Immer hatte er nach Alkohol gestunken, und immer hatte er seine gierigen Finger nach allen Mädchen ausgestreckt, die ihm begegnet waren. Sie schauderte.

Unvermittelt sah der Earl sie an und sie fühlte sich mit ihren Gedanken ertappt. „Na ja, dieses Mädchen wird ihm seine Flausen wohl kaum austreiben, aber es sollte ja nicht allzu schwer sein, ein Auge auf sie zu haben. Zumindest das sollte er hinbekommen, wenn er auch sonst nichts zustande bringt." Er schüttelte missmutig den Kopf.

Fiona riss erschrocken die Augen auf, als die Bruchstücke aus den letzten Sätzen ein Ganzes ergaben. Er sollte auf sie aufpassen, bis sein Bruder auftauchte. Den Bruder sollte sie dann wahrscheinlich heiraten. Sie keuchte auf. Um Himmels willen. Das wäre ja dann dieser Gregory, der erst vor einiger Zeit seine Frau verloren hatte.

„Greg muss sich jetzt endlich um den Erhalt der Familie kümmern, egal ob er das will oder nicht", fuhr der Earl fort. „Und Sie, Madam, werden nächsten Monat zu ihm reisen und ihn aus dem Loch holen, in dem er sich verkriecht."

„Oh Jonathan, auf keinen Fall kann ich ihn zu irgendetwas überreden. Es ist ja nicht nur die Trauer über seinen Verlust, die ihn gehindert hat, nach London zu kommen. Die schweren Verletzungen, die er selbst bei dem Unfall erlitten hat, haben ihn immerhin für Monate ans Krankenlager gefesselt. Ich weiß nicht, wie es ihm inzwischen geht und ob er das alles nun überwunden hat, und du willst ihn jetzt zwingen in die Stadt zu kommen. Nein, ich denke nicht, dass ich ihn dazu überreden kann."

Fiona starrte erschrocken von einem zum anderen. Die Countess hatte den Earl bei seinem Vornamen angesprochen, also war sie offenbar über die Maßen aufgebracht, auch wenn man es ihr äußerlich nicht ansah. Dieser Gregory war also nicht nur Witwer, sondern auch noch gesundheitlich angegriffen. Was würde er von ihr denken, wenn sie sich ihm jetzt aufdrängte, nein, ihm aufgedrängt wurde. Er musste es hassen, dass er wieder heiraten sollte, und würde sich ganz bestimmt nicht mit einer aufgezwungenen Frau arrangieren.

Ihre Gedanken galoppierten wild davon. Eins war ganz sicher, diesen Mann würde sie auf keinen Fall heiraten können. Sie stellte sich vor, wie er sie jeden Tag ansehen und mit seiner verstorbenen Frau vergleichen würde. Vielleicht würde er verlangen, dass sie ihre Kleider anzöge, dass sie sich so benähme wie seine erste Frau. Wieder würde sie der Geist einer anderen Person sein müssen. Ihre Augen brannten. Wie sollte sie so ein Leben ertragen? Immer hatte sie gehofft, sich von Adeles Geist befreien zu können, und diese Hochzeit war ihre einzige Chance, von der Countess wegzukommen. Aber nun würde sie vom Fegefeuer in die Hölle geraten. Krampfhaft schluckte sie und die Tränen ließen sich nicht wegblinzeln, sondern zogen heiße Spuren über ihre Wangen.

Die Countess schüttelte noch einmal entsetzt den Kopf. „Ich glaube nicht, dass er überhaupt noch einmal heiraten will. Er hat sich völlig von der Welt zurückgezogen seit dem schlimmen Unfall. Ich finde, wir sollten es dabei belassen und ihn nicht weiter drängen."

Oh Himmel, wenn schon seine eigene Mutter das sagte. Fiona atmete hektisch gegen den festen Stoff und das starre Fischbein in ihrem Mieder, denn ihr wurde schon wieder schwindelig.

Sie wandte sich wieder zum Fenster und wünschte sich fort, weit fort. In Stourton Manor hatte sie diese Adele-Maske bereits so sehr perfektionieren müssen, dass sie selbst manchmal nicht mehr wusste, wer sie wirklich war. Sollte das wirklich so weitergehen? Musste sie jetzt die Rolle einer anderen Verstorbenen spielen und würde die eigentliche Fiona dann vollkommen verlieren? Ihre Hände zitterten bei dem Gedanken, dass sie keine andere Wahl hatte. Sie würde nie mehr sie selbst sein: das unmögliche, freche, schottische Mädchen.

Konnte sie vielleicht fliehen? Wäre es möglich, das Interesse eines angesehenen und anständigen Mannes auf sich zu ziehen, der sie vor diesem schrecklichen Los rettete?

Die strenge Stimme des Lords riss sie wieder aus ihren Gedanken. „Bis zum Ende der Saison werden wir warten. Dann ist auch seine offizielle Trauerzeit um. Dieses Mädchen soll in der Zwischenzeit in der Gesellschaft bekannt gemacht werden. Das soll alles seinen ordentlichen Gang nehmen, damit niemand etwas Schlechtes über die Familie sagen kann."

Fiona wäre in ihrem Sitz zusammengesunken, hätten die unzähligen Fischbeinstäbe sie nicht in eine aufrechte Position gezwungen. Der Kloß in ihrem Hals und die Verzweiflung über ihre Zukunft wurden immer größer. Ihre Hände zitterten immer noch und in ihrem Kopf drehte sich alles, während die Kutsche sie unaufhaltsam dieser beängstigenden Zukunft näherbrachte.

∽

Es war bereits Abend, als die Kutsche endlich anhielt. Fiona war müde und aufgeregt zugleich. Ihre Beine waren steif und sie sehnte sich nach Bewegung. Obwohl sie nichts lieber getan hätte, als rasch hinauszuspringen, hielt sie sich zurück und wartete ungeduldig, bis die Stourtons ausgestiegen waren. Der Earl kletterte gemächlich hinaus, reichte der Countess die Hand, und diese blieb vor der Kutschentür erst noch einen Augenblick stehen, um ihr Kleid glattzustreichen. Dann endlich gingen beide zum Haus, ohne sich weiter um Fiona zu kümmern. Die Tür war wieder zugefallen und sie mühte sich einen Moment mit dem Griff ab, ehe sie es schaffte, sie wieder zu öffnen. Dann stieg sie hastig aus, um den beiden zu folgen. Als sie den Blick hob, musste sie allerdings einen Moment innehalten.

Die gesamte Straße entlang zogen sich eng aneinander stehende Häuser, deren helle Fassaden im Dämmerlicht der untergehenden Sonne beinahe gespenstisch leuchteten. Alle waren in der gleichen Art erbaut und fünf Portale mit Säulen markierten die einzelnen Eingänge. Sie richtete den Blick auf das Gebäude direkt vor ihr und sah nach oben. Fünf Stockwerke mit kunstvoll verzierten Fenstersimsen und Kapitellen waren von unten zu sehen und Fiona wusste, dass es in Häusern dieser Art stets noch ein Dachgeschoss für die Bediensteten gab. Also war das Haus insgesamt sechs

Stockwerke hoch. So etwas hatte sie noch nie gesehen, selbst bei ihrem ersten Aufenthalt in London nicht.

Nicht nur die reine Höhe dieser Häuserreihe beeindruckte sie. Die Fassade schien auch mit einer gewissen Überheblichkeit auf sie hinabzublicken, sodass sie sich erneut klein und unzulänglich fühlte. Würde ihr Zukünftiger ebenso überheblich auf sie herabblicken? Würde er sie überhaupt ansehen, ehe sie verheiratet waren und es unumgänglich wurde, sich mit ihr zu beschäftigen? Angst kroch in ihr hoch, dass er sich viel zu sehr mit ihr beschäftigen könnte.

Jetzt war er jedenfalls noch nicht da, soweit sie den Earl verstanden hatte. Jetzt würde sie den trunksüchtigen Bruder kennenlernen, der nun gezwungen war, ein Auge auf sie zu haben. Ebenfalls gegen seinen Willen. Würde sie überhaupt irgendwann wieder von irgendwem gewollt oder gemocht werden? Mit klopfendem Herzen und geballten Fäusten stand sie immer noch vor dem beeindruckenden Haus und versuchte, ihre ganze Kraft für die bevorstehende Begegnung zusammenzuraffen.

Neben ihr räusperte sich der Kutscher und eilig hob sie ihre Röcke an. Es half nichts, sie musste endlich hineingehen. Die schwere schwarze Haustür wurde von einem Lakaien geöffnet und sie stand in einer schmalen, nur spärlich beleuchteten Halle. So hell die Fassade im Licht der untergehenden Sonne geleuchtet hatte, so dunkel war das Innere des Hauses. Jemand nahm ihr Umhang und Kappe ab und ein Bediensteter geleitete sie zur Tür eines Salons. Das waren alles Dinge, die sich ungewohnt und steif anfühlten, und sie bemerkte, wie sie ganz von selbst in Adele hineinschlüpfte. Nein, Adele stülpte sich über sie wie eine Verkleidung, die sie nicht ablegen konnte, weil sie schon beinahe mit ihrer Haut verwachsen war.

Im Salon keifte die Countess, wie Fiona es gewohnt war, wenn etwas ihr gegen den Strich ging. Kurz wunderte sie sich, dass sie dies in der Anwesenheit des Earls wagte, aber sie kam nicht mehr dazu, den Gedanken zu verfolgen.

„Das sieht ihm ja wieder einmal ähnlich, mit Abwesenheit zu glänzen. Du hast ihm sicher gesagt, dass wir heute ankommen würden, und er hat sich ganz absichtlich davongemacht."

Fiona stieß erleichtert den Atem aus. Dem Himmel sei Dank, auch der zweite Sohn der Stourtons war offenbar nicht im Hause. Zumindest heute Abend würde sie ihm noch nicht gegenübertreten müssen.

Sie betrat den Salon, in dem ein kräftiges Kaminfeuer knisterte und der durch einen üppigen Lüster mit vielen Kerzen zusätzlich beleuchtet war. Ein scharfer Kontrast zur finsteren und kühlen Halle. Die Countess wirkte in ihrem immer gleichen schwarzen Kleid ohne irgendwelche Verzierungen oder Rüschen und der ebenso schwarzen Haube hier völlig deplatziert. Schon immer hatte sie Fiona irgendwie an eine Krähe erinnert. In dem üppig dekorierten Salon mit den vergoldeten Bilderrahmen und den bunten Tapeten wirkte sie jetzt mehr wie eine ältliche Gouvernante als wie die Herrin des Hauses. Sie stand mitten im Raum und fuchtelte zu ihrer Schimpftirade mit den Armen, wie sie es immer tat. Der Earl stapfte erbost vor dem Kamin auf und ab.

„In der Tat sieht ihm das ähnlich. Ich werde von nun an

strenger mit ihm sein und derartige Eskapaden nicht mehr dulden."

„Er war schon früher so schwierig und störrisch. Auch diese ganze Stotterei, ganz typisch. Wenn er spielte oder mit seiner Gouvernante sprach, konnte er völlig flüssig reden, aber wenn jemand in den Raum kam, brachte er kaum einen anständigen Satz heraus. Alles nur Getue, um sich aufzuspielen", fügte die Countess an. „Ein Nichtsnutz, ganz und gar anders als sein Bruder. Es ist kaum zu glauben, dass sie Zwillinge sind."

Fiona stand in der Tür und verfolgte schweigend die Aneinanderreihung von Schimpfworten. Mit einem Mal fühlte sie sich diesem ungeliebten Sohn auf gewisse Art verbunden. Es waren genau die gleichen Ausdrücke, mit denen die Countess sie selbst in den vergangenen Jahren stets betitelt hatte. Und das Gefühl, in ihrer Anwesenheit kaum ein Wort herauszubringen, kannte sie auch nur zu gut. Ob Lord Royston wohl tatsächlich stotterte? Auch jetzt, als erwachsener Mann noch?

Als würde sie sich erst jetzt wieder an sie erinnern, wandte die Countess sich mit einem Ruck zu ihr um.

„Steh nicht so da, als hättest du nichts zu tun. Pack deine Sachen aus und bereite dich zum Dinner vor. Vielleicht taucht der Nichtsnutz ja doch noch auf, wer weiß."

Erschrocken knickste Fiona und wich einen Schritt nach hinten, wo sie schmerzhaft gegen die offen stehende Tür stieß. Ein leiser Fluch entwischte ihr, und natürlich hatte die Countess es gehört. Theatralisch warf sie die Hände hoch, sodass die langen, schwarzen Spitzenrüschen ihrer Ärmel um sie herumflogen wie verschreckte Tauben.

„Unglaublich, welche Worte das Kind benutzt. Da hören Sie es, Mylord, ein Bauernmädchen. Wir werden dieses nichtsnutzige Ding unmöglich in die Gesellschaft einführen können. Bedenken Sie unseren Ruf, Sir."

Der Earl verzog das Gesicht zu einem abfälligen Grinsen. „So schlimm wird es schon nicht sein." Dann wandte er sich Fiona zu. „Bleib hier, wir haben noch mehr zu erörtern."

Sie blieb stocksteif stehen und erwartete weitere Beschimpfungen, doch der Earl wandte sich wieder seiner Frau zu.

„Auch wenn ich diese Art von Geldverschwendung hasse, werden wir das Kind angemessen einkleiden müssen. Kümmern Sie sich darum, Madam."

„Ich? Die Anlässe der Saison erfordern eine Menge Garderobe, und das bedeutet viel Aufwand. Schließlich muss es ja alles noch angefertigt werden und die Saison hat bereits begonnen. Auf keinen Fall werde ich mit dem nichtsnutzigen Ding auch noch einkaufen gehen", verkündete die Countess und trat nun ihrerseits einen Schritt zurück. „Nach dieser langen Reise werde ich morgen nicht in der Lage zu einer solchen Unternehmung sein." Sie ließ sich auf das dunkelblaue Sofa fallen, als wolle sie damit unterstreichen, wie erschöpft sie war, und ihr weites, schwarzes Kleid bauschte sich um sie herum.

„Wie Sie meinen. Dann wird ihre Tante diese Aufgabe übernehmen." Der Earl nickte gönnerhaft zu Fiona. „Damit ist das geklärt, du kannst gehen."

Sie knickste noch einmal und zog sich mit weichen

Knien endlich zurück. Dann stand sie ganz allein in der finsteren Eingangshalle.

Fiona hatte nur eine einzige Tante, zumindest soweit sie wusste, und die Aussicht, die Dowager Countess of Watford nach all den Jahren wiederzusehen, ließ sie vor Aufregung ganz kribbelig werden. Tante Liddy, eigentlich hieß sie ja Lindsey, war die Schwester ihres Vaters und sie hatte sie in ihrer ersten Saison hier in London kennengelernt. Sie war der einzige Mensch auf der Welt, bei dem sie wirklich Fiona sein durfte, ohne dass sie für ihre Herkunft, ihre Haarfarbe oder schon die Art, wie sie dasaß, kritisiert wurde. Mit ihrer lieben Tante einzukaufen war die beste Aussicht seit vielen Monaten. Fiona machte einen kleinen Hüpfer, drehte sich wie beim Tanz einmal um sich selbst und schloss die Augen.

„Mylady, ich habe schon alles nach oben getragen und begonnen, die Kleider auszupacken."

Schnell wandte Fiona sich zur Treppe und sah ihre Zofe Rose herunterkommen.

„Jetzt möchten Sie sich bestimmt erst einmal frisch machen, Mylady. Ich werde in der Zwischenzeit etwas Passendes für den Abend heraussuchen. Es soll ein großes Dinner geben, habe ich gehört. Obwohl es ja eigentlich für ein Dinner schon viel zu spät ist. Ach, und vielleicht wird sogar Lord Anthony anwesend sein. Oh Mylady, Sie werden nicht glauben, was ich von seiner Lordschaft bereits vernommen habe …" Rose schlug beide Hände vor den Mund und errötete. Dann wandte sie sich hastig um, eilte die Treppe hinauf und schnatterte dabei munter weiter.

„Vernommen", murmelte Fiona, weil es ihr in Fleisch

und Blut übergegangen war, die sprachlichen Eskapaden ihrer Zofe zu korrigieren. Rose schien heute Abend besonders fröhlich zu sein. Auch wenn sie immer dazu neigte, wie ein Wasserfall zu plappern, redete sie heute noch mehr und ihre hektische Betriebsamkeit erinnerte Fiona daran, dass sie sich ebenfalls beeilen sollte.

~

Anthony schlug zu und dieses Mal traf seine Faust ihr Ziel. Erschrocken zuckte er zurück. „Stephen, deine Verteidigung! V-erdammt, zeig mal her." Er trat einen Schritt vor, um das Ergebnis des Fausthiebs anzuschauen, als ihn ein rechter Haken traf. Keuchend ging er zu Boden, einen Moment benommen von der Wucht und dem Schmerz. Dann sprang er behände wieder auf und riss die Deckung hoch, doch Stephens Arme hingen herab und Blut tropfte von seinem Kinn. „Du sollscht mich nischt behandeln wie ein Mädschen", nuschelte er mit aufgesprungener Lippe. „Isch gehe misch waschen."

„J-etzt warte doch, Mann. Das sollte vielleicht genäht werden. Lass Doktor M-oley wenigstens ein Blick darauf werfen."

Steve grinste schief und im nächsten Moment verzog er das Gesicht vor Schmerz. „So hart kannscht du gar nischt schlagen, dass isch deswegen zum Doktor müschte."

Anthony schüttelte den Kopf und winkte ab. Gemeinsam gingen sie in den Nebenraum, wo heißes Wasser, Waschschüsseln und weiches Leinen bereitstanden. Hier konnten die Mitglieder des Clubs sich nach dem Boxtraining von Schweiß und Staub befreien. Blutige Wunden waren zwar nicht gern gesehen, denn die Gentlemen achteten auf ihr Äußeres. Trotzdem passierte es nicht selten, dass eine aufgeplatzte Lippe oder eine blutende Nase zu versorgen war. Der Kabinendiener des Clubs hantierte daher routiniert mit kaltem und heißem Wasser, wenn es galt, Blut und Schwellungen einzudämmen.

Eine Stunde später saßen beide Männer in den ausladenden dunklen Ledersesseln des nebenan liegenden Clubs. Die wuchtigen Möbel waren in kleinen Gruppen vor den Fenstern angeordnet, sodass man ausreichend Privatsphäre haben konnte, obwohl es meist recht voll war. Zum Essen nahm man an den Tischen Platz, die in der Mitte des Raumes angeordnet waren, für das Kartenspiel gab es mehrere kleine Nebenräume, und wer nur etwas trinken wollte, konnte zwischen der Bar und den Sesselgruppen wählen.

Dies war ein gehobenes und recht teures Etablissement, wohin die unmittelbare Nähe zum Boxclub genau die Art junger Adeliger brachte, die bereit waren, für eine angenehme Umgebung gutes Geld auszugeben. Hier servierte man feinste Genüsse aus der Küche, an die hundert verschiedene Sorten Hochprozentiges und auch für ganz andere fleischliche Bedürfnisse war gesorgt.

Anthony und Stephen hatten die anschmiegsamen Damen jedoch mit deutlichen Worten fortgeschickt, denn keinem von ihnen war heute Abend nach derartiger Zerstreuung. Stephens Lippe war nur wenig angeschwollen und der Wangenknochen, der ebenfalls einen sehr kräftigen Schlag abbekommen hatte, war noch leicht gerötet.

„Er wollte doch nur zur Kirche fahren, zur verdammten Kirche", stöhnte Stephen in sein Whiskyglas und schüttelte den Kopf. „Dieser Kutscher gehört gehängt."

„U-nsinn, das macht es auch nicht besser", gab Anthony zurück. „Wenn du den K-kutscher umbringst, wird dein Vater davon auch nicht wieder lebendig. Der Mann hat Familie, außerdem glaube ich ihm, dass es ein Unfall war. Wer würde so etwas denn absichtlich machen?"

„Trotzdem", beharrte er tonlos und leerte den Whisky, der sofort wieder gefüllt wurde.

Anthony wusste, dass es Stephen keineswegs um einen Racheakt ging. Der Unfall und das qualvolle, langsame Sterben seines geliebten Vaters in den vergangenen Tagen hatten seinen Freund beinahe um den Verstand gebracht. Es musste furchtbar sein, ein geliebtes Familienmitglied so leiden zu sehen.

Wie zur Bestätigung seiner Gedanken stieß Stephen hervor: „Wenn er gleich tot gewesen wäre, könnte man das ja noch verkraften, aber diese unendlichen Tage, in denen er nach und nach an seinem eigenen Blut erstickte und wir alle genau wussten, dass das Ende nicht mehr abzuwenden war." Er stöhnte und starrte in sein Getränk. „Und jetzt gratulieren sie mir alle, weil ich der neue Baron bin. Als ob ich mich darüber freuen könnte." Er knallte das Glas auf den Tisch, dass die braune Flüssigkeit überschwappte. „Nur du hast mir nicht gratuliert. Warum eigentlich nicht?" Stephens Stimme wurde immer lauter. Seine geballten Fäuste zitterten und er starrte Anthony feindselig an. „Warum zum Donner gratulierst du mir nicht? Los komm, klopf auf meine Schulter. Sag mir, wie stolz ich auf diesen Titel sein muss, verdammt noch mal." Er brüllte inzwischen und die anderen Gäste sahen sich nach dem Schreihals um. Tränen standen in seinen Augen und seine Worte gingen in ein Schluchzen über.

Anthony saß nur da, sah seinen besten Freund an und nickte. Er legte ihm einen Arm auf die Schulter und wartete ab, bis Stephen sich wieder beruhigt hatte. Dann hob er sein Glas. „A-uf den alten Baron Segrave. Ich habe ihn auch sehr gemocht, und ich bin sicher, er war ein guter V-ater."

Stephen nickte benommen. „Danke, mein Freund." Gemeinsam tranken sie auf den verstorbenen Baron und Stephen nickte noch einmal. „Danke, dass du heute Abend hier bist. Ich wüsste nicht, was passiert wäre, wenn du mich nicht von der Kehle dieses Kutschers gepflückt hättest."

„Schon in Ordnung, dafür hat man F-freunde."

Schweigend saßen sie da und leerten zum wiederholten Male ihre Gläser. Dann hob Stephen den Kopf und sah Anthony mit geröteten Augen an. „Du hast recht, er war ein guter Vater. Ich sollte glücklich sein, dass ich ihn hatte. Bei dir in der Familie sieht das ja ganz anders aus."

Anthony winkte ab. „L-ass uns nicht von meinem V-vater sprechen, bitte. Besonders heute nicht."

„Oh, da war doch etwas heute. Warte, solltest du nicht unbedingt heute Abend zu Hause sein?"

Anthony stöhnte auf. „U-m für diese schottische Landpflanze Kindermädchen zu spielen. Ich bitte dich, wenn du mein Freund bist, dann sprich auch davon heute Abend nicht."

„Wie, kennst du sie schon? Wie ist sie? Wie sieht sie aus?"

„N-nein, ich kenne sie nicht, aber was ich von ihr weiß, reicht mir absolut. Auf jeden Fall wird sie nicht besonders schwierig sein, denke ich. Ich werde meine Pflicht tun, wenn der E-arl meint, dass ich sie irgendwohin begleiten muss, und sie darüber hinaus so wenig wie möglich zu Gesicht bekommen. Wenn es irgendwie möglich ist, werde ich sie nur aus der Ferne im Auge behalten. Keine Sorge, mein bisheriges Leben werde ich nicht aufgeben, nur weil ich jetzt A-ufpasser für Gregorys Braut bin." Er grinste. Auch wenn er eigentlich gar nicht über diese dumme Aufgabe sprechen wollte, war er froh, seinen Freund für den Moment auf andere Gedanken gebracht zu haben.

„Du kennst sie noch gar nicht, bist aber schon ganz sicher, dass du sie nicht magst?", gab Stephen entrüstet zurück. „Gib ihr doch wenigstens eine Chance, sie wird bald deine Schwägerin sein."

„Ja e-ben, meine Schwägerin. Es ist überhaupt nicht nötig, dass ich sie mag, denn sie wird Greg gehören. Ich bin von jeder Art von Frauen ohnehin geheilt." Er presste die Lippen zusammen. Nein, diesen Gedanken würde er jetzt nicht weiterverfolgen.

„Ach, erzähl einfach, was du über sie weißt, komm schon", beharrte Stephen.

Anthony ging darauf ein, einfach nur um ein anderes Gesprächsthema als Stephens Vater zu haben. „S-ie ist Schottin. Das Mündel meines Vaters, weil sie sonst keine männlichen Verwandten mehr hat. Außerdem hat sie die letzten vier Jahre bei der C-ountess auf dem Land gelebt. Die kennst du." Anthony lachte freudlos auf. „D-ass sie das überstanden hat, ist eigentlich verwunderlich. Also muss sie das langweiligste und trockenste Geschöpf der Erde sein. Selbst wenn sie es vorher nicht war, dann hat die C-ountess sie ganz sicher dazu gemacht."

Stephen lehnte sich zurück und schürzte die Lippen. „Natürlich kenne ich deine Mutter und ich weiß genau, was du meinst. Aber ich wäre da nicht so sicher, was das Mädchen angeht. Die Schotten haben einen ordentlichen Dickkopf. Vielleicht hat die Countess sie ja doch nicht kleingekriegt. Schottinnen sollen auch sehr temperamentvoll sein. Möglicherweise erlebst du noch eine Überraschung."

Anthony verzog das Gesicht. Darüber wollte er überhaupt nicht nachdenken und eine Überraschung wollte er schon gar nicht. „Ja, w-ie auch immer. Ich bin jedenfalls froh, dass ich heute Abend nicht dort war, um die Ankunft der Gnädigsten zu zelebrieren. Da hab ich dir lieber eins aufs Maul gegeben, das war wesentlich unterhaltsamer." Er grinste Stephen herausfordernd an, doch der war schon wieder in ernster Stimmung.

„Du hast wegen mir also schon wieder deinen Vater verärgert. Das ist auch so eine deiner unangenehmen Gewohnheiten. Immer handelst du dir Ärger mit dem Earl ein, wenn einer deiner Freunde dich braucht. Du solltest auf deinen Ruf achten, sonst heißt es am Ende noch, du wärst der beste Freund, den man haben kann." Stephen zog die unverletzte Seite seines Mundes hoch, was ein schräges Grinsen und einen sehr skurrilen Gesichtsausdruck hervorbrachte.

Anthony nickte. Wenn sein Freund sich auf seine Kosten amüsierte, war er zumindest abgelenkt. „A-ch, vergiss das, ich habe ständig Ärger mit dem g-nädigen Herrn, ganz gleich, was ich tue. Und mein Ruf als Freund ist ja ohnehin nicht mehr zu retten. Nicht nachdem ich so überstürzt mit Madeleine abgereist bin, ohne mich um irgendetwas anderes zu kümmern."

In dem Moment, als er den Namen aussprach, stieg wieder die Wut in ihm auf, die schon vor Jahren den Schmerz ersetzt hatte, den diese Frau ihm zugefügt hatte. Nach all der Zeit sollte er über die damaligen Vorkommnisse sprechen können, ohne diese Verbitterung zu spüren, aber das gelang ihm immer noch nicht. Ihr Verrat hatte ihn zerstört, und er hatte damals gedacht, er könnte außer Schmerz nichts mehr fühlen. Ein bitteres Lachen löste sich aus seiner Kehle, als er sich erinnerte.

Er sah wieder ihr wunderschönes Gesicht vor sich, fühlte ihre schmalen Hände, die über seine Wange strichen, und ihren grazilen Körper in seinen Armen.

„Mon Cher, ich habe etwas überlegt. Wenn meine Eltern nicht einlenken, müssen wir eben anderswo zusammenleben. Lass uns nach Italien gehen. Verona. Ich habe dort Verwandte, die uns mit Freuden aufnehmen werden. Antoine, ich liebe dich, ich kann ohne dich nicht leben."

Sie hatte ihn immer Antoine genannt, und die Art, wie sie es aussprach, hatte einen warmen Schauer über seinen ganzen Körper gesandt. Sie war zum verabredeten Zeitpunkt an der Seinebrücke nicht erschienen und all seine Nachforschungen waren ins Leere gelaufen. Er hatte Angst gehabt, sie könnte in den Fluss gestürzt oder auf dem Weg Verbrechern in die Hände gefallen sein. Alles Mögliche und Unmögliche hatte er sich ausgemalt und war darüber vor Sorge völlig verrückt geworden. Und er hatte lange nicht herausfinden können, was wirklich geschehen war.

„Ach, die meisten wissen gar nichts davon. Dein Vater hat überall verbreitet, du wärst auf die Grand Tour gegangen und dann bei deinem Onkel in Paris hängen geblieben."

Stephen schien wirklich zu glauben, dass der Earl die gehobene Gesellschaft hatte täuschen können. Vielleicht stimmte das sogar, denn nur mit seinem Bruder und seinem besten Freund hatte er den Kontakt nicht abreißen lassen und ihnen regelmäßig geschrieben. All seine anderen Freunde hatten nach der Abreise nichts mehr von ihm gehört und umgekehrt hatte er auch keine Ahnung, ob sie ihm das plötzliche Verschwinden nachtrugen. In seinen Briefen an Stephen war er sogar recht offen gewesen, was den Verlust seiner Liebe und seine tiefe Verzweiflung anging. Es hatte ihm in den ersten schlimmen Wochen ein wenig geholfen, dass er jemanden hatte, dem gegenüber er seine wahren Gefühle ausdrücken konnte.

Stephen sah ihn erwartungsvoll an. „Da war doch etwas, das du über sie herausgefunden hattest? In deinem letzten Brief klang das irgendwie merkwürdig. Du hast dann nicht mehr geschrieben, weil du ja direkt zurückgekommen bist." Stephen hatte schon immer dieses Talent gehabt, genau in den tiefsten Wunden zu bohren und alles wieder aufzureißen. Was für ein Freund!

Anthony stöhnte auf und kippte den Whisky in einem

Zug hinunter. Er wusste nicht, der wievielte es inzwischen war, aber er merkte, dass seine Zunge schwerer wurde. In diesem benebelten Zustand konnte er wahrscheinlich sogar über diese vermaledeite Angelegenheit sprechen. Mit einem Nicken zum Barkeeper bestellte er Nachschub. „S-ie hat g-ge-heiratet."

Stephens Augen wurden groß. „Was? Geheiratet? Ich dachte, sie wäre tot. Also wir sprechen von *der* Madeleine, richtig?"

„Ja, sie ist verheiratet, nicht tot. Sie hat einen Duc genommen, dem das halbe südliche Frankreich gehört, und lebt mit ihm und zwei Kindern glücklich in Nizza oder irgendwo da unten am Meer. Titel, Geld, all das, was ich nicht habe und nie haben werde. D-as war ihr dann wohl doch wichtiger als unsere L-liebe."

Er verschränkte die Arme vor dem Brustkorb und presste sie gegen die Rippen. Da war er wieder, der Funke des alten Schmerzes. Bis jetzt hatte Anthony noch niemandem davon erzählt, was er von einem fahrenden Händler in Paris erfahren hatte. Überhaupt hatte er noch nie drüber gesprochen, wie sehr Madeleines letzter Verrat ihn verletzt hatte. Er war auch ihr nicht gut genug gewesen, so wie er für seinen Vater nie gut genug gewesen war. Vier Jahre hatte er in Paris ausgeharrt, immer mit dem Keim der Hoffnung, seine große Liebe doch noch wiederzufinden. Dann hatten die Worte des Tuchhändlers ihm endgültig bewiesen, dass sie jemand anderen vorgezogen hatte. Sie war nicht irgendeinem schrecklichen Schicksal zum Opfer gefallen, wie er es sich zu Anfang immer wieder ausgemalt hatte. Sie hatte einfach jemanden gewählt, der ihr mehr bieten konnte als er selbst. Diese Erkenntnis hatte seine Trauer um den Verlust endgültig in Verbitterung gewandelt und ihn dazu gebracht, sich von Illusionen wie Liebe meilenweit fernzuhalten.

„Es tut mir leid. Ich hätte nicht fragen sollen." Stephens Stimme war dunkel und er lehnte sich vor, um Anthonys Schulter zu fassen. „Mann, so eine Verräterin. Aber jetzt bist du wieder hier und ich bin unendlich froh, dass ich meinen Freund wiederhabe."

„Ja, schon gut", brummte Anthony nur und kippte den nächsten Whisky in einem Zug hinunter. „Noch einen", nuschelte er mit schwerer Zunge und sofort wurde sein Glas erneut gefüllt.

Er sah hoch und musterte Stephen. „Mit Frauen hat man nur Ärger. Du kannst froh sein, dass du davon verschont bleibst."

Natürlich hatte er das ironisch gemeint, daher überraschte ihn der harte Ausdruck, mit dem Stephen ihn nun ansah.

„Nein, ich bin nicht froh. Das ist nicht unbedingt besser und es ist auch nichts, was ich mir ausgesucht hätte." Stephens Blick richtete sich auf die Damen an der Bar und er schüttelte mit zusammengekniffenen Lippen den Kopf.

Anthony schrieb es seinem Whiskykonsum zu, dass er das heikle Thema überhaupt angeschnitten hatte. Dass Stephen der Damenwelt nichts abgewinnen konnte, war zwischen ihnen schon seit Schulzeiten kein Geheimnis, aber dennoch keine Angelegenheit, über die man in der Öffentlichkeit sprach. Er war eindeutig zu betrunken für die

Fallstricke der Konversation, daher winkte er mit einem Handwedeln ab, das beinahe sein Glas vom Tisch gefegt hätte.

„Stephen, ich bin hergekommen, um auf dich aufzupassen." Er musste sich sammeln, um den Satz zu Ende zu führen, und holte tief Luft. „Und jetzt musst du auf mich aufpassen. Bring mich nach Hause, bevor ich vom Stuhl kippe." Er grinste in Stephens Richtung, allerdings ohne den Blick zu heben, denn der Raum begann bereits, sich leicht zu drehen. Er nahm das Glas und schwenkte die aromatische braune Flüssigkeit. Dann stellte er es hart auf den Tisch. „Komm, lass uns verschwinden, solange wir noch gehen können."

Kaum hatte er das gesagt, trat eine der üppigen und freizügig gekleideten Damen an ihren Tisch und lächelte verschwörerisch. „Mylords, Sie wollen uns doch noch nicht verlassen. Ich habe hier eine kleine Abwechslung vorbereitet, die Sie unbedingt kosten müssen." Sie winkte einem jungen Mädchen, das ein Metalltablett mit einer kunstvoll geschnitzten Pfeife auf einem ebenso aufwendig gearbeiteten Ständer brachte und vorsichtig auf den niedrigen Tisch stellte. Der typische Opiumgeruch zog Anthony in die Nase.

„Bitte probieren Sie einen Zug. Das ist eine besonders edle Sorte, die speziell für diesen Club importiert wird."

„Nein, ich denke, wir müssen jetzt gehen." Anthony stand schwankend auf, während Stephen bereits einen genießerischen Zug nahm.

„Komm schon, Tony. Jetzt steht die Pfeife einmal hier." Er zog noch einmal und seufzte verzückt, aber Anthony schüttelte mit zusammengepressten Lippen den Kopf. Er hatte das früher schon probiert, danach hatten ihn jedes Mal furchtbare Übelkeit und Schmerzen im ganzen Körper geplagt. Auch in Paris hatte er genug Männer und Frauen gesehen, die regelmäßig Opium rauchten oder aßen, und er erinnerte sich gut an die Auswirkungen, die das gehabt hatte. Dieses Zeug war übler als zu viel Whisky, sehr viel übler.

„Stephen, komm jetzt. Wir sollten uns wirklich auf den Weg machen."

Widerstrebend erhob sein Freund sich und schüttelte zu der Dame gewandt bedauernd den Kopf.

„Sie sehen, mein Freund verdirbt mir jedes Vergnügen. Leider ist er der Vernünftigere von uns beiden."

Sie ließen sich ihre Mäntel, Dreispitze und die Degen geben. Anthony hatte Schwierigkeiten, den Degengürtel umzuhängen, und stieß ärgerlich die Luft aus. Er verfluchte dieses Relikt aus der grauen Vorzeit. Heutzutage brauchte man so etwas schließlich nicht mehr, es war nur noch ein Statussymbol, mit dem die meisten seiner Standesgenossen noch nicht einmal angemessen umgehen konnten. Auch er war keineswegs ein Meister im Degenfechten, seine Leidenschaft war direkterer Natur. Bei einem Boxkampf traf man seinen Gegner Fleisch auf Fleisch und konnte sich auch auf der Straße effektiv verteidigen, während man beim Degenfechten nur gestelzt mit dem Stück Metall herumfuchtelte.

Schließlich hatte er es geschafft, seine Waffe am Gürtel zu befestigen, und trat gemeinsam mit Stephen auf die Straße. Der Alkohol zeigte seine Wirkung. Die kalte Luft brachte keineswegs die erhoffte Besserung, sondern ließ den

Boden unter Anthonys Füßen nur noch mehr schwanken. Wie immer wandten sie sich der Hauptstraße zu, um eine der Mietdroschken zu nehmen, die dort reichlich verkehrten. Die Nebenstraße, in der der Club lag, wurde nicht von den modernen Laternen erhellt, die auf den Hauptverkehrsstraßen für Sicherheit sorgten, daher stolperten die beiden im Mondlicht den Weg entlang und Anthony hörte, wie Stephen lachte. „Mann, das war ja wirklich ein bisschen viel heute."

Anthony brummte nur zustimmend, musste er sich doch viel zu sehr auf zielgerichtete Bewegungen seiner Füße konzentrieren.

Zwei schemenhafte Gestalten standen unvermittelt vor ihm und Anthony war leicht verärgert, dass sie ihm den Weg versperrten. Dann spürte er einen harten Schlag in der Magengegend, einen scharfen Schmerz an der Schläfe und es wurde dunkel.

KAPITEL ZWEI

„In welchem Zustand, Mylady, Sie werden es nicht glauben."

Fiona nickte nur, während Rose ihre Frisur herrichtete.

„Mister Benson meint, er wäre sicher in eine Schlägerei geraten. Seine Kleidung war wohl komplett ramponiert und auch sein sonstiger Zustand war völlig desalat." Rose war so aufgeregt, dass sie kaum einen ordentlichen Flechtzopf zustande brachte.

„Desolat. Bitte nimm doch schon einmal mein Kleid aus dem Schrank, ich mache das hier selbst fertig." Mit einem geübten Schwung drehte Fiona den Zopf am Hinterkopf zu einem Kranz und steckte ihn dort fest. Sie fieberte dem Einkauf mit der Dowager Countess of Watford entgegen, der sich ja leider nun doch um einen Tag verzögert hatte, da die Tante am Vortag nicht abkömmlich gewesen war. Von Lord Royston und seinen nächtlichen Eskapaden wollte sie eigentlich gar nichts hören. Nun, vielleicht wollte sie es doch hören. Immerhin würde sie sehr bald in seiner Begleitung Gesellschaften besuchen müssen und kannte ihn immer noch nicht. Nachdem er mitten in der Nacht von irgendwem heimgebracht worden war, wie Rose bereits berichtet hatte, war er gestern offenbar überhaupt nicht aus seinem Zimmer hinausgekommen. Vielleicht war es ihm nach dem Vorfall tatsächlich nicht gut gegangen.

„Ist er denn verletzt?", fragte sie nach, um Roses Redeschwall wieder in Gang zu bringen.

„Sein Gesicht muss wohl recht fürchterbar ausgesehen haben, als er ankam. Überall Blut. Aber es war wohl nur eine Platzwunde an der Stirn, die man unter den Haaren jetzt nicht mehr sieht. Der Doktor hat es genäht und ihm Bettruhe verordnet, aber ich glaube nicht, dass er heute noch einen Tag im Haus bleibt."

„Furchtbar ausgesehen", verbesserte Fiona, aber ihre Zofe hörte gar nicht wirklich zu. Sie schien sich mit Kammerdiener Benson ja prächtig zu verstehen, wenn sie sich bereits so intensiv über den Zustand des Verletzten ausgetauscht hatten.

„Sonst hatte er keine Verletzungen? Da hat er ja wirklich Glück gehabt." Fiona bemitleidete ihn beinahe. Eine Platzwunde, die genäht werden musste – da hatte doch jemand nicht nur mit der Faust zugeschlagen. „Hatte er denn sein Geld und alle Wertsachen noch bei sich? Vielleicht ist er ja auch überfallen worden."

Rose schlug sich die Hand vor den Mund und ließ dabei die Schnürung des Mieders los, das sich daraufhin wieder lockerte. „Oh jemine, ein Überfall, das hätte ich nicht gedacht. Aber möglich ist es natürlich. Ich werde bei Mister Benson nachher direkt danach inquirieren. Er ist ja so ein netter Mann, und so gutaussehend." Wieder schlug sie die

Hand vor den Mund und dieses Mal kicherte sie dabei.

Fiona musste ebenfalls lächeln. *Inquirieren.* Roses Vorliebe für exotische Worte, die sie dann meist falsch aussprach, trieb ja interessante Blüten. Diesen Mister Benson musste sie sich auch einmal näher anschauen, wenn er Rose zum Kichern brachte. Die Zofe war deutlich älter als Fiona selbst, fast dreißig, aber in vielerlei Hinsicht benahm sie sich immer noch wie eine Siebzehnjährige. Die Tatsache, dass sie selbst keinen Ehemann gefunden hatte, hielt sie nicht davon ab, sich um mögliche Liebesbeziehungen in ihrer Umgebung zu kümmern. Dabei glaubte Rose ganz fest, dass es das alles für sie selbst nie geben würde, wie sie Fiona in einem sehr aufgewühlten Moment einmal erklärt hatte. Als sie noch ein Kind gewesen war, hatte der Sohn des Hauses, in dem Roses Mutter gearbeitet hatte, sie mit einem brennenden Holzstück ins Gesicht geschlagen. Eine dauerhafte Rötung von der Größe eines Handtellers war von der schrecklichen Brandverletzung zurückgeblieben und Rose war vollkommen sicher, dass kein Mann über diesen Makel hinwegsehen würde.

Fiona schlüpfte in das Kleid und Rose zupfte und zerrte, um es vorn zu schließen.

„Mylady, es geht so nicht, es tut mir leid."

Ergeben ließ sie sich wieder ausziehen und Rose stellte sich noch einmal hinter sie. „Verzeihung, Mylady, ich weiß ja gar nicht, wie Sie mit so einem viel zu engen Kleid überhaupt noch etwas essen können, aber dies ist schon das weiteste."

Fiona presste die Lippen aufeinander. Sie würde ja zum

Einkaufen gehen und nicht zum Essen. Entschlossen atmete sie aus, damit Rose die Schnürung stramm genug ziehen konnte, aber als sie es tat, meldete sich bereits die bekannte Übelkeit. Sie glaubte fest daran, dass Tante Liddy nicht auf dieser modernen Art der Folter bestand. Sie würden Kleider kaufen, die ihr richtig passten, und in Zukunft wäre diese Schnürerei nicht mehr nötig. Wenn ihr nur heute nicht wieder schwindelig würde, dann wäre dies hoffentlich der letzte Tag in zu engen Kleidern.

„So, fertig, Mylady. Sie können jetzt nach unten gehen. Ich hoffe, Sie haben viel Vergnügen beim heutigen Einkauf."

„Danke, Rose. Ja, das werde ich bestimmt." Langsam stand Fiona auf und betrachtete sich in dem bodentiefen Spiegel. Dann drehte sie sich einmal im Kreis. Erschrocken fuhr sie zusammen. Eine wirkliche Dame tat so etwas nicht, denn Eitelkeit war eine schwere Sünde.

Nein, nein, Adele musste heute zuhause bleiben, dachte sie, hob trotzig das Kinn und drehte sich gleich noch einmal. Heute war sie Fiona, und Tante Liddy würde daran nichts auszusetzen finden.

Unten angekommen stand sie in der Halle und wusste nicht recht, wo sie inzwischen warten sollte. Die Stadthäuser hier in London waren natürlich ganz anders und viel kleiner als ein Haus auf dem Land oder gar die Burg, von der sie stammte. Hier war alles enger und viele Räume waren für verschiedene Gelegenheiten ausgelegt. Das Morgenzimmer war zugleich Frühstücksraum und in dem Salon, in dem man Gäste empfing, wurde auch das Dinner genommen. Diese beiden Räume kannte sie in diesem Haus bisher. Sie meinte, dass es auch noch eine Bibliothek geben müsste, und wahrscheinlich wäre dort auch ein Schreibtisch und es würde wohl noch als Rauchzimmer genutzt. Solche Räume waren aber eher den Herren zugedacht, daher hatte sie diese Zimmer hier noch nicht betreten. Natürlich hatte sich bis jetzt auch niemand die Zeit genommen, ihr alles zu zeigen.

Mit mutwillig vorgerecktem Kinn wandte sie sich dem hinteren Teil der Eingangshalle zu, um sich auf eigene Faust umzusehen. Sie war sicher, dass sie die Ankunft von Tante Liddy schon hören würde, ehe die Haustür geöffnet würde. Dann könnte sie schnell wieder nach vorne eilen, um die Tante zu begrüßen. Interessiert sah sie sich die Bilder in diesem Teil der Halle an. Es schien, als hätte man die Familiengalerie, die üblicherweise die Wände des Salons zierte, hier draußen platziert.

Altmodisch wirkende Bilder mit ihr unbekannten Menschen hingen ganz vorn. An den unteren Rändern der Rahmen waren kleine Schildchen mit den Namen und Lebensdaten der dargestellten Personen angebracht, die Fiona aufmerksam studierte. Als sie weiterging, wurden die Darstellungen besser und detaillierter. Dann sah sie den Hausherren, Jonathan Royston, Earl of Stourton, mit seiner Ehefrau Edna, Countess of Stourton. Auf dem Bild waren auch zwei Jungen und ein Mädchen zu sehen. Die schmale, dunkelhaarige kleine Schönheit mit blasser Haut und scheuem Lächeln stand in der Mitte des Bildes vor dem Ehepaar und hielt die Hand ihrer Mutter. Fiona konnte das Alter der Kleinen schlecht schätzen, aber sie konnte höchstens fünf Jahre alt sein. Die beiden Jungs müssten zehn Jahre älter sein als Adele, also um die fünfzehn. Der im Vordergrund war offensichtlich Gregory. Er stand mit einem selbstbewussten Lächeln kerzengerade neben dem Earl, der eine Hand auf die Schulter seines Sohnes gelegt hatte. Der Zwilling auf der anderen Seite des Paares war demnach Anthony, der jüngere. Äußerlich betrachtet glich er seinem Bruder aufs Haar, hatte aber einen völlig anderen Gesichtsausdruck und auch eine andere Körperhaltung. Er hielt deutlichen Abstand zu seiner Mutter. In der Art, wie er dastand, spiegelte sich diese Distanz, aber was Fiona berührte, war der Ausdruck seiner Augen. Sie konnte nicht einmal genau sagen, ob es hilfloser Trotz war oder der resignierte Blick eines Jungen, der nur auf die nächste Strafpredigt wartete. Sie bewunderte, wie gut es dem Maler gelungen war, den Unterschied der Zwillinge auf Leinwand zu bannen.

Etwas an dem Ausdruck des Jungen erinnerte sie an ihre eigenen Empfindungen gegenüber der Countess und ließ sie eine Verbundenheit spüren.

Sie schüttelte den Kopf, konnte aber den Blick nicht abwenden. Verbundenheit mit einem Jungen, der inzwischen ein erwachsener Mann war und den sie überhaupt nicht kannte? Das war doch absurd.

Schließlich wandte sie sich ab und wollte zurück zur Treppe gehen, als sie zwei männliche Stimmen in der oberen Etage hörte. Sie konnte die Worte nicht verstehen, aber es war deutlich, dass jemand sehr verärgert war. Ganz von allein machte sie einige Schritte nach hinten und duckte sich hinter den Treppenabsatz. Feste Schritte polterten die Treppe hinunter. Der Butler, dessen Namen sie sich noch nicht gemerkt hatte, sprach den Herrn mit *Mylord* an, wurde aber mit einem Brummen abgefertigt. Dann knallte die Tür ins Schloss.

Fiona atmete auf. Das war nicht der Earl gewesen, dessen war sie sich der Stimme nach ganz sicher. Der einzige weitere „Mylord" in diesem Haushalt war sein Sohn, Anthony Royston. Sie schluckte. Ein wenig ärgerte sie sich nun, die Gelegenheit verpasst zu haben, ihn sich anzuschauen. Andererseits war es wohl besser gewesen, ihm nicht zum ersten Mal unter die Augen zu treten, wenn er in einer solchen Laune war wie gerade eben.

Der Türklopfer kündigte einen Augenblick später einen Besucher an. Fiona trat wieder in die Halle und in einer unvermeidlichen Bewegung strich sie über ihre Haare. Sie wollte sichergehen, dass sie ordentlich aussah, wenn sie der Tante nach so vielen Jahren wieder begegnete. Ihre widerspenstigen roten Locken hatten die lästige Angewohnheit, sich aus der Frisur hinauszuwinden und dann höchst unelegant in alle Richtungen abzustehen.

„Meine liebe *Cluaran Beag.* Himmel, wie erwachsen du geworden bist", rief die Dowager Countess of Watford aus, als sie Fiona sah.

Fiona hielt die Luft an, als sie die gälischen Worte hörte, und fühlte sich wieder in ihre Kindheit versetzt. *Kleine Distel* hatte auch ihr Vater sie immer genannt. Sie schloss einen Moment die Augen und sah ihren geliebten Athair wieder vor sich. Es war lange her, dass jemand gälisch mit ihr gesprochen hatte. Bei ihrem letzten Treffen mit Tante Liddy war Fiona allerdings schon kein Kind mehr gewesen.

Mit siebzehn und als Debütantin auf dem Londoner Parkett wurde man zumindest schon als heiratsfähig angesehen, wenn auch vor dem Gesetz noch nicht als erwachsen.

„Mylady, ich freue mich sehr, Sie wiederzusehen." Sie knickste höflich und spürte schon wieder die bekannte Hitze auf ihren Wangen. Es widerstrebte ihr sehr, ihre Tante so förmlich anzusprechen, aber sie wollte sichergehen, dass sie beim ersten Wiedersehen nach so langer Zeit nichts falsch machte. Das war typisch Adele, wurde ihr plötzlich klar, und verärgert presste sie die Lippen zusammen. Den Geist der toten Adele hatte sie doch heute zuhause lassen wollen!

Ihre Tante, die Dowager Countess of Watford, kam mit offenen Armen auf sie zu.

„Nein, tu das nicht, meine Liebe. Ich wäre sehr gekränkt, wenn du mich nicht mehr Tante Liddy nennen würdest. Zwischen uns beiden schottischen Clanschwestern sollten die Förmlichkeiten doch keinen Platz haben."

Die Tante zog sie an ihre Brust und Fiona konnte nicht anders, als in der liebevollen Umarmung zu versinken. Erst in diesem Moment spürte sie, wie sehr sie eine solche Herzlichkeit in den letzten Jahren vermisst hatte. Ihr Vater war immer sehr liebevoll gewesen, und schon als kleines Mädchen hatte sie auf seinem Schoß gehockt und sich in seine starken Arme gekuschelt. Seit sie bei der Countess of Stourton lebte, hatte es etwas Derartiges natürlich nicht gegeben. Sie schauderte, als sie sich vorstellte, die kalte und herrische Countess zu umarmen. Allerdings hätte diese das sicher auch gar nicht erlaubt, denn Gefühlsduseleien schickten sich nicht für eine anständige Dame, wie sie immer wieder betonte.

Fiona löste sich von Tante Liddy und trat einen Schritt zurück. Ihre Augen waren ein wenig feucht, als sie feststellte: „Eine kleine Distel bin ich aber nicht mehr, Tante Liddy."

„Ach Unsinn, du wirst immer meine *Cluaran Beag* sein. Das Symbol Schottlands ist nicht nur irgendein Name, sondern steht für unseren Nationalstolz. Du dürftest dich also durchaus geehrt fühlen, wenn ich dich so nenne." Nach den ernsten Worten lächelte die Tante wieder so liebevoll, dass Fiona erleichtert aufatmete. Sie betrachtete die hochgewachsene und etwas üppige Dame, die aussah, als hätte sie sich für eine Abendgesellschaft zurechtgemacht. Die goldblonden Haare waren aufgesteckt und mit kleinen Perlen geschmückt, ihr helles Gesicht um die Augen herum geschminkt und die Lippen waren ebenfalls von einem besonderen Rot. Tante Liddys Erscheinung entsprach ganz und gar dem Modegeschmack des *Ton*, und sie wusste das. Nicht nur ihre Aufmachung, auch das selbstsichere Auftreten in der Öffentlichkeit unterstrich ihre Position als eine der führenden Damen der Gesellschaft. Fiona hatte sie schon beim ersten Kennenlernen glühend darum beneidet, dass sie sich so erfahren und selbstverständlich in der High Society bewegte und niemals unsicher oder gar zaghaft erschien. Das wundervolle dunkelblaue Kleid mit dem Reifrock und den aufwändigen Rüschen war ein echter Traum. Ob sie wohl etwas ähnlich Schönes bekommen würde?

„Schau nicht so ehrfurchtsvoll drein, das ist nur ein Tageskleid, meine Liebe. Richtige Ballkleider, wie wir sie für dich aussuchen, sind noch einmal ganz anders geschnitten und haben sehr viel mehr Spitze und Stickereien. Aber

Tageskleider brauchst du natürlich ebenfalls." Sie grinste verschwörerisch. „Ich habe meinem Schwager ordentlich zugeredet, was unser Budget für heute angeht, denn du sollst ja respektabel aussehen. Sein Geld auszugeben wird uns beiden viel Spaß machen, du wirst sehen."

Die zweispännige Kutsche der Tante hielt am Anfang der Straße an, die sie heute offensichtlich zur Gänze hinunter und wieder hinauf schlendern wollten. Während der Fahrt hatten sie in Erinnerungen an Fionas Debut geschwelgt und dabei einen genauen Plan gemacht, was heute alles ausgesucht werden musste. Es war eine Menge. Neben Kleidern für den Tag und den Abend brauchte sie auch verschiedene Kopfbedeckungen für alle Gelegenheiten, Handschuhe und Schuhe. Eine neue Schnürbrust, die ihren Maßen entsprechen würde, war natürlich auch notwendig.

Über ihr drängendes Problem mit der Heirat wollte Fiona erst nach dem Einkauf mit ihrer Tante sprechen. Es sollte diesen besonderen Tag nicht verderben, daher war sie fest entschlossen, nicht einmal darüber nachzudenken.

Der Kutscher bot der Countess beim Ausstieg die Hand und sie half ihrerseits Fiona aus dem Wagen. Auch wenn sie natürlich nicht die Jüngste war, so strahlte sie doch eine Anmut und Eleganz aus, um die sie sicher von vielen Damen beneidet wurde. Einige Herren drehten sich bereits beim Aussteigen nach Tante Liddy um und zwei der Passanten grüßten mit einer höflichen Verbeugung.

„Du musst dich nicht wundern, mein Kind. Ich bin in der Stadt recht bekannt." Sie lachte und ergriff Fionas Hand. So spazierten die beiden geradewegs in den ersten Laden.

„Weißt du, mein Kind, ich gebe in diesen Geschäften regelmäßig ein halbes Vermögen aus, um stets mit der neuesten Mode zu gehen. Der Reichtum deines Onkels Harold, der Herr habe ihn selig, schenkt mir eine gewisse Unabhängigkeit. So bin ich ganz zufrieden mit meinem jetzigen Stand, auch wenn ich Harold natürlich noch immer sehr vermisse."

Fiona träumte ebenfalls von Unabhängigkeit und Freiheit. Was ihr stattdessen bevorstand, darüber wollte sie an diesem wundervollen Tag überhaupt nicht nachdenken. Ganz ohne eine Familie zu leben, erschien ihr jedoch auch nicht erstrebenswert. „Überlegst du denn nicht, dich noch einmal zu verheiraten?"

Ein trauriger Ausdruck verdüsterte für einen Moment Tante Liddys Gesicht. „Harold war meine große Liebe. Es scheint schon eine halbe Ewigkeit her, dass er fortgegangen ist, dabei sind bisher doch nur vier Jahre vergangen. Wenige Monate bevor dann auch dein Vater verstorben ist, habe ich ihn verloren. Ich denke nicht, dass noch einmal jemand mein Herz so berühren kann." Ihr Gesicht erhellte sich wieder und sie sah Fiona verschwörerisch an. „Daher kümmere ich mich besonders gern darum, dass solche wundervollen jungen Damen wie du ihre große Liebe finden."

Fiona lächelte gequält. Um Liebe musste sie sich nun wirklich keine Gedanken machen. Sie wäre schon völlig zufrieden, wenn ihr Zukünftiger ein halbwegs erträglicher Mensch wäre. Leider schien diese Hoffnung zu schwinden, je länger sie darüber nachdachte, was er von ihr erwarten würde.

~

Anthony stöhnte. „Nein, ich brauche wirklich keinen Eisbeutel mehr für meinen Kopf. Mein Gehirn ist schon völlig eingefroren."

Zumindest der Teil, der noch nicht im Alkohol ertrunken war. Er presste die Lippen zusammen und schloss noch einmal kurz die Augen in der Hoffnung, dem Kopfschmerz für einen Moment zu entkommen. Es half nicht. Trotzdem hatte er das Laudanum nicht genommen, das der Arzt ihm empfohlen hatte. Er wollte das alles nicht mehr, weder die Medizin noch irgendetwas anderes. Sich mit Alkohol, Opium oder anderen Mitteln zu berauschen, führte nur zu solch furchtbaren Ereignissen wie in der vorletzten Nacht.

Die beiden Männer hatten ihn zusammengeschlagen, noch ehe er überhaupt recht verstanden hatte, was geschah. Der Alkohol hatte seinen Verstand derart benebelt, dass er nur dagestanden hatte wie ein Lamm, das zur Schlachtbank geführt wurde. Weder sein Boxtraining noch den Degen an seiner Seite hatte er zu seiner Verteidigung nutzen können und so war es nur eine Sache weniger Augenblicke gewesen, ehe er bewusstlos am Boden gelegen hatte. Als er wieder zu sich gekommen war, hatte er halb entkleidet in einer Seitengasse im Rinnstein gelegen. Es hatte geregnet, sein völlig durchnässtes und zerrissenes Hemd hatte an seinem Körper geklebt und die eisige Kälte hatte ihn so sehr zittern lassen, dass er sich kaum aufrichten konnte. Der Gestank der Fäkalien, die aus den Nachttöpfen auf die Straße gekippt worden waren, hatte ihm den Atem genommen, doch er hatte es schließlich geschafft, auf allen vieren aus der Gosse zu kriechen. An der Mauer des nächsten Hauses hatte er seinen

ebenso zugerichteten Freund Stephen gefunden und gemeinsam war es ihnen gelungen, eine Mietdroschke anzuhalten.
Auch der Zustand seiner Kleidung am gestrigen Morgen war
unbeschreiblich ekelhaft gewesen. Er hatte das ganze Zeug
wegwerfen lassen, denn es war ohnehin nicht mehr zu retten
gewesen.

Diese entwürdigende und schmerzhafte Erfahrung
bestimmte seitdem seine Gedanken und er hatte den festen
Entschluss gefasst, dass sich von nun an etwas ändern
musste. Nie wieder würde er so betrunken sein, nie wieder
würde er sich mit irgendetwas betäuben, bis er nicht mehr
Herr seiner Sinne war. Es wurde wirklich Zeit, dass er diesen
Dingen entsagte.

Mit einem weiteren Stöhnen erhob er sich und hielt sich
mit beiden Händen an der Kante des Spiegeltisches fest.
Nicht nur sein Kopf brummte wie ein Schwarm ärgerlicher
Hornissen. Sein ganzer Körper fühlte sich an, als wäre er
unter eine Herde schwerer Zugpferde geraten. Während er
leicht schwankend vor dem Spiegel stand, dachte er über die
Verluste der letzten Nacht nach. Die Geldbörse war an
diesem Abend bereits recht leer gewesen, daher schmerzte
deren Fehlen ihn wenig. Auch der Degen war nichts
Besonderes und leicht zu ersetzen. Die Taschenuhr war allerdings eine ganz andere Sache. Es war das Letzte gewesen,
das Madeleine ihm geschenkt hatte.

Bitter presste er die Lippen zusammen. Das Einzige,
korrigierte er sich. Ihr Herz hatte sie ihm schließlich nicht
geschenkt.

Mit einem Schnauben drehte er sich zu dem bodentiefen

Ankleidespiegel. Er sah erstaunlich passabel aus, auf jeden Fall sehr viel besser, als er sich fühlte. Nun, dann würde er sich zusammenreißen und den Menschen da draußen mit einem Lächeln gegenübertreten. Leider konnte er es nicht vermeiden, an diesem ganz normalen Vormittag durch die belebte Einkaufsstraße zu gehen, um zumindest die Taschenuhr zu ersetzen. Außer Stephen und dem Kutscher wusste ja Gott sei Dank niemand, was vorletzte Nacht geschehen war.

Eine halbe Stunde später verließ er die Kutsche am Berkeley Square, ging die Straße hinauf und hielt dann direkt auf das Geschäft des Goldschmieds zu. Sein rechtes Bein schmerzte bei jedem Schritt, doch er riss sich zusammen, damit niemand seinen ungleichmäßigen Gang bemerkte. Die Inhaber der Geschäfte verbeugten sich höflich, wie sie es bei jedem wohlhabend aussehenden Passanten taten, und die Damen und Herren, die hier einkauften oder flanierten und ihm nicht bekannt waren, ignorierten ihn. Er war froh, dass er seine Ruhe hatte. Einmal nur bemerkte er, wie eine rundliche Matrone ihre Begleiterin in die Seite stieß, um dann in seine Richtung zu nicken. Hastig wandten die Damen sich daraufhin ab und begannen, aufgeregt zu tuscheln. Er war sich nicht bewusst, eine von ihnen zu kennen, aber sie schienen sich an ihn zu erinnern, obwohl er so lange fort gewesen war. Überhaupt waren die meisten seiner alten Bekannten und ehemaligen Schulkameraden ihm fremd geworden. Nur ein einziger wirklich guter Freund war ihm geblieben, stellte er zum wiederholten Male fest. Der Rest der Gesellschaft interessierte sich kaum für ihn, und das war ihm ganz recht.

Er war beim Uhrmacher angekommen und besah sich,

was der Mann anzubieten hatte. Es fiel ihm schwer, sich zu entscheiden, da keine der Uhren dem verlorenen Stück ähnelte. Im Grunde musste er ja froh sein, dass er dieses letzte Erinnerungsstück nun nicht mehr täglich in die Hand nehmen musste und so auch nicht mehr jedes Mal an Madeleine erinnert wurde, wenn er nach der Uhrzeit schaute. Er brauchte also nur irgendeine neue Uhr, und so nahm er zu guter Letzt ein recht schmuckloses Ding an einer kurzen Kette.

Trotz des kurzen Fußmarsches fühlte er sich kaum besser. Das Dröhnen im Kopf hatte zwar nachgelassen, aber sein Bein schmerzte immer noch und auch die Rippen hatten offenbar einiges abbekommen. Um durch unschönes Humpeln nicht noch mehr aufzufallen, ging er sehr langsam die Straße wieder hinab, bis er zum Berkeley Square zurückkam und sich unvermittelt vor der Hausnummer 8 wiederfand.

The Pot and Pineapple war der korrekte Name des Teesalons, aber besser bekannt war er als *Domenico Negris Ice Cream Parlour*. Dies war der Ort, an dem er schon als Junge die seltenen Belohnungen für gutes Benehmen eingeheimst hatte. Später hatte er sich hier mit Freunden zu Eis, Tee und Gebäck getroffen und quer über die Tische den jungen Damen bedeutungsvolle Blicke zugeworfen, bis ihre Gouvernanten erzürnt mit ihnen verschwanden. Sehnsucht nach alten Zeiten stieg in ihm auf und er wusste, dass diese Sehnsucht am besten mit einem guten Tee und einem Stück Lemoncake gestillt werden konnte.

Als er eintrat, wehte ihm der altbekannte Duft entgegen, eine Mischung aus Tee, frischem Gebäck und den Orangen.

Es war schon immer eine Besonderheit gewesen, dass der berühmte italienische Patissier seine Leidenschaft für Zitrusfrüchte auf originelle Art zelebrierte. Er dekorierte ganze Orangen in kreativen Mustern mit Gewürznelken und Zimtstücken und präsentierte mindestens zwei davon dann auf der Serviertheke. Der spezielle Duft dieser „Gewürzorangen" war es, woran man diesen außergewöhnlichen Teesalon auch mit geschlossenen Augen erkannt hätte.

Da es noch nicht spät am Vormittag war, fand er problemlos einen guten Platz in der Ecke, von dem aus er alles wunderbar überblicken konnte. Zahlreiche zierliche Tische und Stühle mit vergoldeten Schnitzereien ordneten sich nicht nur in einer Runde am Rand entlang, sondern füllten sogar die Mitte des Raumes völlig aus. An Nachmittagen herrschte hier ein so reges Treiben, dass die Damen mit den weiten Reifröcken sich kaum zwischen den Sitzplätzen hindurchschieben konnten. Jetzt war nur ungefähr die Hälfte der Tische besetzt, aber im Augenblick interessierte er sich nicht für die anderen Gäste. Er musste zuerst wissen, ob es diesen köstlichen Kuchen noch gab, den er schon als kleiner Junge so geliebt hatte. Zuerst bestellte er daher nur den Tee und wollte sich gerade das handgeschriebene Blatt mit den Angeboten des Tages ansehen, als er jemanden laut auflachen hörte und hochsah.

Die junge Dame, die sich da so amüsierte, saß ihm schräg gegenüber und er wunderte sich, dass er sie beim Hereinkommen nicht bemerkt hatte. Als Erstes stach ihm ihr rotblondes Haar ins Auge, das sie allerdings recht streng nach hinten gebunden trug. Ihre natürlich und ungepudert wirkende helle Haut hatte eine leichte Rötung angenommen, als wäre sie erhitzt von der Fröhlichkeit und dem angeregten Gespräch. Das Kleid war ordentlich, aber schlicht, und so wirkte sie neben ihrer Begleiterin, die Anthony den Rücken zugewandt hatte, etwas deplatziert. Diese war in die neueste Mode und ein kräftiges Dunkelblau gekleidet, ihre Frisur kunstvoll aufgesteckt und mit Haarschmuck verziert.

Gerade wollte er sich wieder der Auswahl der Kuchen zuwenden, als die rothaarige Lady seinen Blick auffing. Im Gegensatz zu anderen Damen schlug sie aber nicht sofort die Augen nieder, sondern sah ihn offen und eine Spur herausfordernd an, als warte sie darauf, dass er zuerst wegsehen würde.

Ihm wurde warm. Sie hatte völlig recht, er war dabei erwischt worden, wie er sie anstarrte, nicht umgekehrt. Trotzdem wollte er sie dieses kleine Duell nicht gewinnen lassen. Also setzte er sein gewinnendstes Lächeln auf, beugte sich ein wenig vor und nickte leicht, um eine höfliche Verbeugung anzudeuten. Daraufhin schenkte sie ihm ein Strahlen, das ihn ganz unvermittelt tief Luft holen ließ.

Bei allen Heiligen, dies war die vortrefflichste Lady, mit der er je die Blicke gekreuzt hatte.

Erst jetzt bemerkte er, dass er die Luft angehalten hatte, und als er zischend ausatmete, flog der Angebotszettel in einem eleganten Bogen davon. Verwirrt starrte er dem Papier nach, und als er vom Tisch gegenüber ein leises Kichern hörte, wollte er lieber gar nicht hinschauen. Er machte sich lächerlich und natürlich hatte sie es gesehen. Hastig erhob er sich und bückte sich nach dem flüchtigen Blatt, doch ein kleiner Hund schnappte es sich direkt aus seinen Fingern. Mit hoch erhobenem Haupt stolzierte der Köter zum Platz seiner Besitzerin zurück, legte sich im Schutze ihres ausladenden Reifrocks unter den Tisch und begann das Papier genüsslich zu zerfetzen. Dabei starrte er Anthony so herausfordernd an, als hätte er gerade die Schlacht um den Heiligen Gral gewonnen. Am liebsten hätte er das unverschämte Vieh am Kragen gepackt und ihm seinen Zettel aus dem Maul gerissen.

Kopfschüttelnd wandte er sich zu seinem Tisch zurück und sein Blick glitt ganz von allein zu der Lady gegenüber. Anthony sah, dass sie vor Belustigung kaum noch an sich halten konnte. Ihre Augen sprühten vor unterdrücktem Lachen, aber selbst ihre fest zusammengepressten Lippen konnten nicht verhindern, dass sie vergnügt gluckste. Dieses Geräusch war so ansteckend, dass Anthony selbst ebenfalls ein leises Lachen entschlüpfte. Er nahm wieder Platz, sah auf seinen leeren Tisch und drehte in einer gespielt hilflosen Geste die Handflächen nach oben. Dann sah er zu der Dame, die sich gerade so wunderbar auf seine Kosten amüsierte. Sie zog die Augenbrauen hoch, ihr Blick wanderte von seinem Gesicht zu seinen Händen und sie nickte ihm zu. Dann wandte sie sich an ihre Begleiterin, die während des ganzen Vorfalls von irgendwelchen Kleidern gesprochen und die kleine Episode überhaupt nicht bemerkt hatte.

„Was denkst du, welcher Kuchen sonst noch empfehlenswert ist, außer den Eclairs und der Schokoladentarte, die wir hier haben?" Sie sah kurz zu ihm hinüber. „Oder etwas Herzhaftes?"

Er schüttelte den Kopf, worauf sie sich wieder ihrer Begleiterin zuwandte. „Nein, Süßes, nur Süßes."

„Also der Lemoncake ist wirklich ganz ausgezeichnet, meine Liebe, wirklich ausgezeichnet", gab diese zurück. „Hast du denn noch mehr Appetit? So hervorragende Leckereien wie hier hast du sicher in Oxfordshire nicht bekommen, oder?"

„Nein, Tante, bei Weitem nicht. Aber ich denke, den köstlichen Lemoncake werde ich bei unserem nächsten Besuch nehmen. Ich hoffe doch sehr, dass wir hier noch öfter einkehren werden."

„Oh, sicher, meine Liebe, sicher werden wir das."

Anthony nickte dankend und als er dann einen Lemoncake bestellte, wurde er wieder mit diesem wunderbaren Strahlen belohnt, das in ihm ein ganz ungewohntes Glücksgefühl auslöste.

Die Lady wandte sich wieder ihrer Schokoladentarte zu und lauschte den Ausführungen ihrer Begleiterin. Anthony konnte nicht verhindern, die Konversation der Damen ebenfalls zu hören. So erfuhr er, dass die Dame mit den roten Haaren in letzter Zeit nicht in London gelebt hatte und dass ihre Begleiterin offenbar ihre Tante war. Vage glaubte er, diese zu kennen, aber da sie mit dem Rücken zu ihm saß, konnte er das nicht sicher feststellen.

Sein Lemoncake wurde serviert, und mit Genuss machte er sich darüber her, während er aus dem Augenwinkel die Lady beobachtete, die ebenfalls immer wieder herübersah. Die beiden Damen schienen sich prächtig zu amüsieren und ein Mal lachte die Tante so laut auf, dass sogar die Gäste der

Nebentische sich umwandten. Sie hatte also offenbar Humor, diese überaus anziehende junge Frau mit den ungewöhnlichen roten Haaren. Außerdem schien sie selbstbewusst und hilfsbereit zu sein, soweit er das bis jetzt beobachten konnte.

Ein Stück ihres Kuchens klebte an ihrem Kinn, und als er es bemerkte, konnte er ein amüsiertes Grinsen nicht verbergen. Fragend hob sie die Brauen und er deutete mit dem Finger auf sein eigenes Kinn. Sie versuchte, das Malheur schnell mit der Hand wegzuwischen, machte es aber nur schlimmer und verrieb die Schokolade zu einem größeren Fleck.

Er lachte auf, im nächsten Moment tat es ihm aber schon leid, denn er wollte sich wirklich nicht über sie lustig machen. Ihre Bemühungen, den Schokofleck zu entfernen, waren allerdings wirklich amüsant, und das Beste daran war, dass sie selbst lachen musste, anstatt konsterniert oder verärgert zu sein.

Als die Damen sich erhoben und den Teesalon verließen, deutete er zum Abschied noch einmal eine Verbeugung an und erhielt ebenso ein Nicken zurück. Er bedauerte sehr, dass diese amüsante Beinahe-Bekanntschaft nun schon beendet war, und hoffte, die Lady bei irgendeinem gesellschaftlichen Ereignis bald wiederzusehen.

In den nächsten Tagen würde es einen Ball bei den Hendersons geben. Der Earl hatte gefordert, dass er daran teilnehmen sollte. Eigentlich war es eher ein Befehl gewesen. Tatsächlich hatte er etwas gutzumachen, da er am Ankunftstag von Gregorys Zukünftiger weder beim Dinner noch im Verlauf des weiteren Abends im Hause gewesen war. Die

Zeit mit Stephen zu verbringen war ihm angesichts dessen Verlusts wichtiger erschienen, aber solche Dinge würde der Earl ohnehin nie verstehen. Auch die Vermutung der Familie, dass er sich mit irgendwem geprügelt hätte, war von ihm ganz absichtlich unkommentiert geblieben. Die Wahrheit, dass Stephen und er so betrunken gewesen waren, dass sie sich nicht einmal gegen zwei gewöhnliche Strauchdiebe hatten zur Wehr setzen können, wäre noch weitaus beschämender gewesen. Also musste er nun Wiedergutmachung leisten. Er war nach wie vor nicht erpicht darauf, das Mündel seines Vaters kennenzulernen, aber er konnte auch keinen plausiblen Grund anbringen, nicht mit der ganzen Familie zum Ball der Hendersons zu kommen. Jetzt allerdings lagen die Dinge anders. Jetzt hoffte er, die mysteriöse und so interessante rothaarige Dame wiederzusehen. Das würde ihm den Ballabend erheblich versüßen und vielleicht würde er sogar länger als die erzwungenen zwei Stunden bleiben.

KAPITEL DREI

„Also, das ärgert mich jetzt ernstlich", gab Tante Liddy zu, während sie in der Kutsche der Tante zum Ball unterwegs waren. „Du hättest wirklich etwas sagen müssen. Vielleicht kenne ich ihn und hätte euch vorstellen können."

Fiona schüttelte den Kopf. Vorgestellt zu werden und sich ganz normal zu unterhalten, hätte ja den ganzen Spaß verdorben. Andererseits wüsste sie immerhin jetzt seinen Namen und könnte die Tante nach dem Unbekannten ausfragen. „Ich war sicher, du hättest ihn im *Pot and Pineapple* ebenfalls gesehen, zumindest beim Hinausgehen."

„Nein, mir ist kein *wundervoller eleganter Herr mit einem umwerfenden Lächeln* aufgefallen."

Fiona kicherte. „Habe ich ihn so genannt? Das ist er aber auch wirklich." Sie lehnte sich in der Kutsche nach hinten und schloss verträumt die Augen. Als er sie angelächelt hatte, war ihr gewesen, als würde die Sonne aufgehen. So etwas hatte sie noch nie erlebt. Und die Sache mit dem frechen kleinen Hund! Sie kicherte noch einmal in sich hinein. Das Gesicht des Unbekannten war so ratlos und überrascht gewesen, dass der Drang, laut loszulachen, sie fast zerrissen

71

hätte. Ob sie ihn wohl heute Abend wiedersehen würde? Oh nein, heute würde sie vielleicht jemand ganz anderen sehen. Sie sank in sich zusammen und alle Vorfreude auf den Ball war verschwunden.

„Tante, glaubst du, dass einer der beiden heute Abend da sein wird?"

„Welche beiden? Dein wundervoller Unbekannter und wer noch?"

„Nein, den meine ich nicht." Sie schlang die Arme ineinander und zog die Schultern hoch. „Ich meine die Royston Brüder, Gregory und Anthony. Werden sie wohl da sein, was denkst du?"

Tante Liddy schüttelte den Kopf. „Ich denke nicht, dass Stourton Gregory überreden kann, nach London zu kommen. Der Unfall, bei dem seine Frau gestorben ist, hat ihn völlig aus der Bahn geworfen. Da braucht es ein handfestes Wunder, ehe er sich wieder in die Gesellschaft begibt. Allerdings wird Anthony kommen, denke ich. Er hatte mit seinem Vater einen heftigen Streit, soweit ich weiß, wegen deines Ankunftstages und der Schlägerei. Er wird ihn wohl verdonnert haben, heute Abend zum Ball zu erscheinen. Also, ich halte es durchaus für möglich, dass du zumindest Anthony endlich kennenlernst."

Fiona zog die Schultern noch höher und schüttelte unglücklich den Kopf.

„Also wirklich, Fiona, so schlimm wird das alles gar nicht. Ich weiß nicht, wie du darauf kommst, dass er ein schlechter Kerl wäre. Wahrscheinlich hat Edna dir das eingeredet. Die lässt ja ohnehin an niemandem ein gutes Haar, an ihrem zweiten Sohn am allerwenigsten." Entrüstet schnaubte Liddy und beugte sich dann vor, um Fiona eine Hand auf den Arm zu legen. „Mein Kind, es wird alles gut, dafür werde ich schon sorgen."

Überrascht sah Fiona auf. „Glaubst du, dass du den Earl von der ganzen Sache abbringen kannst?"

„Wir werden sehen, aber Stourton ist nicht das Problem, Edna ist diejenige, die in diesem Haushalt insgeheim das Zepter führt, und sie ist es auch, die am meisten Bitterkeit und Groll in sich trägt." Ein nachdenklicher Zug trat auf das Gesicht der Tante. „Aber sie hat ja auch Grund dazu."

Fiona runzelte die Stirn. Sie kannte nur einen einzigen Grund für all den Hass und ihre Verbitterung der Countess, und das war der rätselhafte Tod ihrer Tochter. Wusste Tante Liddy etwas darüber?

Gerade als sie fragen wollte, hielt die Kutsche an.

„Kind, lass uns die trüben Gedanken verscheuchen, heute Abend werde ich meine wunderschöne Nichte wieder in die Gesellschaft zurückführen." Sie lächelte Fiona strahlend an, ehe sie sich erhob, um auszusteigen.

Fiona sah an sich herab. Tatsächlich hatte die Tante es geschafft, dass ihr der Earl mehrere wundervolle Kleider bezahlt hatte, und dieses war das schönste. Der zarte Grünton passte hervorragend zu ihrem Haar. Die Zofe der Countess hatte ihr eine aufwändige Hochsteckfrisur drapiert, die einige Locken bis zu den Schultern hinabfallen ließ und ihre widerspenstigen Kringel tatsächlich wunderbar elegant aussehen ließen.

Leider hatte die Countess ja ihre eigene Zofe damit

beauftragt, Fiona für den Ball anzukleiden, und natürlich war sie unter dem strengen Blicken ihrer Herrin dazu gezwungen, die Schnürung so eng zu ziehen, dass Fiona wieder die andauernde, leichte Übelkeit verspürte. Sie solle ihre übermäßigen Rundungen nicht so herausfordernd zur Schau stellen, hatte die Countess befohlen. Mit Tränen in den Augen hatte Fiona an sich hinabgesehen. Ihre Taille war so schmal wie bei keiner anderen Frau, die sie kannte, und auch ihre Arme und Beine waren recht dünn. Eigentlich war sie fast unansehnlich mager und verstand absolut nicht, was die Countess mit übermäßigen Rundungen meinte. Die Zofe hatte unter ihren strengen Blicken gezogen und gezerrt, bis Fiona kaum noch Luft bekam. Erst dann war sie zufrieden gewesen.

„Komm schon, träum nicht. Der Ballsaal ist sicher bereits zur Hälfte gefüllt und man erwartet dich."

Eilig stieg Fiona aus. „Man erwartet mich? Wie kann das sein, es kennt mich doch niemand?"

Die Dowager Countess wandte sich mit einem verschmitzten Grinsen um. „Ach, meine Liebe, mich kennt man in der Gesellschaft schon lange genug und ich habe allen erzählt, dass ich heute eine große Überraschung mitbringe."

Fionas Gesicht wurde heiß, und sie wusste nicht, was sie antworten sollte. Sie wurde erwartet und wahrscheinlich waren diese Erwartungen unerfüllbar. Inzwischen hatte sie sicherlich wieder einen feuerroten Kopf und vor Aufregung waren ihre Hände ganz feucht. Mit hektischen flachen Atemzügen versuchte sie, sich zur Ruhe zu zwingen. In solchen Momenten half es immer am besten, wenn sie an ihren verstorbenen Vater dachte. Er hatte eine starke und selbstbewusste Frau aus ihr machen wollen. In endlosen Streitgesprächen beim Dinner hatte er ihre Intelligenz herausgefordert und sie dazu gebracht, sich ein eigenes Bild von der Welt zu machen. Sie sollte dem Mann ebenbürtig sein, den sie einmal heiraten würde, hatte er immer gefordert. Natürlich hatte er sich dabei einen schottischen Clanführer seines eigenen Kalibers vorgestellt. Dass sie einem englischen Einsiedler die Hand reichen würde, das hatte er sicher nicht gewollt. Statt ihr die erhoffte Stärke für den heutigen Abend zu geben, brachten die Erinnerungen an ihren Vater nun Tränen. Hastig blinzelte sie.

„Mein Mädchen, mach dir keine Gedanken, Du wirst die Bewunderung des ganzen Saales ernten und sie alle im Sturm erobern." Tante Liddy wandte sich zu ihr und sah ihr ernst ins Gesicht. „Ich wollte dich mit meiner Ankündigung nicht erschrecken."

„Nein, das hast du nicht. Ich musste nur gerade an Atahir denken."

„Oh ja, deinen Vater Robert vermisse ich auch immer noch sehr. Er war ja immerhin mein einziger Bruder. Heute Abend wäre er bestimmt stolz auf dich. Weißt du eigentlich, dass du deiner Großmutter sehr ähnlich siehst, meine *Cluaran Beag*?"

Fiona lächelte tapfer. „Ja, das hat er auch immer gesagt."

„Komm, lass uns zusammen hineingehen und den Londonern mal zeigen, was stolze schottische Frauen sind."

„In Ordnung", nickte Fiona verzagt. Hauptsache, ich muss heute nicht mit diesem immer betrunkenen Lord

Royston tanzen, dachte sie bei sich, wollte das Thema aber mit ihrer Tante nicht noch einmal ansprechen.

~

„Lord Havthorne, es tut mir sehr leid, aber es ist leider kein Platz auf meiner Tanzkarte mehr frei." Fiona schenkte dem Unglücklichen ein etwas gezwungenes Lächeln und er verbeugte sich steif, ehe er sich zurückzog.

„Aber Fiona, das stimmt doch gar nicht", schalt die Tante sie mit einem Augenzwinkern, als Havthorne außer Hörweite war. „Mit diesem Herrn hätte ich allerdings auch nicht gern getanzt."

„Oh, Tante, er wirkte so unsympathisch und außerdem hatte er irgendwie einen seltsamen Geruch an sich." Fiona war schon ein wenig erschöpft von dem ganzen Trubel und es war ihr ganz recht, dass sie nun einmal aussetzen konnte. Sie hatte heute Abend mit vielen sehr verschiedenen Herren gesprochen und getanzt. Große und kleine, gutaussehende und weniger attraktive, aber nun brauchte sie wirklich eine Pause. Insgesamt war es ihr hier viel zu stickig und die Luft war mit den Parfüms und Duftwässern der anwesenden Lords und Ladys derart geschwängert, dass sie kaum wagte, tief einzuatmen. Sie wollte zu gern ein wenig nach draußen gehen und die kühle Nachtluft genießen, bevor der nächste hochwohlgeborene Lord sie wieder auf die Tanzfläche führen würde.

Auf ihrem Weg zur Terrasse ließ sie den Blick über die anwesenden Damen und Herren schweifen und bewunderte die Kleider und Gehröcke. Sich selbst fand sie vergleichsweise exotisch und deplatziert mit ihren roten Haaren und dem mintgrünen Kleid. Die Damen hier hatten zumeist blondes Haar und hellten es wohl zusätzlich mit Stärkepuder auf. Außerdem hatte die Lady von Stand natürlich vornehm blass zu sein, doch dafür war sie selbst in diesem Sommer deutlich zu oft in der Sonne gewesen. Sie verstand nicht wirklich, warum sich die Herren heute Abend anscheinend um einen Tanz mit ihr rissen.

Freundlich lächelnd versuchte sie, sich durch die Menschen zu drängen, die vor den großen Terrassentüren in Grüppchen zusammenstanden, anscheinend unentschlossen, ob sie nun nach draußen gehen wollten oder nicht. Es half nichts, anscheinend wollte man sie nicht hinauslassen. Suchend schaute sie sich nach ihrer Tante um, denn vor Lady Watford teilte sich die Menge, wenn sie sich nur erbost räusperte.

Ihr Blick blieb an einem Gesicht hängen, und als sie erkannte, wer sie da mit einem spöttischen Lächeln beobachtete, wurden ihre Wangen wieder einmal sehr heiß. Der Unbekannte aus dem Teesalon stand in einiger Entfernung und beobachtete amüsiert ihren vergeblichen Versuch, nach draußen zu gelangen. Wieder neigte er leicht den Kopf, um eine Verbeugung anzudeuten, wie er es schon im Teesalon getan hatte. Fiona holte tief Luft, lächelte und nickte ihm ebenfalls zu. Die Entfernung war zu groß, als dass sie sich direkt hätten unterhalten können, aber das größere Problem war, dass sie noch niemand einander vorgestellt hatte. Ihr Herz klopfte bis zum Hals, denn so sehr sie sich auch gewünscht hatte, ihn heute hier wiederzusehen, so unsicher wurde sie plötzlich. Er sah ausnehmend gut aus in seinem dunkelblauen Gehrock mit den goldenen Stickereien an der Knopfleiste und den weiten weißen Spitzenrüschen an den Ärmeln. Neben dem beleibten Herrn, der sich soeben an ihm vorbeidrängte, wirkte er selbst im Gesicht eher hager, beinahe etwas kantig. Sein Mund war schmal und sah ein wenig so aus, als würde er die Lippen zusammenpressen. Sein Lächeln wirkte wohl auch dadurch ein wenig spöttisch. Er trug selbst heute zu diesem Anlass keine weiße, gepuderte Allonge-Perücke, deren lange Haare bis über die Schultern reichten, sondern sein eigenes braunes Haar in einem strengen Zopf nach hinten gebunden. Sie sah noch einmal hin. Nein, es war doch ebenfalls eine Perücke, aber ganz ungewöhnlicherweise eine dunkle.

Da sie selbst ja eher unscheinbar war, fragte sie sich, ob er überhaupt mit ihr sprechen würde. Oder war sein Gruß nur höflich und er machte sich insgeheim über sie lustig? Sie wandte den Blick ab und starrte auf ihre Finger, die sich ganz von allein ineinander verschlungen hatten. Er beobachtete sie, sie spürte das, auch ohne hinzusehen. Diese verflixte Hitze brannte auf ihrem Gesicht, als stünde sie in Flammen, und sie wusste, dass es ganz furchtbar aussah, wenn sie derart errötete. Ihre Hände waren feucht, und sie sah sich hilfesuchend nach der Tante um. Wieder traf sie seinen Blick, und wieder machte ihr Herz einen Hüpfer, als er sie warmherzig anlächelte. Doch sie wollte ihm vorgestellt werden und insgeheim hoffte sie, er würde sie sogar zu einem Tanz auffordern.

„Da bist du ja, Kind", erklang Tante Liddys Stimme von hinten.

Erleichtert fuhr Fiona herum und stieß dabei einem Lakaien mit dem Ellenbogen ein ganzes Tablett voller Gläser aus der Hand. „Oh Himmel, verzeihen Sie, das war nicht meine Absicht."

Die verschiedenen Getränke hatten die Kleidung des Mannes vorn völlig durchnässt und verzweifelt bemühte er sich, die auf dem Tablett verbliebenen Gläser nicht auch noch fallen zu lassen. Mehrere Damen kreischten auf und wichen zurück, aber es war zu spät, auch ihre Kleider hatten bereits Spritzer abbekommen. Fionas Blick glitt zu Boden. Ohne weiter nachzudenken, bückte sie sich, um die Scherben einzusammeln. Sie stellte fest, dass dieser unpraktische Reifrock ihr dabei furchtbar im Weg war. Außerdem bekam sie schon wieder kaum Luft, als sie derart zusammengekauert am Boden hockte. Mit einer Hand raffte sie den Rock zur Seite und seufzte auf, als sie die Scherben überall zwischen den Füßen der Leute liegen sah. Das hatte sie ja wunderbar gemacht.

Der Träger des Tabletts und die Tante redeten zugleich auf sie ein. „Mylady, ich bitte Sie, Sie werden sich noch verletzen, ich erledige das sofort." Der Mann war ganz außer sich und fuhr fort zu beteuern, dass es sein eigener Fehler gewesen wäre, während Fiona das vehement abstritt. Die umstehenden Gäste hatten einen Kreis um sie und den armen Angestellten gebildet und Fiona hörte, wie sie sich über die Situation lustig machten. Sie wollte im Erdboden versinken. Da sich kein geeignetes Loch im Parkett auftat, war sie schließlich gezwungen, sich wieder zu erheben. Warum sie zwei zerbrochene Gläser in der Hand hielt, konnte sie selbst nicht sagen, aber es war auch gleich, sie wollte nur ganz schnell fort von diesem Desaster. Mit gesenktem Blick trat sie beiseite und prallte gegen eine breite Brust. Erschrocken wich sie wieder zurück. Notgedrungen hob sie den Blick und starrte in zwei hellblaue Augen, die ihr Herz einen Moment zum Stillstand brachten. Ausgerechnet er, der Unbekannte vom Teesalon, stand vor ihr. Seine Nähe und das leicht belustigte Funkeln in seinem Blick bescherten ihr wieder dieses flatternde Gefühl im Magen.

Er beugte sich noch ein wenig vor und flüsterte ihr ins Ohr. „M-ylady, darf ich Ihnen das a-abnehmen?"

Die Vibration seiner Stimme jagte ihr einen warmen Schauer über den Rücken und ihr Blick hing noch immer an seinen unglaublich hellen Augen, als seine Hand unvermittelt die ihre berührte. Sie zuckte zurück und schloss dabei unvermittelt die Hand. Im nächsten Moment spürte sie einen Stich in der Handfläche.

„V-erzeihung, i-ich wollte Sie nicht erschrecken", versicherte er, hielt aber ihre Hand mit den Scherben fest.

Fiona öffnete die Finger und starrte auf das Blut, das langsam durch ihren weißen Handschuh sickerte und begann, die Innenfläche rot zu färben.

„Ich, äh …", begann sie, wusste aber nicht, was sie sagen sollte. Ihr wurde übel, sie schloss kurz die Augen, um dieses Gefühl zurückzudrängen, und atmete hektisch ein. Im nächsten Moment waren die Glassplitter aus ihrer Hand verschwunden und er zog ihr den langen Handschuh aus, während er mit noch tieferer und besorgter Stimme etwas von Verletzung murmelte. Sie erschrak vor dem elektrisierenden Gefühl, das seine Hand auf ihrem Unterarm auslöste, und trat einen Schritt zurück. Er hielt sie weiterhin fest, doch Fiona schloss die Faust wieder, zog energisch ihre Hand fort und starrte auf seine Finger, die jetzt nur noch ihren blutverschmierten Handschuh hielten.

„Das ist nichts", stellte sie fest und versteckte den Arm hinter ihrem Rücken.

„Ah, da haben die beiden sich ja schon gefunden, wie wundervoll."

Fiona verdrehte die Augen und sandte ein Stoßgebet zum Himmel. Es war wohl unvermeidlich, dass der Earl in diesem peinlichen Moment auch noch auftauchen würde.

„Dann kann ich euch ja endlich offiziell vorstellen. Fiona, Anthony Royston, mein zweiter Sohn. Ant, das ist Lady Fiona Anna Maxwell, Tochter meines verstorbenen Schwagers Robert Maxwell, Marquess of Solway."

Erschrocken riss Fiona die Augen auf und starrte in das jetzt kreidebleiche Gesicht des mysteriösen Unbekannten, der sich zu ihrem grenzenlosen Entsetzen als Lord Royston entpuppt hatte. Sie wollte sich die Hand vor den Mund schlagen, hielt jedoch im letzten Moment inne und starrte auf all das Blut, das sich inzwischen auf ihrer Haut verteilt hatte. Dann wurde ihr schwarz vor Augen.

∽

Anthony holte tief Luft und wollte impulsiv einen Schritt zurücktreten, da sackte Lady Fiona vor ihm unvermittelt in sich zusammen. Gerade konnte er noch verhindern, dass sie in die am Boden liegenden Scherben fiel. Schnell hob er sie in seine Arme, sah sich suchend um und trug sie dann, ohne weiter zu zögern, in den am nächsten liegenden Nebenraum.

Sie war deutlich leichter, als er erwartet hatte. Ihr leichter Rosenduft zog in seine Nase und ihre schmalen Schultern an seiner Brust erfüllten ihn mit ungeahnter Wärme. Er machte den Fehler, in ihr schmales, blasses Gesicht zu sehen, und das Gefühl, sie beschützen zu wollen, erwachte mit ungeahnter Heftigkeit in ihm. Er wollte sie hier fortbringen, weg von all dem Lärm, den vielen Menschen und von der zeternden Countess, die ihm unmittelbar auf den Fersen war.

Dann erinnerte er sich plötzlich daran, wer sie war, und hastig wandte er den Blick ab. Nein, mit dieser furchtbaren Schottin wollte er nichts zu tun haben, zumindest solange sich das vermeiden ließ. Er eilte durch die Tür, die ein Lakai für ihn aufriss. Ein Sofa am Fenster erschien ihm geeignet, er ließ die Lady auf die Polster gleiten und wandte sich mit einem Ruck ab, um den Raum so schnell wie möglich wieder zu verlassen. Anthony stellte fest, dass auch der Earl, *die Countess*, wie er seine Mutter stets betitelte, und Lady Watford hinter ihm in den Raum gekommen waren.

„Was hast du nun schon wieder getan?", verlangte der Earl mit beißender Schärfe zu wissen, aber er war viel zu geschockt von den Ereignissen der letzten Minuten, um sich jetzt mit irgendwelchen Anschuldigungen auseinandersetzen zu können. Also ignorierte er ihn und schritt geradewegs zur Tür. Der Earl stellte sich ihm in den Weg, und als er trotzdem vorbeidrängte, packte er seinen Arm.

„Erkläre mir, was hier geschehen ist!"

„Nichts ist geschehen. Sie ist ohnmächtig geworden und ich habe sie hier hereingetragen, das ist alles." Das war es, was er sagen wollte, aber bereits der erste Buchstabe hängte sich in seinem Hals auf. „N-n-n-ni…" Er holte tief Luft und ballte die Fäuste. „Nichts", stieß er schließlich hervor.

Als er eben vor der Lady gestanden hatte, waren die kleinen Stolperer in seinen Worten fast unbemerkt geblieben. Aber dem Earl gegenüber quälte sich jede Silbe in unendlicher Langsamkeit über seine Lippen.

„O-o-ohn-mächtig g-g-geworden." Er wusste, dass er bei diesem Gestammel das Gesicht verzog und das Atmen völlig vergaß, aber es half nichts, er konnte nicht verhindern, dass er sich wieder einmal zum Gespött machte. Am liebsten hätte er den Earl angeschrien, aber er schaffte es nicht einmal, in normaler Lautstärke zu sprechen. Er gab es auf und wandte sich mit brennenden Wangen ab. Immerhin war die Lady noch bewusstlos und hatte sein Versagen nicht mit anhören müssen. Ohnehin würde er ihren panischen Gesichtsausdruck, als sein Vater ihn vorgestellt hatte, wohl nie vergessen.

„Sie blutet!" Lady Watford saß neben der ohnmächtigen Lady Fiona und hielt ihre verletzte Hand hoch.

„Oh Himmel, wir müssen einen Arzt rufen", bestimmte die Countess und wedelte herrisch mit den Armen, damit einer der Anwesenden sich in Bewegung setzen sollte.

„Ach nein, Edna. So viel Aufhebens wird nicht nötig sein, es ist nur ein kleiner Schnitt", hielt Lady Watford dagegen und wedelte mit einem Riechfläschchen unter die

Nase der Ohnmächtigen. „Ein kleiner Verband sollte genügen. Es wird dem Mädchen auch gar nicht recht sein, wenn wir so einen Tumult veranstalten."

Der Earl wandte seine Aufmerksamkeit von Anthony ab, trat zu dem Sofa hinüber und sah strafend auf Lady Watford hinunter. „Das haben Sie ja nun nicht zu entscheiden, Mylady. Überlassen Sie diese Dinge besser mir, ich bin schließlich ihr Vormund."

Lady Watford sprang auf und fuhr zum Earl herum. „Ja, leider sind Sie das, aber nur weil mein Harold nicht mehr lebt. Ich bin ihre einzige echte Verwandte und eigentlich sollte ich das Recht haben ..."

Der Earl schnitt ihr das Wort ab. „Also dieses Thema haben wir doch schon zur Genüge erörtert."

Er redete noch weiter auf die Lady ein, aber Anthony hörte nicht mehr zu. Ein wenig bemitleidete er seine unbekannte Teehausdame, die sich ja nun als Lady Fiona entpuppt hatte, da sich die anderen über ihr Wohlergehen stritten, ohne dass sich irgendjemand tatsächlich um sie kümmerte. Er konnte ihr leider auch nicht helfen, denn er musste endlich aus diesem Irrenhaus hinaus und seine Gedanken ordnen.

Leise schloss er die Tür hinter sich und ging in Richtung der Terrasse. Inzwischen wurde wieder getanzt, daher hatte sich dieser hintere Teil des Saales etwas geleert und er konnte ungehindert nach draußen gelangen.

Die Kühle des Abends schlug ihm entgegen und unwillkürlich verschränkte er die Arme vor der Brust. Er wies einen der Lakaien an, ihm seinen Umhang zu bringen, denn er hatte vor, eine ganze Weile hier draußen zu bleiben. Als der Mann zurückkam, warf er sich den wärmenden Stoff eilig um und ging den hellen Kiesweg hinunter in den hinteren Teil des Gartens. Hier war er endlich allein und sofort fand er auch eine Bank, die mit dem Rücken zur Gartenmauer stand. Seufzend ließ er sich darauf fallen und starrte hinüber zum hell erleuchteten Haus.

Das war sie also, die zukünftige Ehefrau seines Bruders. Er hatte sie sich anders vorgestellt und ganz bestimmt hatte er nicht daran gedacht, dass es sich um die faszinierende Unbekannte aus dem Teehaus handeln könnte.

Er lehnte sich nach hinten, hob seinen Blick zu den Sternen und presste verbittert die Lippen zusammen. Pah, faszinierend. Da war offensichtlich seine Fantasie mit ihm davongaloppiert. Was er heute gesehen hatte, bestätigte jedenfalls seine Vermutungen über die schottische Landpflanze.

Sie war zwar ausnehmend schön, aber nicht wie eine echte Person, sondern eher wie eine der Feen oder Elfen aus einem Kindermärchen. Ihr schlanker Körper hatte etwas Zerbrechliches und sicher war es nur diese Tatsache gewesen, die ihn vorhin dazu gebracht hatte, sie beschützen zu wollen. Auch ihr rotes Haar entsprach so gar nicht der gängigen Mode. Und die grünen Augen, die ihn so angefunkelt hatten … Nein, von schönen Augen würde er sich nicht einfangen lassen. Ganz gleich wie charmant sie funkelten oder wie schön die Lady war, sie war nicht für ihn. Sein Bruder würde sie bekommen, ob er sie wollte oder nicht.

Ihm war kalt und er erhob sich wieder, um im hinteren Teil des Gartens etwas auf und ab zu gehen. Hier war außer ihm niemand und zwischen den hohen Hecken würde auch sein Vater ihn nicht so bald finden. Sein Vater, der dieses schottische Mädchen für Gregory ausgesucht hatte. Sie war ungeschickt und linkisch, sonst hätte sie das Tablett gar nicht erst heruntergestoßen. Außerdem war sie sich ihres Standes nicht bewusst. Das war ersichtlich geworden, als sie sich gebückt hatte, um eigenhändig das Glas aufzuheben. Und dumm, ganz offensichtlich war sie dumm, wer würde eine Faust machen, wenn er Glasscherben in der Hand hatte. Ihr Gesichtsausdruck bei den Worten des Earls hatte blankes Entsetzen gezeigt. Sie hatte ihn angestarrt, als hätte er drei Köpfe. Und überhaupt, in Ohnmacht fallen, also wirklich. Das war die allerbilligste Methode kindischer junger Damen, um sich aus der Affäre zu ziehen, wenn ihnen etwas nicht passte.

Was für wundervolle Dinge hatte er sich in den vergangenen beiden Tagen über die schöne Unbekannte aus dem Teesalon zusammengesponnen. Nein, er hatte geschworen, niemandem je wieder sein Herz zu schenken, schon gar nicht der Braut seines Bruders.

Er schnaubte und ballte die Fäuste, dann hieb er gegen einen Baumstamm, und erst der Schmerz seiner Knöchel ließ ihn innehalten. Nein, er war nicht enttäuscht, dass die Lady aus dem Teehaus sich als die Braut seines Bruders entpuppt hatte. Im Gegenteil, es war gut, dass es so gekommen war, denn Frauen waren grundsätzlich falsch und hinterlistig. Er wusste das, er kannte ihre Masche und er würde nie wieder das willige Opfer sein.

Natürlich musste Gregory diese Lady Fiona heiraten,

denn vorher würde der Earl keine Ruhe geben. Er selbst würde ihre Anwesenheit im Haus und bei Gesellschaften nur diese eine Saison lang ertragen müssen. Er würde diese Gelegenheiten auf das Unvermeidliche reduzieren und dieses dumme schottische Mädchen darüber hinaus ignorieren. In einem schwachen Moment hatte er sich einer Unbekannten gegenüber völlig abwegige Gefühle erlaubt, aber in Zukunft würde das kein Problem mehr sein. Nun wusste er ja, wer sie war und was seine Aufgabe in dieser Charade sein würde.

KAPITEL VIER

Fionas Welt drehte sich und laute Stimmen um sie herum verwirrten sie zusätzlich. Es dauerte einen Augenblick, bis sie sich erinnerte, was geschehen war. Schnell schloss sie die Augen wieder. Der wundervolle Unbekannte war also Anthony Royston, der Trunkenbold und Schläger. Ihr künftiger Schwager.

Das durfte nicht wahr sein!

Mit der Kraft der Verzweiflung hatte sie gehofft, dass irgendein ehrenwerter Gentleman sie vor ihrem Schicksal retten und mit ihr fliehen würde. In ihren verrückten Tagträumen war ihr der Fremde aus dem Teesalon wie der mögliche Retter erschienen, und nun verkehrte sich alles ins Gegenteil. Niemand würde sie retten, niemand konnte ihr helfen.

Die Tante, der Earl und die Countess diskutierten im Flüsterton in dem Erker neben der Tür, aber Fiona sah, dass beide sehr aufgebracht waren. Schließlich schimpfte die Tante laut: „Nein, das kann ich nicht länger hinnehmen. Ich bin ihre einzige wirkliche Verwandte, sie sollte nicht unter Eurer Vormundschaft stehen. Die Zukunft des Mädchens steht auf dem Spiel. Ich werde meinen Rechtsbeistand aufsuchen, jetzt gleich." Mit diesen Worten stürmte sie aus dem Zimmer, woraufhin die anderen beiden ihr aufgebracht nachliefen.

Sie war allein.

Und sie fühlte sich einsam, so sehr, dass es hinter dem Brustbein schmerzte und ihr wieder die Tränen in die Augen stiegen. Schluchzend richtete sie sich auf und sah sich um. Sie musste fort, weit fort, und wenn ihr niemand helfen konnte, musste sie sich eben auf eigene Faust auf den Weg machen. Stets hatte ihr Vater ihr erklärt, dass sie selbst tun musste, was richtig war. Sie durfte nicht darauf warten, dass irgendwer anderes handelte, und selbst nur untätig zusehen. Viel zu lange hatte sie sich von der Countess vorschreiben lassen, was richtig und was falsch war, und sogar begonnen, sich in Adele zu verwandeln, nur damit das Zetern und Schimpfen ein Ende hatte.

Nun war es genug. Nun musste sie wieder Fiona sein. Sie würde tun, was ihr Athair ihr geraten hätte, und sich von diesem Onkel und seinen Söhnen nicht einschüchtern lassen. Sie musste erst einmal fort, und dann würde sie diesen Cousin, der die Burg geerbt hatte, um Hilfe bitten. Ihre beste Chance zu fliehen war jetzt und sofort, solange die anderen mit ihrem Streit beschäftigt waren.

Sie wollte tief Luft holen, aber die enge Schnürung hinderte sie daran. Wieder stiegen diese verflixten Tränen in ihr hoch. Diese Schnürung, die sie am Atmen, am Essen und überhaupt am Leben hinderte, trug sie nun schon, seit sie in Stourton Manor angekommen war. Immer enger und enger hatte sich das steife Mieder in den vergangenen Jahren wie eine Fessel aus Stoff und Fischbein um sie gezogen. Sicherlich war das auch der Grund dafür, dass sie so übermäßig dünn war und ihr so leicht schwindelig wurde. Sie musste sich davon befreien, jetzt sofort.

In einem Morgensalon wie diesem gab es vielleicht einen Schreibtisch und darin vielleicht ein Messer oder einen Brieföffner. Schwankend erhob sie sich und fasste die Sofalehne, bis das Drehen des Raumes nachließ. Dann schaute sie sich noch einmal gründlicher um. Wie erwartet stand der Schreibtisch nahe beim Fenster. Hektisch riss sie die Schubkästen auf und fand nach kurzem Suchen einen recht scharfen Brieföffner. Entschlossen packte sie den vergoldeten Griff und suchte mit den Fingerspitzen im Ausschnitt nach den vorderen Schnürbändern. Sie steckten tief unten im Kleid und sie konnte sie auch nicht nach oben ziehen, daher steckte sie den Brieföffner entschlossen vorn in den Stoff und durchschnitt mit ein paar energischen Bewegungen einige der Bänder. Erleichtert holte sie tief Luft und fühlte sich mit einem Mal so befreit und leicht, als hätte sie nicht nur ein paar Schnüre durchtrennt. Wie befreit von einer alten Fessel atmete sie noch einmal tief durch. Dann zog sie mit einem Ruck das Metall wieder aus dem Mieder. Sie spürte den feinen Schnitt kaum, den die Spitze über ihre Haut zog, doch sofort perlten ein paar Blutstropfen über ihre Brust. Erschrocken wischte sie darüber und verschmierte das Blut nur noch, aber dann ließ sie davon ab. Der Schnitt würde ebenso schnell aufhören zu bluten wie die kleine Verletzung an ihrem Finger. Von so etwas konnte sie sich jetzt nicht aufhalten lassen. Entschlossen zerrte sie an der Schnürbrust, um sie noch etwas weiter zu lockern, dann wandte sie sich zur Tür, hielt aber sofort wieder inne.

So konnte sie nicht in den Ballsaal zurückkehren. Würden der Earl und die Countess sie sehen, dann wäre es sofort wieder vorbei mit ihrer Flucht.

Sie wandte sich zum Fenster. Hier im Erdgeschoss musste das doch auch eine Möglichkeit sein. Schnell drehte sie den Griff und öffnete einen Fensterflügel. Die eiskalte Nachtluft schlug ihr entgegen und ließ sie erschrocken aufkeuchen. Sie setzte sich auf die Fensterkante und schwang die Beine hinaus, wobei der üppige Petticoat sie beinahe zu Fall gebracht hätte. Direkt vor dem Fenster standen einige niedrige Büsche und sie musste all ihre Röcke sehr hochraffen, um darüberzuklettern. Schließlich stand sie auf dem Weg und sah sich hektisch um. Zu ihrer Linken beleuchtete der Schein aus dem Ballsaal den Garten, außerdem hörte sie aus dieser Richtung Stimmen. Dort mussten also die Terrassentüren liegen. Sie wandte sich in die entgegengesetzte Richtung, hob mit beiden Händen ihr Kleid vorn an und lief los.

Zwischen den hohen Hecken konnte sie sich zwar gut verbergen, fand aber auch den Ausgang aus dem Garten nicht. Einem Irrgarten gleich verzweigten sich die Wege immer wieder und schließlich stand sie vor einem steinernen Springbrunnen. Sie wollte gerade daran vorbeilaufen, als eine schnelle Bewegung sie zusammenzucken ließ. Eine offenbar verirrte Taube hatte hier im Halbdunkel des Abends gesessen und war wohl von Fionas Ankunft aufgeschreckt worden. Flatternd hob sie ab und verschwand in einem eleganten Bogen hinter den hohen Büschen. Fiona sah ihr sehnsüchtig nach. Wenn sie fliegen könnte, hätte sie dieses verflixte Heckenlabyrinth auch längst verlassen. Entschlossen eilte sie weiter. Irgendeinen hinteren Ausgang würde es ja auch für die geben, die nicht fliegen konnten.

~

Anthony war noch immer wütend. Wieder einmal hatte der Earl ihm ganz selbstverständlich die Schuld an dem ganzen Vorfall zugewiesen, dabei hatte er nur helfen wollen. Natürlich war er in den Augen seines Vaters immer gleich der Schuldige. Er hatte sich schon als Kind oft ungehörig verhalten, denn nur wenn er etwas Verbotenes tat, beachtete ihn überhaupt jemand. Ärger zu bekommen war ihm immer noch besser erschienen, als überhaupt nicht bemerkt oder gar bemitleidet zu werden, und so hatte er als Junge häufiger den Rohrstock zu spüren bekommen als die meisten anderen. Sein Vater liebte Greg und seine Mutter liebte Adele. Für ihn war niemand übrig. Er war der schwachsinnige Stotterer, für den man sich schämte und den man ansonsten ignorierte. Auch in seiner Schulzeit in Eton war das nicht anders gewesen, und natürlich sahen auch die jungen Damen ihn in dem gleichen Licht.

Madeleine war die erste Frau überhaupt gewesen, die ihn beachtet hatte, und sie hatte ihn angesehen, als wäre er jemand ganz Besonderes, als wäre er liebenswert und gut.

„Mon Cher, wenn ich bei dir bin, fühle ich mich so sicher und geborgen wie mit niemandem sonst. Ich liebe dich

so sehr, dass ich nie mehr ohne dich sein will.“

Er war vor ihr niedergesunken, hatte ihr sein Herz zu Füßen gelegt und sie angefleht, seine Frau zu werden.

„Oh oui, ja, ich möchte deine Frau sein. Natürlich können wir das nicht hier tun. Meine Familie würde mich verstoßen, wenn ich hier in London heimlich heirate. Lass uns gemeinsam nach Frankreich gehen, nachdem der unselige Krieg nun beendet ist. Wenn wir bei meinen Eltern sind, werden wir heiraten und dann kann uns niemand mehr trennen.“

Überglücklich hatte er ihr zugestimmt und alles getan, was sie verlangte. Er wäre damals auf Knien bis ans Ende der Welt gekrochen, nur um sie nicht zu verlieren. In einem glücklichen, liebestrunkenen Taumel hatte er die folgende Zeit nur mit ihr verbracht, ohne sich um Familie und Freunde zu kümmern. Er hatte felsenfest an eine gemeinsame wunderbare Zukunft geglaubt. Bis zu dem Tag, an dem sie verschwand.

Wie unglaublich dumm er gewesen war.

Und auch heute hatte er sich wieder äußerst unklug verhalten. Er hätte erst gar nicht einschreiten dürfen, als sie mit dem Glas in den Händen vor ihm stand, dann wäre er nicht schon wieder unangenehm aufgefallen. Er ärgerte sich natürlich über den Earl, der wieder einmal in jedermanns Leben herumpfuschte, wie er es schon immer getan hatte, aber vor allem auch darüber, dass er selbst wieder einmal das Falsche getan hatte.

Ernüchtert betrachtete er seine Hand, von der das Blut heruntertropfte. Er musste vollkommen irre sein. Jetzt hatte er tatsächlich den Baum verprügelt, nur weil er sich wieder einmal über sich selbst ärgerte. Mit geschlossenen Augen atmete er tief durch, um das bedrückende Gefühl in seiner Brust zu lösen und das aufgebrachte Rasen seines Herzens zu beruhigen. Unvermittelt hörte er hinter sich ein Geräusch und fuhr herum.

„Lady Fiona!" Natürlich wusste er, wer sie war, aber ihre zierliche Gestalt erschien ihm in diesem Augenblick wie ein Wesen aus einer anderen Welt. Ihre Haare hatten sich gelöst und wurden von hinten von den Lichtern des Hauses beschienen, sodass sie wie ein Diadem leuchteten. Das helle Kleid und die blasse Haut erinnerten ihn ebenfalls an eine Märchenfee, und die Tatsache, dass sie völlig bewegungslos dastand, ließ ihn einen Augenblick lang glauben, sie wäre ein Abbild aus seiner Fantasie.

„Sie sind verletzt!" Lady Fiona löste sich aus der Starre und trat einen Schritt vor, griff nach seiner Hand und hob sie ans Licht. Ihre kühlen Finger strichen sanft über seinen Handrücken und Hitze wallte unerwartet durch seinen Körper. Obwohl er an diesem Abend gar nichts getrunken hatte, wurde ihm auf einmal schwindelig und sein Herz raste, als wäre er quer durch die Stadt gerannt.

Sie hob den Blick und sah ihn mit ihren grünen Augen fragend an. „Was ist geschehen?"

„I-ich …" Er ballte die Hand zur Faust und wandte sich ab, um wieder einen klaren Gedanken fassen zu können. Dabei streifte sein Blick ihr Dekolleté und er sah frisches Blut. „Sie sind ja e-ebenfalls verletzt", stellte er schockiert fest. „W-as ist geschehen?"

Als würde sie aus einer Trance erwachen, riss die Lady die Augen auf und ließ seine Hand los.

„Bitte beruhigen Sie sich, es wird Ihnen hier nichts geschehen", murmelte er, doch sie wandte sich um und wollte fortlaufen. Schnell griff er nach ihr, erwischte aber nur ihren Ärmel und hörte augenblicklich ein trockenes Reißen. Sie schrie auf. Noch ehe sie weitere Aufmerksamkeit anderer Ballbesucher auf sich lenken konnte, zog er sie mit einem energischen Griff in seine Arme. Natürlich brachte sie das keineswegs zur Ruhe. Als letzte Waffe blieb ihm nur, ihr den Mund zuzuhalten.

„B-itte seien Sie still. Wenn uns jemand hier sieht, gibt es einen S-kandal. Das wollen Sie doch nicht, oder?"

Sie antwortete nicht, aber immerhin wehrte sie sich nicht mehr, sondern keuchte nur noch hektisch. Die Wärme ihres Körpers drang in seine Brust, während er ihren flatternden Herzschlag an seinem Oberarm spüren konnte. Unvermittelt musste er an einen verschreckten Vogel denken.

„H-aben Sie mich verstanden? Ich lasse Sie los, wenn Sie mir versprechen, nicht zu schreien." Er drehte ihren Kopf ein wenig, sodass er sie direkt anschauen konnte. Ihre Augen sprühten Zornesfunken und schließlich nickte sie. Sehr langsam löste er seine Hand. Anfangs reagierte sie nicht, starrte nur wütend zurück und er spürte, dass sie am ganzen Körper zitterte. „Ihnen ist kalt, Sie hätten nicht so unbekleidet hier herauskommen dürfen." In einer Aufwallung von Fürsorge zog er eine Seite seines Umhangs um ihren bebenden Körper und drückte sie enger an sich. Sein Körper reagierte sofort auf ihre Nähe, und er seufzte unwillkürlich auf.

„Wenn Sie mich nicht sofort loslassen, werde ich wieder schreien", flüsterte sie an seinem Hals und der Luftzug ihres warmen Atems stellte alle seine Härchen auf. Ihre beiden Hände lagen auf seiner Brust und er hatte das völlig surreale Empfinden, sie würde zart darüberstreicheln. Sie hob ihr Gesicht, und ihre Blicke trafen sich. Es lag nicht mehr Wut, sondern etwas anderes, Wärmeres, darin und als sein Blick auf ihren halb geöffneten Mund fiel, konnte er nicht mehr an sich halten.

Zart und vorsichtig berührten seine Lippen ihre und als sie sich nicht zurückzog, wurde er energischer. Seine Zunge berührte sie nur kurz und sie antwortete mit einem leisen Seufzen, das endgültig seine Beherrschung hinwegspülte. Hungrig und verlangend küsste er sie und zu seiner Überraschung antwortete sie ihm ebenso leidenschaftlich. Sie zitterte immer noch und als er sie ganz unter seinen Umhang zog, hatte er für einen unwirklichen Moment das Gefühl, glücklich zu sein.

Dann riss sie sich abrupt aus seinen Armen los, starrte ihn entgeistert an und floh. Sie verschwand so plötzlich aus seiner Umarmung, dass er noch einen Augenblick glaubte, ihren hingebungsvollen Kuss zu spüren, ehe er realisierte, dass sie fort war. Atemlos und mit immer noch rasendem Herzen zog er den Umhang eng um sich und starrte in die Dunkelheit, die sie verschluckt hatte. Erst dann riss er sich aus diesem verzauberten Traum los und lief ihr nach.

Der Earl fing ihn gleich an der Terrassentür ab und zerrte ihn in den Garten zurück, wahrscheinlich um ihn ohne allzu viele Zuhörer wieder einmal abzukanzeln.

„Ant, da bist du ja endlich. Wo warst du schon wieder? Wenn man dich einmal braucht, bist du vom Erdboden verschwunden. Was soll denn der Umhang, willst du schon gehen?" Er sah missbilligend an ihm herab und entdeckte den blutigen Knöchel. „Beim Himmel, du hast dich doch nicht schon wieder geschlagen. Es war hoffentlich kein hochrangiger Adeliger, mit dem du dich angelegt hast. Du wirst die ganze Familie noch ins Unglück stürzen mit deinen Eskapaden und unseren guten Ruf unwiederbringlich zerstören. Nun steh nicht da wie ein Trottel, antworte mir endlich."

„E-e-e-e esss", er schloss die Augen und atmete geräuschvoll ein, „war ein B-b-... ein Baum."

„Herr im Himmel, stockbetrunken bist du auch wieder. Da wirst du ja bei der Suche nach Lady Fiona wohl kaum eine Hilfe sein."

Die Erwähnung der Lady ließ ihn scharf einatmen. „L-ady F-fiona? Suche?", wiederholte er und bemerkte erst, als er es ausgesprochen hatte, dass er tatsächlich wie ein besoffener Trottel klang. Seine körperliche Anspannung rief ihm wieder die Zartheit ihrer Figur und die Leidenschaft ihres Kusses in Erinnerung. Er dachte zurück an diese verzauberte Begegnung im Garten und ihm wurde erst jetzt wieder bewusst, dass sie ja verletzt gewesen war. Wer hatte das getan? Wo war sie gewesen, ehe sie sich im Garten begegnet waren?

„W-wo ist sie j-jetzt?", fuhr er seinen Vater lauter an, als er üblicherweise mit ihm sprach.

„Hast du mir überhaupt zugehört oder wo bist du mit

deinem Kopf gerade wieder? Sie ist fort. Müssten wir sie sonst suchen?"

In der Tat hatte er sich kaum auf die Worte seines Vaters konzentrieren können, da er von ihrer feenhaften Erscheinung in der Dunkelheit noch immer aufgewühlt war. Auf dem kurzen Weg vom hinteren Teil des Gartens hierher war es ihm nicht gelungen, seine verworrenen Gefühle zu ordnen. Ernüchtert nickte er, dann wandte er sich wortlos ab, um in dem Raum nachzusehen, wo er sie zuvor zurückgelassen hatte, doch nach wenigen Schritten wurde ihm bewusst, wie dumm das war. Dorthin würde sie sicher nicht zurückkehren. Irgendjemand musste ihr diese Verletzung am Ausschnitt ja zugefügt haben. Sie war sicher auf der Flucht vor diesem Wüstling gewesen, wie ihre erste, verschreckte Reaktion auf seine Anwesenheit ja auch bewies. Oh Himmel, und dann hatte er ihr einen Kuss geraubt, anstatt sie nach der Verletzung zu befragen und sie vor dem Kerl zu beschützen. Vor ihm selbst war sie dann ja ebenfalls geflohen. Was für ein Mann war er nur, dass er so gehandelt hatte?

Eilig lief er in den Garten zurück und nahm keine Rücksicht darauf, wen er auf dem Weg anrempelte oder zur Seite drängte. Das Grundstück war vollkommen von einer hohen Steinmauer eingefriedet, soweit er gesehen hatte. Sie konnte also von dort nicht einfach so verschwunden sein. Andererseits konnte sie vor diesem anderen Mann im Garten auch nicht fliehen.

Im Laufschritt rannte er über die Kieswege und bog so hastig um die erste Ecke, dass er auf den losen Steinen ausrutschte. Ein derber Fluch kam ihm über die Lippen, als er gegen die schulterhohe Hecke rutschte, die den Weg seitlich begrenzte, und sich beide Hände an den Dornen aufriss.

Zwei ältere Damen waren hastig beiseite gewichen und standen nun wie erstarrt am Rand des Kiesweges. Sie quittierten sein unerwartetes Erscheinen mit einem verschreckten „Oh!" und fügten dann für seine verbale Entgleisung noch ein „Ich möchte doch sehr bitten" und ein entsetztes „Also wirklich" an.

Er hörte das nur noch von hinten, denn er war bereits weitergelaufen und ihre Entrüstung war ihm im Augenblick auch keine Entschuldigung wert.

Kreuz und quer durchmaß er den Garten, bis er eingestehen musste, dass Lady Fiona nicht mehr dort war. Hoffentlich hatte der Earl oder die Tante sie im Ballsaal oder den Nebenräumen inzwischen gefunden. Er drängte sich wieder durch die lachenden und feiernden Menschen und fühlte sich fehl am Platze. Ihm selbst war überhaupt nicht mehr nach Feiern und Lachen, er war viel zu aufgewühlt, um sich mit einem Getränk in der Hand entspannt zu unterhalten. Eigentlich hätte er Zeit gebraucht, um innezuhalten, um nachzudenken, um eine Antwort zu finden auf die dummen Fragen, die durch seinen Kopf hallten.

Warum suchte er sie überhaupt? Warum war er nicht froh, dass sie verschwunden war? Er wollte sie schließlich gar nicht, und selbst wenn er sie gewollt hätte, so würde er sie nicht bekommen. Was lag seinem Vater überhaupt an der ganzen Sache? Auch diese Frage ging ihm nicht aus dem Kopf. Wenn es nur um einen Erben ginge, könnte es dem Earl doch gleich sein, welche Frau sein Bruder wählen würde. Irgendetwas stimmte hier nicht und er verfluchte die Tatsache, dass er keine Ruhe fand, um darüber nachzudenken.

„Ant, nun komm endlich, hier scheint sie nicht mehr zu sein, wir fahren nach Hause. Wenn wir angekommen sind, können wir uns weitere Gedanken um dieses ungezogene Mädchen machen." Der Earl drängte sich durch die Menge, hinter sich die beiden Ladys.

Die Countess schien von der ganzen Sache nicht wirklich beunruhigt, sondern trug ihre übliche kalte und überhebliche Miene zur Schau. „Das würde ihr ähnlich sehen, der nichtsnutzigen Göre, uns aus purer Gedankenlosigkeit in Angst und Schrecken zu versetzen", giftete sie, während sie sich energisch durch die Menge drängelte.

Die Tante war dagegen völlig aufgelöst und schien sich sehr um Lady Fiona zu sorgen. Die *Tante*. Natürlich. Er hielt inne und sah sie kritisch an, als es ihm klar wurde. Seine Tante Lindsey, die Schwägerin seines Vaters, war ja auch Lady Fionas Tante, die Schwester ihres Vaters. Sie war also auch die Tante im Teesalon gewesen und daher war sie ihm selbst von hinten so bekannt vorgekommen.

„Anthony, mein lieber Junge, du musst sie finden. Ich befürchte das Schlimmste. Bitte tu, was immer du kannst, versprichst du mir das?"

Die Tante sah so unglücklich aus, dass Anthony sie gern in den Arm genommen hätte.

Sie war die Einzige in der Familie, aus deren Mund sich *mein lieber Junge* tatsächlich echt anhörte und nicht wie die pure Herablassung. Daher war er auch geneigt, ihr zu helfen, obwohl er eigentlich gerade zu der Erkenntnis gekommen war, dass das Verschwinden von Lady Fiona ihm recht gut in den Kram passte.

Gemeinsam verließen sie den Ball und draußen wartete die nächste Katastrophe. Die Kutsche von Tante Lindsey war verschwunden.

„Da haben wir es", stellte die Countess mit abfälligem Ton fest. „Sie hat eigenmächtig die Kutsche genommen und wird wahrscheinlich schon zuhause sein, während wir uns hier Sorgen machen."

„Wir werden Sie selbstverständlich nach Hause bringen, Lady Watford, da Fiona wohl offensichtlich eigenmächtig Ihre Kutsche genutzt hat", verkündete der Earl widerwillig.

„Oh, das wäre wirklich reizend, dann bin ich nicht darauf angewiesen, eine Mietdroschke zu nehmen. Es tut mir leid, wenn ich Ihnen damit Umstände bereite. Allerdings würde es mich auch sehr beruhigen zu wissen, dass die liebe Fiona sicher in Ihrem Hause angekommen ist, Mylord."

Der Earl nickte kurz. „Lady Watford fährt mit uns", verkündete er knapp, ohne noch weiter zu fragen, und eilte auf die zweispännige Kutsche der Familie zu, die gerade vorgefahren wurde.

～

In fliegender Hast raffte Fiona einige Kleidungsstücke zusammen. Es tat ihr weh, die beiden schönen Ballkleider zurückzulassen, die sie mit der Tante gekauft hatte und die bereits geliefert worden waren. An die übrigen Sachen, die erst noch kommen würden, mochte sie gar nicht denken. Zwei einfache Tageskleider mussten genügen und natürlich würde sie die Unterröcke, Reifröcke, Einstecktücher und Haarschmuck zurücklassen, ohne dass sie ihr fehlen würden. Für ihre Flucht wären ihre alten Kleider allerdings sehr geeignet. Viele Zofen und Hausdamen trennten Rüschen und Dekorationen von den abgelegten Kleidern ihrer Herrschaft ab und trugen sie dann noch jahrelang, ehe sie sie an die einfachen Küchenmädchen weitergaben, die sich dann aus dem Stoff ein gutes Sonntagskleid nähten. So waren die Kleider der Angestellten immer geraume Zeit hinter der herrschenden Mode, und zwar umso weiter, je niedriger ihre Stellung war. So erkannte man den Unterschied zwischen den Ständen auf einen Blick. Auch für Fionas Zwecke wären unmodische Kleider jetzt sehr vorteilhaft, damit man sie nicht gleich als Lady erkannte. Eine einfache Angestellte würde viel weniger Aufsehen erregen, wenn sie in einer Postkutsche reiste. Kurz überlegte sie, ob sie es nicht doch versuchen sollte, sich noch einmal hineinzuzwängen, aber dann verwarf sie den Gedanken. Die neue Schnürbrust, die sie mit der Tante gekauft hatte, würde sie zwar tragen, aber nur sehr lose gebunden. Ein Lächeln kämpfte sich an die Oberfläche. Nie wieder würde sie sich mit Hilfe solcher Folterinstrumente in die viel zu engen Kleider pressen lassen, die sie als Siebzehnjährige getragen hatte.

Zum Schluss nahm sie den kleinen Ziegenlederbeutel an sich, den sie stets in den geräumigen Taschen unter ihren Röcken bei sich trug. Darin waren das Schmuckstück, das sie stets an ihren Vater erinnern würde, und ein wenig Geld.

Bis jetzt hatte sie nicht daran gedacht, die kleine bestickte Tasche zu öffnen, die Tante Liddy ihr nach dem Einkauf zugesteckt hatte. Sie sollte eigenes Geld besitzen, für kleinere Einkäufe und für den Fall, dass sie einmal eine Droschke benötigte, hatte die Tante gemeint. Wie viel auch immer darin war, es würde nicht lange reichen, mutmaßte sie, und ihr Herz wurde schwer bei dem Gedanken, den wunderschönen Smaragdanhänger verkaufen zu müssen, den ihr Vater ihr zur Debutsaison geschenkt hatte.

Doch es half nichts, irgendwie musste sie sich nach Carlisle durchschlagen. Von dort würde die Postkutsche nach Edinburgh sie fast in Sichtweite zur Burg ihres Vaters bringen. Sie lächelte, als ihr bewusst wurde, dass sie kurz zuvor Gretna Green passieren würde, das für Engländerinnen in den letzten zehn Jahren einen besonderen Ruf hatte. Minderjährige durften seit dem neuen Gesetz in England nicht mehr ohne Einwilligung der Eltern heiraten, und so war das erstbeste schottische Dorf hinter der Grenze nun das Ziel derer, die ihren Eltern zum Trotz die Ehe schließen wollten. Nun, sie selbst reiste ja aus dem entgegengesetzten Grund in diese Richtung: Sie floh vor einer ungewollten Ehe.

Mit einer großen Reisetasche stand sie zu guter Letzt vor ihrer Zimmertür und zögerte. Ihre überstürzte Flucht hatte sie nicht wirklich planen können und nun stand sie vor einem Dilemma. Ins Haus hineinzugelangen, nachdem sie mit der Kutsche von Lady Watford hergekommen war, hatte sich als einfach erwiesen. Weder der Kutscher noch der Butler hatten es gewagt, Fragen, zu stellen, die ihrer Position nicht angemessen gewesen wären. Aber sie konnte unmöglich mit einer Reisetasche zur Vordertür wieder hinausspazieren. Im hinteren Bedienstetentrakt schliefen bereits alle, denn Köchin und Zimmermädchen mussten stets früh aus den Federn. Der Butler und sein Lehrbursche waren aber ebenso wie der Stallknecht noch auf den Beinen und hatten zu warten, bis die Herrschaft vom Ball zurückkäme. Sie trat an das Geländer, spitzte die Ohren und konnte tatsächlich die beiden ungleichen Männer dort unten reden hören. Der ältliche, stets auf die korrekte Haltung bedachte Butler versuchte gerade, seinem höchstens vierzehnjährigen Enkel zu erklären, worin die Unterschiede zwischen den verschiedenen Kutschentypen lagen. Wie Fiona dem Gespräch entnehmen konnte, wollte er dem Jungen etwas in einem Buch zeigen und die Stimmen verschwanden. Das war ihre Chance.

So leise sie konnte, schlich sie die Treppe hinab. Auf halbem Wege musste sie innehalten, denn sie hatte vor lauter Anspannung die Luft angehalten und durfte jetzt auf keinen Fall laut keuchen. Nach einigen hektischen Atemzügen ging sie weiter, bis sie unten in dem Gang mit der Ahnengalerie verschwinden konnte. Hier gelangte man in den Rauchsalon, den Dinnerraum und dahinter auch in den Bereich der Bediensteten. Dort würde sie schon eine Tür nach draußen finden, hatte sie sich gedacht, notfalls durch die Küche.

Gerade war sie um die Ecke gebogen, da erklangen laute Stimmen vom Eingang her. Erschrocken drückte sie sich hinter den Treppenpfeiler und erstarrte. Der Butler und der Junge rannten aus der Bibliothek auf ihre Posten und rissen gerade noch rechtzeitig die Tür auf, als der Earl mit mehreren weiteren Personen hereinstürmte. Fiona wurde heiß und mit bebendem Herzen presste sie sich noch enger an die Wand. Alle würden jetzt nach oben gehen, so hoffte sie, und dann musste sie rennen. Sie musste das Haus verlassen haben, ehe der Earl herausfand, dass sie nicht in ihrem Zimmer war.

„Ant, seit wann stellst du so seltsame Fragen? Es kann dir doch völlig gleich sein, wen Greg heiratet und warum."

„N-n-nnein. W-w-warum sie?" Das war die Stimme von Royston und Fiona wurde noch ein wenig heißer, denn unvermittelt erinnerte sie sich wieder an den Kuss. Er stotterte ja tatsächlich, wie man ihm nachsagte. Ihr war das zuvor gar nicht aufgefallen. Er schien sich mit den Worten über alle Maßen zu quälen, also musste die Antwort ihm wichtig sein. „E-e-eeeher will doch gar keine F-rau. Wa-aaa-harum muss sie es sein? Wa-aharum diese langweilige L-lllandpflanze?"

Entrüstet riss Fiona den Mund auf und konnte sich gerade noch davon abhalten, wütend zu schnauben. Langweilige Landpflanze? Das hatte sich aber im Garten noch ganz anders angefühlt. Die Erinnerung ließ sie einen Moment die Augen schließen. Pah, langweilig. Das konnte er seinem Vater weismachen.

„Wir brauchen natürlich einen Stammhalter, wie ich ja schon sagte, aber das ist noch nicht alles. Dieses ungezogene schottische Ding ist eine schwerreiche Erbin, auch wenn man es kaum glauben kann. Was denkst du, passiert mit ihrem Erbe, wenn sie einen anderen heiratet? Ich habe ihr Geld verwaltet, seit sie mein Mündel ist, und ich habe es gut verwaltet. Sie ist jetzt noch ein gutes Stück reicher als zuvor. Willst du das alles einem dahergelaufenen Straßenburschen in den Rachen werfen?"

Jetzt hielt Fiona unwillkürlich die Luft an. Erbin? Reich? Sie hatte immer geglaubt, aller Reichtum ihres Vaters wäre mit dem Titel an diesen entfernten Cousin gegangen, dessen Namen sie nicht einmal aussprechen konnte.

„M-mm-ylord, das … das ist also der w-wa-ahre G-rund? Geld?" Roystons Stimme klang entsetzt. Immerhin musste sie ihm zugutehalten, dass er das bis jetzt auch nicht gewusst hatte.

Ein spitzer Schrei beendete die Diskussion. „Sie ist fort! Sie ist nicht in ihrem Zimmer!" Die Countess zeterte herum und Fiona straffte sich. Jetzt war es vorbei, jetzt würden sie sie entdecken. Schwere Schritte polterten die Treppe hoch und ebensolche stürmten zur Haustür.

„I-ch schaue, ob ein Pferd fehlt", rief Royston und schlug die Tür hinter sich zu.

„Als ob sie selbst eine Kutsche fahren könnte", keifte die Countess noch hinter ihm her.

Natürlich hätte sie das gekonnt, dachte Fiona. Auch reiten, aber dafür war es jetzt ebenfalls zu spät.

Die Halle war leer. Wenn sie überhaupt noch eine Chance hatte, dann jetzt. Beherzt griff sie wieder nach der Reisetasche und schlich sich weiter nach hinten durch den Flur bis zur Küche. Dort stand sie ratlos an der Hintertür. Verschlossen, natürlich. Sie kramte in ihren Erinnerungen. Rose hatte etwas von einem Versteck gesagt, denn sie hatte sich gestern heimlich mit Roystons Kammerdiener

106

verabredet, und das konnten sie natürlich nicht im Haus tun. Kurz wunderte sie sich über Roses Unbedachtheit, ihr davon überhaupt zu erzählen, aber vielleicht sprach das für ein besonders freundschaftliches Verhältnis zu ihr. Sie hatte sich überhaupt nur daran erinnert, weil ihr Roses Bezeichnung für den Schlüssel so seltsam vorgekommen war: Den *Dornenherzschlüssel* hatte sie ihn genannt, aber wo verflixt sollte er noch gleich sein?

Am linken Fenster hinter dem getrockneten Salbei, fiel ihr plötzlich ein, und mit fliegenden Fingern suchte sie zwischen den Kräutern. Ein Büschel fiel herunter, aber es raschelte nur und Fiona war froh, dass sie keinen der tönernen Kräutertöpfe erwischt hatte. Da hing der Schlüssel an einem kleinen Nagel hinter den Kräutern, wo man ihn normalerweise nie gesehen hätte. Sie hatte jetzt keine Zeit, ihn sich anzusehen, um herauszufinden, warum Rose ihm so einen seltsamen Namen gegeben hatte, sondern schob ihn hastig ins Schloss, das sich völlig geräuschlos öffnete. Sie schlüpfte hinaus und verschloss die Tür wieder hinter sich. Dann warf sie den Schlüssel in das Gebüsch unter dem Küchenfenster und duckte sich gegen die Mauer.

Aus dem Stall drangen Stimmen, und der Weg zur Straße führte sie hinter dem Haus entlang, und dann ausgerechnet dort vorbei. Suchend glitt ihr Blick an der Steinmauer entlang, die den kleinen Küchengarten eingrenzte. Könnte sie stattdessen über die Mauer entkommen? Wohl kaum. Gerade wollte sie sich abwenden, da erspähte sie in der entgegengesetzten Ecke des Gartens eine Holztür. Diese musste wohl auf den Weg hinter dem Haus und fort vom

Stall führen. Mit einem erleichterten Seufzer huschte sie zwischen den Beeten hindurch, drückte gegen die windschief in den Angeln hängende Klappe und erschrak bis in die Knochen, als die Scharniere ein lautes Knarren von sich gaben. Sie hielt die Luft an und lauschte, aber die Diskussion im Stall ging weiter und so hatte sie wohl niemand gehört. Die Gasse hinter dem Tor war eng und dreckig. Vorsichtig tastete Fiona sich in der Dunkelheit voran und hastete zur Hauptstraße.

Nun blieben ihr nur noch der Weg zur Poststation und das lange Warten auf die erste Postkutsche des Morgens, dachte sie. Trotz dieser trüben Aussicht war sie erleichtert. Die schwere Tasche wechselte immer wieder von der rechten Hand in die linke, trotzdem hatte sie das Gefühl, ihre Arme würden immer länger und sie könnte bald keinen Schritt mehr gehen. Nur selten klapperte eine Kutsche die nächtliche Straße entlang und sie drückte sich jedes Mal in einen Hauseingang, damit nur ja niemand auf den Gedanken käme, sie anzusprechen. Einige betrunkene Burschen alberten und lachten lauthals, als sie ein Stück vor ihr über die Straße wankten, aber sie bogen Gott sei Dank in eine Seitengasse ab, ohne Fiona zu bemerken. Schließlich gelangte sie zur Poststation an der Oxford Street und ließ sich erschöpft auf den Stufen nieder. So lang hatte sie den Weg gar nicht in Erinnerung gehabt, aber wenn man in einer Kutsche saß, erschienen die Entfernungen ja stets geringer.

KAPITEL FÜNF

Sie musste eingeschlafen sein, denn jemand rüttelte an ihrer Schulter.

„Madam, geht es Ihnen gut? Ist alles in Ordnung?" Verwirrt starrte sie den dunkel gekleideten Gentleman an und im nächsten Moment stellte sie zu ihrer Bestürzung fest, dass sie halb ausgestreckt auf den Stufen eines Gebäudes lag. Die Poststation, schoss es ihr durch den Kopf. Sie war natürlich geschlossen gewesen, als sie ankam. Schnell setzte sie sich auf, vermied jedoch, den Mann anzusehen.

„Madam?" Er gab keine Ruhe.

„Ja, danke, Sir. Ich warte auf die Postkutsche", stammelte sie mit gesenktem Blick, während sie verzweifelt hoffte, der Unbekannte würde sie nicht irgendwoher kennen.

„Die erste Postkutsche kommt frühestens in zwei Stunden. Darf ich fragen, wohin Sie denn so früh am Morgen schon reisen wollen?"

„Nach Carlisle." Sie schlug die Hand vor den Mund. Das ging diesen Fremden gar nichts an, warum hatte sie das nur gesagt?

„Oh, da haben Sie ja eine ziemliche Strecke vor sich,

Madam." Er stand da, sah auf sie hinunter und schien nachzudenken. Sie fühlte sich hier unten auf den Stufen sitzend höchst unbehaglich. So schnell es ging erhob sie sich und zog dabei den Umhang eng über ihr viel zu auffälliges Kleid.

„Darf ich Ihnen einen Vorschlag unterbreiten?" Er zögerte wieder und sein Blick schien auf dem Boden irgendetwas zu suchen. „Sie müssen sich nicht verpflichtet fühlen, ihn anzunehmen, aber lassen Sie mich bitte ausreden."

Fiona nickte. Da sie nun neben dem Mann stand und nicht mehr vor ihm lag, wirkte er weniger einschüchternd, ganz im Gegenteil schien er recht freundlich zu sein.

„Ich muss ebenfalls nach Norden, nach Cheshire. Wenn Sie mit mir reisen würden, könnten Sie zumindest einen großen Teil des Weges bequemer unterwegs sein als in einer Postkutsche. Um den Anstand zu wahren, müssten Sie selbstverständlich oben beim Kutscher mitfahren, wenn wir zu den Übernachtungsstationen kommen, aber immerhin könnten wir sofort aufbrechen. Natürlich können Sie bei jeder Poststation entscheiden, ob Sie weiterhin in meiner Gesellschaft reisen möchten. Ich wäre nicht gekränkt darüber, es liegt ganz bei Ihnen." Er sah sie einen Moment an, schien noch etwas sagen zu wollen, schloss dann aber den Mund und hob fragend die Augenbrauen.

„Ahem, ich …" Fiona fühlte sich überrumpelt. Natürlich sprachen viele Argumente dafür, aber irgendetwas sträubte sich trotzdem. Es fühlte sich einfach nicht richtig an, sich einem Wildfremden anzuvertrauen. Sie zögerte.

Er trat einen halben Schritt zurück und schien ein wenig in sich zusammenzusinken. „Verzeihen Sie, ich wollte Sie

nicht belästigen. Nur, Sie schienen so verloren und ich …"
Er hatte die ganze Zeit über auf den Boden gestarrt. Nun hob
er den Blick und schaute sie an. *Verloren* war genau das
Wort, das den Ausdruck seiner Augen am besten beschrieben
hätte. Noch einmal öffnete er den Mund, hielt kurz inne und
sah dann wieder zu Boden. „Verzeihung", murmelte er und
wandte sich ab.

Fiona holte tief Luft. „Warten Sie, Sir."

Er fuhr herum und sein zögerliches, hoffnungsvolles
Lächeln sagte ihr, dass sie richtig entschieden hatte.

„Ich werde mit Ihnen reisen, wenn Sie mir erklären,
warum Sie eine völlig Unbekannte auf der Straße auflesen
und in Ihre Kutsche einladen."

Sein Gesicht verschloss sich wieder. „Madam, es tut mir
leid, falls ich einen falschen Eindruck erweckt haben sollte.
Es ist einfach so, dass ich diese Reise am liebsten gar nicht
antreten würde. Ganz allein zu fahren, ist mir dabei das
größte Grauen, denn ich bin auf diesem Weg zuvor noch nie
allein gewesen." Er verstummte und presste entschlossen die
Lippen zusammen. Fiona musste wohl akzeptieren, dass sie
im Augenblick nicht viel mehr aus ihm herausbekommen
würde.

„Gut, ich werde Sie begleiten." Fiona wollte nach ihrer
Tasche greifen, doch der Herr hatte den Griff bereits gepackt.
Seinem Gesichtsausdruck nach war er überglücklich, dass sie
nun doch mitfuhr, und sie nahm sich fest vor, später noch
mehr über seine Reise und den Grund dafür herauszufinden.

Er blieb plötzlich stehen. „Verzeihen Sie, Mylady, ich
habe vollkommen versäumt, mich vorzustellen. Wie überaus

unhöflich von mir."

Fiona fiel ihm ins Wort, lächelte dabei aber entschuldigend. „Eine weitere Bedingung. Keine Namen. Ich will Ihren Namen nicht wissen und Sie fragen nicht nach meinem. Das ist gerecht, denke ich."

Mit einem spitzbübischen Grinsen nickte er. „Das ist gerecht. Sie sollten trotzdem wissen, mit wem Sie reisen, denke ich. Mein Name ist Stephen Linshire, Baron Segrave. Sie können Ihren Namen selbstverständlich für sich behalten und ich werde auch nicht fragen, vor wem oder was sie davonlaufen, versprochen."

Fionas Herz stockte, aber der leicht belustigte Zug um seine Augen verriet ihr, dass er wahrscheinlich nur geraten hatte. Es war ja auch naheliegend, da sie ihm so unbedingt ihren Namen verschweigen wollte.

Nachdem er ihre Tasche verstaut hatte, bot er ihr galant die Hand, um ihr beim Einsteigen zu helfen.

„Sollte ich nicht oben …", begann sie, doch er winkte ab.

„So früh am Morgen ist ja noch niemand auf den Straßen, der uns sehen könnte. Außerdem wäre ja der Kutscher dann im Vorteil, und ich selbst hätte nichts davon, Sie mitzunehmen." Er ließ ihre Hand wieder los und senkte den Blick. „Wenn es Ihnen allerdings unangenehm sein sollte …"

„Nein, überhaupt nicht", versicherte sie hastig, warf ihre letzten Bedenken über Bord und stieg ein.

≈

Anthony erhob sich, obwohl es draußen noch stockdunkel war. Er hatte die grauenhafteste Nacht seit Langem hinter sich und obwohl er die Augen kaum offen halten konnte, hielt ihn auch nichts mehr im Bett. Seine Hand wanderte zum Klingelstrang, doch er entschied sich dagegen, Benson schon zu wecken. Auch der Kammerdiener war mitten in der Nacht vom allgemeinen Tumult geweckt worden wie der ganze übrige Hausstand.

Im Dunkeln tappte Anthony zum Fenster, zog die schweren Vorhänge beiseite und öffnete einen Flügel. Die eiskalte Luft traf auf seinen nackten Oberkörper und jagte eine Gänsehaut über seinen Rücken. Immerhin weckte das seine müden Glieder, und er atmete tief die Kühle des frühen Morgens ein. Irgendwo bellte ein Hund, und eine einsame Kutsche rumpelte über das Pflaster. Sonst war noch alles still.

Der Himmel färbte sich bereits am Horizont. Wann hatte er zuletzt einen Sonnenaufgang gesehen? Die Erinnerung an eine Brücke, an den Aufgang der Sonne über Paris und an seine verrückten Pläne einer Flucht nach Italien erstand vor ihm. Mit einem Kopfschütteln versuchte er, die ungebetenen Erinnerungen zu vertreiben. Trotzdem er sah sich wieder, wie er an jenem Morgen wohl hundert Mal hin und her über die Brücke gerannt war und Hoffnungen, Befürchtungen, Verzweiflung in wilder Mischung durch sein Herz gezogen waren. Das war lange her, doch auch heute war er wieder wegen einer Lady zu solch unchristlicher Stunde auf den Beinen.

Es klopfte. „Ja?"

„Mylord, benötigen Sie etwas?"

„B-enson, haben Sie vor meiner Tür geschlafen?"

Der noch leicht zerknittert wirkende Kammerdiener zeigte tatsächlich den Anflug eines Lächelns. „Ich habe gehört, dass Sie bereits aufgestanden sind, Mylord."

Anthony sah ihn streng an und spürte, dass diese Musterung dem Mann unangenehm war.

Schließlich ließ Benson sich zu einer weiteren Erklärung hinreißen. „Die Zofe der Lady ist völlig aufgelöst, Mylord. Wir haben uns ein wenig unterhalten, denn ich wollte sie etwas trösten."

Anthony nickte nur und wandte sich dem Waschtisch zu. „R-eitkleidung heute Morgen, Benson, und eine Rasur." Dann warf er sich das eiskalte Wasser ins Gesicht, als ihm noch ein Gedanke kam. „Die Z-ofe möchte ich gleich sprechen, wenn ich unten beim Frühstück bin."

Benson schwieg und erstaunt drehte Anthony sich um. Der Mann war blass und schien wie erstarrt dazustehen.

„Ist noch etwas?", fragte Anthony vorsichtshalber.

Mit einem Ruck kam wieder Leben in den Mann und zackig verbeugte er sich. „Nein, Mylord, ich meine, jawohl, die Zofe, Mylord." Dann war er verschwunden und Anthony sah ihm mit gerunzelter Stirn nach.

Später beim Frühstück versuchte er, von der aufgelösten Zofe irgendwelche Informationen zu bekommen, die ihm bei der Suche helfen würden.

„S-sie hat also ihre Kleider mitgenommen?" Anthony biss von seinem Brot ab. Rose hatte mit hinter dem Rücken verschränkten Händen in gebührendem Abstand Aufstellung genommen und nickte. Dann schüttelte sie den Kopf.

„Was denn nun?", nuschelte er mit vollem Mund.

Benson trat einen Schritt vor.

„Sie hat nicht alles mitgenommen, Mylord, nur …"

Anthony schnitt ihm mit einem strafenden Blick das Wort ab und heftete seine Augen wieder auf die Zofe. Fragend hob er eine Hand, aber sie starrte nur zu Boden.

„Ih-ich beiße nicht, Rose." Er wurde ungeduldig. Sie war immerhin kein junges Mädchen mehr und sollte inzwischen gelernt haben, auf normale Fragen Antwort zu geben. „W-as hat sie denn mitgenommen?"

„Zwei Tageskleider nur, Mylord. Die schönen Ballrobigen hat sie dagelassen."

„Aha, und sonst noch etwas?"

„Ein Nachtkleid, Mylord, und ein Unterkleid und Strümpfe und …"

„Noch etwas von B-belang?" Er wollte sich sicher nicht die gesamte Unterwäsche der Lady aufzählen lassen.

Wieder schüttelte Rose stumm den Kopf.

„Danke, das ist dann alles." Er wandte sich wieder dem Frühstück zu, dann kam ihm noch ein Gedanke. „Rose, hast du eine I-idee, wie die Lady nach draußen gelangt ist? Sie wird ja nicht v-vorn hinausgegangen sein, das wäre zu auffällig gewesen, und die Hintertür sollte nachts verschlossen sein."

Die Frau schlug sich beide Hände vor den Mund, dann wechselte sie einen raschen Blick mit Benson. Sie sah wieder zu Boden und schien sich ganz klein machen zu wollen. „Nein, Mylord", hauchte sie.

„Wirklich?", hakte er barsch nach, denn ein Blinder konnte sehen, dass sie etwas verschwieg.

„Der Schlüssel." Tränen kullerten über die Wangen der Zofe, aber sie machte nicht einmal Anstalten, sie wegzuwischen. „Der Schlüssel ist verschwunden."

Anthony lehnte sich abwartend zurück und nahm sie streng ins Visier.

„Mylord, wenn die Lady weg ist, verliere ich meine Stellung ja ohnehin, aber William hat überhaupt nichts damit zu tun, Mylord, bitte lassen Sie ihn da raus, es ist allein meine Schuld, dass der Dornenherzschlüssel fort ist. Er hat überhaupt keine Schuld. Ich bin es gewesen, ich ganz allein." Nach diesem kryptischen Redeschwall brach sie vollends in Tränen aus und Benson strich ihr tröstend über den Rücken, sagte aber nichts dazu.

Das wurde ja immer spannender. Anthony stand auf und trat einen Schritt vor. „R-ose, ich finde es ja sehr nett, dass du meinen K-ammerdiener schützen willst, aber was er irgendwomit zu tun hat, entscheide ich."

Die Zofe brauchte eine ganze Weile, ehe sie sich fasste, und Anthony nahm abwartend wieder Platz. „Unser Schlüssel Mylord. Es war der Schlüssel mit dem Dornenherz." Zitternd atmete sie ein und Anthony befürchtete bereits, sie würde wieder weinen. „Ich hatte Mylady erzählt, wo er hängt, aber ich habe ihn nicht gestohlen."

Benson griff nach ihrer Hand und sah sie liebevoll an. „Woher hattest du den Schlüssel überhaupt?", raunte der Kammerdiener.

Diese Vertrautheit ließ Anthony überrascht die Brauen heben.

Rose warf Benson ein scheues Lächeln zu. „Gefunden, beim Saubermachen in der Kammer, die die Lady beziehen sollte. Unter dem Kopfkissen hatte er gelegen."

Das war ja alles sehr interessant, brachte Anthony aber nicht weiter in der Frage, wohin Lady Fiona verschwunden war. „Ihr könnt gehen, alle beide."

„Aber Mylord!" Die Zofe warf sich auf die Knie. „Bitte entlassen Sie William nicht. Er hat wirklich nichts damit zu tun. Es war ganz allein meine Sache mit dem Schlüssel, und ... und ..."

„A-an eure Arbeit, meinte ich, geht an eure Arbeit. Über alles Weitere sprechen wir, w-wenn Lady Fiona wieder da ist."

„Jawohl, Mylord. Danke, Mylord", beeilte Benson sich zu sagen, half Rose hoch und zog sie an der Hand hinter sich her.

Kopfschüttelnd sah Anthony den beiden nach. Dann erst wurde es ihm klar. Sie waren ein Paar. Die beiden hatten sich in der kurzen Zeit, seit sie hier waren, bereits gefunden, während er und Fiona ...

Nein, das war Unsinn. Sie war nicht seine Braut und er brauchte sowieso nie wieder eine Frau in seinem Leben. Für ihn gab es nichts mehr zu finden, und sie schon ganz bestimmt nicht. Ärgerlich sprang er auf, warf die Serviette auf den Teller und wandte sich zur Tür. Und jetzt machte sie ihm Scherereien, Gregorys Braut, nichts als Scherereien, weil er der Tante versprochen hatte, sie zu finden.

Ärgerlich sprang er auf, warf die Serviette auf den Teller und wandte sich zur Tür. Mit zusammengepressten Lippen eilte er zur Bibliothek und hatte die Hand bereits erhoben, um anzuklopfen, ehe ihm auffiel, dass der Earl um diese Uhrzeit sicher noch im Bett lag. Aber er würde ihr auch allein auf die Schliche kommen, dazu brauchte er den Earl ganz bestimmt nicht.

Zu ihrer Tante war sie nicht gegangen, sie hatte hier keine Freunde und kannte wahrscheinlich auch sonst niemanden in der Stadt. Sie hatte außerdem Kleidung mitgenommen, also plante sie, länger fortzubleiben, vielleicht für immer. Er kam zu dem Schluss, dass sie ziemlich sicher versuchen würde, nach Schottland zurückzukehren. Das hätte er selbst in einer solchen Situation getan. Da sie schlecht zu Fuß gehen konnte, blieb nur die Postkutsche, und die erste Kutsche des Tages konnte noch nicht so lange fort sein.

Eilig ließ er also ein Pferd aus dem Stall des Earls fertigmachen und dachte, nun schnell zur Poststation zu kommen. Mit diesem fürchterlichen Gedränge auf den Straßen so früh am Morgen hatte er allerdings nicht gerechnet. Zwischen den vierspännigen Fuhrwerken der diversen Lieferanten von Wein und Bier und allen anderen Arten von Transportwagen drängten sich Fußgänger und Viehtreiber herum, dass es ein Wunder war, wenn nicht ständig jemand überfahren wurde. Zu dieser Uhrzeit war er noch nie unterwegs gewesen, daher war ihm dieses geschäftige Treiben fremd. Er versuchte vergeblich, sich auf seinem Pferd durch die Menschen und Wagen zu zwängen, und hatte bisweilen den Eindruck, er wäre zu Fuß schneller vorangekommen.

Als dann eins der schweren Fuhrwerke vor der Weinhandlung in der Burton Street stehen blieb, ging es schlussendlich gar nicht mehr voran. Der Kutscher schwang seine Klingel, woraufhin einige Träger aus dem Haus stürmten und hastig begannen, Fässer und Kisten abzuladen. Aber bis der Wagen abgeladen war, mussten sich alle übrigen daran vorbeidrücken.

Anthony war inzwischen ausgesprochen wütend und sein Pferd tänzelte bereits nervös, als er in der Oxford Street ankam. Diese Straße war immerhin ausreichend breit, daher konnte er hier nun wieder zügig reiten. Nur ein kurzes Stück die Straße hinauf sah er bereits das große Postgebäude und war wirklich erleichtert, als er endlich ankam.

Er sprang ab und sah sich um. Ein Straßenjunge kam gleich auf ihn zugelaufen, um sein Pferd zu halten, und mürrisch warf er dem Kind die Zügel hin. Dann wandte er sich um und ging hinein.

Es war im Inneren erstaunlich ruhig. Nur ein paar Männer saßen bei einem üppigen Frühstück und diskutierten angeregt. Von der Theke her sah ihm ein seltsam wirkender Mann mit hoher Stirn und einem grauen Vollbart entgegen. Als er näherkam, stellte er fest, dass sein Körper tatsächlich völlig andere Proportionen hatte als üblich und dass er notwendigerweise auf einem erhöhten Brett hinter der Theke hin und her lief. Anthony erinnerte sich, irgendwo einmal etwas von *Short John* gehört zu haben. Das musste er demnach also sein.

Er wandte sich an den Mann mit den kurzen Armen und

den flinken Augen. „W-wie lange ist die e-herste Kutsche schon fort?"

„Kommt drauf an, wo sie hingewollt hätten", antwortete der Kerl und grinste ihn an.

Anthony verengte seine Augen zu Schlitzen.

„Sch-ottland", erklärte er kurz angebunden.

Sein Gegenüber lachte schallend, dann schob er sein Kinn nach vorn und lehnte sich über die Theke. „Gretna Green etwa?"

Anthony wurde plötzlich flau. „N-nein, einfach nur Schottland."

„Na, dann aber mal schnell hinter der Dame her. Die Morgenpost ist schon vor zwei Stunden nach Norden gefahren und den Weg wird sie ja dann wohl genommen haben." Der Mann konnte offenbar gar nicht mehr aufhören zu lachen und grimmig wandte Anthony sich ab.

„Ist es Ihre Schwester oder Ihre Geliebte?", rief er ihm nach.

„D-die Braut meines Bruders", warf Anthony über die Schulter zurück und im nächsten Augenblick verfluchte er sich für seine unbedachten Worte. Wutentbrannt stürmte er aus dem Schankraum und hörte noch das Lachen mehrerer Gäste hinter sich.

~

Fiona bemühte sich, den fremden Mann auf der gegenüberliegenden Sitzbank nicht zu auffällig zu mustern. Bisher hatte sie ihn in der Dunkelheit noch nicht richtig betrachten können, aber seiner Stimme nach schien er noch recht jung zu sein. Er war außerdem ungewöhnlich groß. Der Dreispitz, den er beim Einsteigen noch getragen hatte, war sogar an das Wagendach gestoßen, ehe er ihn hastig abgelegt hatte. Seine Haare waren kurz und die Farbe konnte sie im schummrigen Licht der gerade aufgehenden Sonne nicht ausmachen. Nur seine zusammengepressten Lippen und die steile Falte zwischen den Brauen konnte sie gut erkennen. Insgesamt wirkte seine Haltung angespannt und wahrscheinlich merkte er selbst nicht einmal, dass er in einer Hand seine weißen Handschuhe völlig zerknüllte.

Natürlich würde sie ihm nichts über den Zweck ihrer Reise sagen, aber er selbst war ja vorhin recht offen gewesen. Ihre Neugier siegte.

„Sir, Sie haben mir zwar vorhin Ihren Namen genannt, aber der Fairness halber habe ich ihn natürlich sofort wieder vergessen. Da wir uns ja nun gegenseitig irgendwie ansprechen müssen: Was halten Sie von den jeweiligen mittleren Namen?"

Er wandte den Kopf und sah auf. „Verzeihen Sie, ich bin keine gute Gesellschaft, fürchte ich. Es tut mir wirklich leid." Dann lächelte er und etwas von seiner Anspannung fiel ab. „Mein mittlerer Name ist George. Ich glaube, alle Mütter haben einen Hang dazu, ihre Kinder nach Königen zu benennen, und wenn es nur der mittlere Name ist. Und wie darf ich Sie dann ansprechen?"

Fiona zögerte einen Augenblick, aber ihren mittleren Namen kannte wirklich kaum jemand, der würde sie also nicht verraten. „Anna, aber nicht nach Queen Anne Stuart, sondern nach meiner Mutter Annabelle."

„Oh, ein wunderschöner Name, Lady Anna. Dann ist es ja gut, dass es der mittlere Name ist, denn wäre es Ihr erster Vorname, könnte es zwischen Ihnen und Ihrer Mutter Verwirrung stiften, wenn niemand weiß, von wem die Rede ist."

Fiona wandte den Blick ab. Auch wenn sie ihre Mutter nie gekannt hatte, verband sie mit dem Namen die Person, deren Bild sie so oft angeschaut und die ihr Vater in seinen Erzählungen stets für sie lebendig gehalten hatte. „Keine Verwirrungen, sie ist bei meiner Geburt gestorben", erwiderte sie knapp.

Ihr Gegenüber reagierte nur mit einem Brummen und die Unterhaltung stockte. Fiona schielte verstohlen hinüber, um seinen Gesichtsausdruck zu erahnen, als er unvermittelt aufseufzte.

„Ihre Verbindung zu Ihrem Vater ist dann sicher auch sehr eng."

„Ja", flüsterte sie so leise, dass die Geräusche des Wagens sie beinahe übertönten. „Das war sie. Er ist vor vier Jahren verstorben."

Der Mann ihr gegenüber zeigte keine Reaktion und sie fragte sich, ob er sie überhaupt gehört hatte.

„Mein Vater ist vor genau sechs Tagen gestorben", brach es da mit unerwarteter Heftigkeit aus ihm heraus. „Meine Mutter hat die Geburt meines kleinen Bruders Gerry nicht überlebt, da war ich selbst erst fünf und auch Gerry ist mit drei Jahren an einem Fieber gestorben. Es gab immer nur meinen Vater für mich, und nun ist er fort." Er beugte sich nach vorn und barg das Gesicht in den Händen. Seine Schultern zuckten und Fiona legte, ohne weiter nachzudenken, ihre Hand auf seinen Arm.

„Ich fühle mit Ihnen", brachte sie mühsam hervor, denn weiter gab es nichts zu sagen.

Nach einiger Zeit hob er den Kopf und sah sie mit feuchten Augen an. „Verzeihen Sie, Lady Anna. Es ist nicht richtig, Sie mit meiner Trauer zu belasten, da Sie sicher selbst genug Probleme haben. Ich sollte mich wirklich mehr zusammennehmen."

„Nein, nein. Ich denke sogar, Sie sollten mir unbedingt davon erzählen. Sie haben die Freundlichkeit, mich in Ihrer Kutsche mitfahren zu lassen. Ihnen zuzuhören, ist das Mindeste, was ich für Sie tun kann, und vielleicht kann ich Ihnen die Fahrt so ein wenig erleichtern."

Er schüttelte vehement den Kopf. „Ach, das kann ich eigentlich nicht von Ihnen verlangen, aber … Es ist nur so, dass ich diese Reise von unserem Familiensitz nach London und zurück jahrelang mit dem Baron gemeinsam bestritten habe und nun muss ich allein zurückkehren, um die Erbschaftsangelegenheiten zu regeln." Er verstummte kurz. Dann sah er sie direkt an und fuhr fort. „Mein Kutscher musste bei der Poststation anhalten, weil mit einem der Riemen etwas nicht in Ordnung war. Da habe ich Sie so seltsam auf den Stufen liegen sehen und war besorgt, dass Sie verletzt sein könnten." Seine Miene trug wieder den gleichen verlorenen Ausdruck, der auch vor der Poststation schon ihr Herz bewegt hatte. „Ich wollte einfach nicht allein in dieser vermaledeiten Kutsche sitzen und es kam mir wie ein Wink des Schicksals vor, dass Sie in die gleiche Richtung wollten. Es ist in Wahrheit sehr selbstsüchtig von mir, dass ich Sie mitnehme. Ich bin Ihnen zu Dank verpflichtet, nicht umgekehrt." Er redete, als hätten sich all die Worte in ihm angestaut und drängten nun zugleich hinaus.

Fiona hörte sich interessiert die ganze Geschichte vom langsamen Tod seines Vaters an und nickte nur zwischendurch bestätigend. Tatsächlich hatte sie bereits von Rose einiges über den tragischen Kutschenunfall erfahren, der schließlich zum Tode des Baron Segrave geführt hatte. Nun seinem Sohn und Erben gegenüberzusitzen, ließ sie erschauern. Es war eine Sache, von Unglücken und Todesfällen völlig fremder Personen zu hören, aber eine andere, wenn man denjenigen gekannt hatte oder wie in ihrem Fall den Hinterbliebenen kennenlernte. Zumindest wollte sie versuchen, dem trauernden Mann ein wenig Gesellschaft zu leisten und ihn vom Zweck der Reise abzulenken, während sie in seiner Kutsche so viel sicherer und komfortabler reiste, als es in der Postkutsche möglich gewesen wäre.

Laut hörbar knurrte ihr Magen und der Baron hielt in seinem Monolog inne. Ein verlegenes Grinsen breitete sich aus und er zückte hastig seine Taschenuhr.

„Es ist bereits elf Uhr und ich denke, Sie haben nicht gefrühstückt. Sind Sie einverstanden, wenn wir bei der nächsten Gelegenheit eine kleine Rast einlegen?"

Fiona riss die Augen auf. „Sie müssen mich doch nicht fragen, ich bitte Sie. Ich bin jederzeit einverstanden, aber wenn Sie lieber noch weiterfahren wollen – so schlimm ist es nicht." Peinlich berührt legte sie eine Hand auf ihren Bauch, der sofort energisch protestierte und ihre Worte Lügen strafte.

Der Baron lachte leise, dann wurde er wieder sehr ernst. „Lady Anna, ich habe Ihnen versprochen, dass Sie sich an jeder Poststation neu entscheiden können, ob Sie weiter mit mir reisen wollen. Ich fürchte, ich habe mich bis jetzt nicht als guter Begleiter erwiesen. Werden Sie mich jetzt verlassen?"

Seine Wortwahl erstaunte sie. Würde er sich verlassen fühlen, wenn sie jetzt lieber die Postkutsche nahm? Ja, sehr wahrscheinlich traf das zu. Immerhin hatte er gerade erst den letzten engen Verwandten verloren, und wie sehr man sich in einer solchen Zeit von aller Welt verlassen fühlte, das wusste sie nur zu gut.

„Seien Sie versichert, dass Sie ein sehr angenehmer Begleiter sind. Ich werde gern weiterhin Ihre Gastfreundschaft in Anspruch nehmen."

Sein erleichtertes Lächeln war ansteckend und auch Fiona musste grinsen. Der Baron rief dem Kutscher seine Anweisungen zu und sah sie anschließend erwartungsvoll an.

„Jetzt sind Sie dran. Erzählen Sie etwas von sich."

Erschrocken starrte sie ihn an. „Äh ..." war alles, was sie hervorbrachte.

„Oh nein, mir war völlig entfallen, dass Sie das nicht wollten", wehrte er zerknirscht ab. „Bitte vergessen Sie meine Worte."

Eine Weile herrschte unangenehmes Schweigen zwischen ihnen und Fiona überlegte fieberhaft, wie sie die Situation retten könnte.

„Waren Sie schon einmal in Schottland?"

Der Baron schüttelte den Kopf und sah sie fragend an.

„Dann erzähle ich Ihnen etwas über meine Kindheit und die Schönheit unseres Landes", begann sie und fragte sich, was wohl am unverfänglichsten wäre. „Unser Land liegt im Süden Schottlands, bei ... im Süden eben. Natürlich gehört wie zu jeder ordentlichen schottischen Burg auch zu unserer ein Loch. Sie wissen sicher, dass wir die Seen so nennen."

Der Baron lachte. „Einen Augenblick hatte ich etwas anderes gedacht, denn alte Burggemäuer, die aus vergangenen Generationen stammen, haben auch oft noch weitere Löcher. In Mauern, Dächern ..."

„Oh ja, das auch", stimmte Fiona kichernd zu. „Der Ostflügel hatte so viele Löcher, den hätte selbst eine Renovierung nicht mehr gerettet. So hat mein Vater ihn schließlich ganz abreißen lassen. Es war kein wirklicher Verlust. Als kleines Mädchen habe ich mich auch ohne den Ostflügel noch oft genug in der Burg verlaufen."

So plauderte sie ein Weilchen weiter, bis die Kutsche langsamer wurde und schließlich zum Stehen kam. Nachdem der Baron ausgestiegen war, drehte er sich herum und streckte den Kopf in den Wagen hinein.

„Lady Anna ..."

Fiona, die in genau diesem Moment aufstehen wollte, stieß mit dem Ellenbogen hart gegen seine Nase.

„Oh Himmel, verzeihen Sie mir."

Fassungslos starrte sie den Mann an, der sich keuchend eine Hand aufs Gesicht presste.

„Geht schon", brachte er mühsam hervor. Dann atmete er noch zwei Mal tief durch und nahm die Hand wieder weg. „Sieht man etwas?"

Fiona betrachtete seine Nase aus der Nähe und musste über seinen seltsamen Gesichtsausdruck plötzlich herzlich lachen.

„Was? So schlimm?" Er betastete seine Nase und atmete noch einmal scharf ein.

„Nein", gluckste Fiona. „Man sieht gar nichts. Sie haben nur gerade ausgesehen wie ein Welpe, den man am Ohr gezogen hat."

Der Baron stutzte einen Moment, dann lachte er so laut los, dass er sich an der Wagentür festhalten musste. Erst nach einiger Zeit kam er wieder zu Atem.

„Ein Welpe, was für ein Vergleich. Wenig schmeichelhaft, fürchte ich."

„Oh, verzeihen Sie, das wollte ich nicht so ausdrücken."

Er winkte ab. „Was ich eigentlich fragen wollte", begann er noch einmal und unterdrückte mühsam das Lachen. „Wenn wir hineingehen, möchte ich Sie nur ungern als eine Bedienstete ausgeben, auch wenn ich über Ihren Stand gar nichts weiß." Er sah sie ein wenig vorwurfsvoll an, fuhr dann aber gleich fort. „Was halten Sie davon, wenn ich Sie als meine Schwester bezeichne? Ich hätte wirklich nichts gegen eine so wunderbare Schwester namens Anna."

Fiona war etwas überrumpelt. Sie fühlte sich geehrt und auf seltsame Art vereinnahmt zugleich, aber sein Vorschlag schien sinnvoll zu sein. „Wir müssen uns dann aber sicher mit dem Vornamen ansprechen, George." Es fühlte sich tatsächlich recht seltsam an, einen Wildfremden so vertraut anzureden, aber immerhin war es ja nicht sein richtiger Vorname, redete sie sich ein.

Er nickte und half ihr galant aus der Kutsche. „Meine Schwester Anna", wiederholte er noch einmal. „Das gefällt mir wirklich sehr."

Er schenkte ihr ein breites Lächeln und gemeinsam traten sie in den Schankraum.

∾

Anthony hatte von der Poststation noch einmal zum Stadthaus zurückkehren müssen, denn es wäre dumm gewesen, der Postkutsche mit dem Pferd zu folgen. Schließlich wollte er die Lady zurückholen und brauchte ja auf dem Rückweg auch für sie ein Transportmittel. Um während der Fahrt nicht untätig dazusitzen, hatte er auf eine größere Kutsche verzichtet. Stattdessen hatte er das leichte und schnellere Gig genommen und fuhr es selbst. Durch diese Verzögerung war ihm die Postkutsche noch weiter voraus und er hatte sie immer noch nicht eingeholt. Der neue Einspänner erwies sich als gut geeignet für die holprige Straße und das Pferd trabte in flottem Tempo die Straße hinab. Natürlich grollte er Lady Fiona und es beunruhigte ihn, dass er sie immer noch nicht zu Gesicht bekommen hatte. An jeder Poststation auf dem Weg hatte er angehalten und nach einer allein reisenden Lady gefragt. Bisher war nichts dabei herausgekommen. Trotzdem sagte ihm ein untrügliches Gefühl, dass er ihr auf der Spur war.

Das nächste Gasthaus war nur zum Pferdewechsel und für eine kleine Mahlzeit für die Reisenden eingerichtet, aber eine Übernachtungsmöglichkeit gab es dort nicht. Der

Gastraum erschien ihm ordentlich und ein Duft von frischem Braten erinnerte ihn daran, wie lang seine letzte Mahlzeit zurücklag.

Mit knurrendem Magen setzte er sich an einen Tisch in der Nähe des Schanktresens. Sofort erschien ein rundliches Mädchen mit roten Wangen und einem unbefangenen Lächeln an seinem Tisch.

„Mylord, welche Ehre, so ein hoher Besuch. Was darf ich für Sie tun?"

Anthony fragte sich einen Augenblick, woher die Magd ihn überhaupt kannte, dann wurde ihm klar, dass sie sicher jeden ordentlich gekleideten Reisenden so anredete.

„E-ein Ale und das T-ta-hagesgericht", erwiderte er knapp. Grimmig starrte er sie an und erwartete, dass sie seine Aussprache kommentierte. Sie schenkte ihm stattdessen ein breites Lächeln, dessen Grund er nicht einordnen konnte. Verwundert lehnte er sich auf dem unbequemen Holzstuhl zurück und ließ die Gedanken zu dem gestrigen Ballabend zurückschweifen, während seine Augen der Bedienung folgten.

Natürlich wollte er diese schottische Langweilerin nicht. Langweilige junge Dinger gab es zuhauf in den Ballsälen, und obwohl er nur der zweite Sohn war, hatten die Mütter dieser faden Geschöpfe sie ihm oft genug aufzudrängen versucht. Er liebte Temperament, einen eigenen Willen und Stolz, den er bisher bei englischen Mädchen nie gefunden hatte. Nur Madeleine … Energisch schob er den Gedanken beiseite und konzentrierte sich auf die eigentliche Frage. Was zum Teufel hatte ihn bewogen, dieses dürre, fade Mädchen zu küssen, und warum hatte es sich außerdem noch so wundervoll und richtig angefühlt? Sein Körper reagierte bereits auf die reine Erinnerung an ihre Leidenschaft und die Hitze, mit der sie den Kuss erwidert hatte. Entschieden drängte er diese Gefühle zurück. Er wollte diese Fiona nicht, und das war auch verdammt gut so, denn sie war ja nicht für ihn vorgesehen.

Das Ale und der Teller erschienen auf seinem Platz und er wollte sich gerade dem Essen widmen, als ihm auffiel, dass das Mädchen noch neben dem Tisch stand. Fragend sah er hoch.

„Wenn ich sonst noch etwas für Sie tun kann, Mylord …"

Er schüttelte den Kopf und begann, das Fleisch zu schneiden.

„Vielleicht, wenn Sie gegessen haben?" Ihr Tonfall klang hoffnungsvoll, doch er hatte kein Bedürfnis nach dem, was ihre Avancen wohl andeuten sollten. Dann nahm der köstliche Braten seine Aufmerksamkeit gefangen, und während er genussvoll kaute, dachte er darüber nach, ob er die flüchtige Lady überhaupt noch vor Einbruch der Dunkelheit erwischen würde.

Kaum hatte er den letzten Bissen in den Mund geschoben, erklang neben ihm die Stimme der Schankmagd erneut. „Mylord, haben Sie jetzt noch einen Wunsch?"

Wieder schüttelte er nur schweigend den Kopf, denn er fand es nicht notwendig, seine Zeit mit höflichem, aber langwierigem Herumgestotter zu vergeuden. Daraufhin legte das Mädchen eine Hand auf seine Schulter und strich mit dem

Daumen über seinen Hals. Unwillig zuckte er zurück und starrte in ihr Gesicht. Sie knabberte an der Unterlippe und sah ihn mit einem unmissverständlichen Augenaufschlag an.

„Ein Herr wie Sie hat doch sicher noch andere Bedürfnisse als Essen und Trinken."

Nun wurde es ihm zu viel, er sprang auf und knallte die Bezahlung auf den Tisch.

Erschrocken wich das Mädchen zurück. „Verzeihung", murmelte sie und Anthony meinte, Feuchtigkeit in ihren aufgerissenen Augen schimmern zu sehen. In dem Moment besann er sich wieder auf das Ziel der Reise.

„I-i-ihist eine junge Lady mit roten Ha-a-aren hier mit der Postkutsche angekommen?" Sein Ton war lauter, als er beabsichtigt hatte, und die Magd schüttelte ängstlich den Kopf.

„Hohe Herrschaften haben wir hier nicht oft, und mit der Postkutsche schon gar überhaupt nicht. Aber vor einer Stunde oder so waren zwei Herrschaften hier. Ein Lord mit einer Lady, die rote Haare hatte."

Anthony stutzte. „Wa-har die Frau zierlich mit grünen A-Augen?" Dann schüttelte er den Kopf. Wieso sollte eine Schankmagd auf die Augenfarbe einer Dame achten.

„Jawohl, Mylord, recht schmal, fast schon zu dünn, würde ich sagen und wunderschöne grüne Augen, da war ich direkt ganz neidisch. Und der Lord hatte sie auch ganz verliebt angesehen." Das Mädchen seufzte. „Obwohl er ja gesagt hat, sie wäre seine Schwester, aber das hab ich ihm nicht geglaubt."

Anthony klappte den Mund auf, wusste aber nicht, was

131

er antworten sollte. Wie viele rothaarige grünäugige Ladys würden wohl an einem Tag hier vorbeikommen? Das musste sie sein. In Begleitung eines Lords reiste sie und der hatte sie auch noch verliebt angesehen. Eifersucht brandete in ihm auf. Sie war – ja, was eigentlich? Gregorys Braut. Auf jeden Fall hatte ein dahergelaufener Kerl kein Recht, sie verliebt anzusehen.

Völlig außer sich stürmte er zur Tür und wenige Minuten später verließ er mit seinem Gig die Poststation.

KAPITEL SECHS

Die nächste Schenke erreichte er nach nur zwei Stunden und beschloss, nur eine kurze Rast für das Pferd einzulegen. Nachdem es gefressen und gesoffen hatte, fuhr er ohne weitere Verzögerung los und am späten Nachmittag kam er schließlich nach St. Albans. Hier war das Rasthaus ein großes, helles Gebäude und das Schild, das die Örtlichkeit als Poststation auswies, war schon von Weitem zu erkennen. Er fuhr in den Hof der Schenke und überließ Pferd und Wagen erleichtert dem Stallburschen. Inzwischen war er vollkommen erschöpft, aber die Entrüstung über Lady Fiona und ihren möglichen Begleiter hatte ihn den letzten Streckenabschnitt in halsbrecherischer Geschwindigkeit fahren lassen. Kaum betrat er den überfüllten, stickigen und warmen Raum, zog bleierne Müdigkeit in seine Glieder.

Stirnrunzelnd sah er sich um. In diesem Trubel wollte er nicht speisen, also trat er an den Schanktresen und sprach den Wirt an. Er musste seine Stimme heben, um das Getöse der vielen Menschen zu übertönen. „I-hich brauche ein Zimmer für die N-Nacht und ein A-bendessen", schrie er. Nach Lady Fiona zu fragen, schien in diesem Tollhaus nicht sehr vielversprechend, so hob er sich das für später auf.

„Ein Zimmer haben wir nicht mehr frei", gab der Wirt in gleicher Lautstärke zurück. „Der Nebenraum zum Speisen ist ebenfalls belegt, Mylord. Ich kann die Herrschaften aber gern fragen, ob es ihnen recht wäre, wenn Sie dazukommen."

Ohne eine Antwort abzuwarten, drehte sich der beleibte Mann um die eigene Achse und verschwand hinter einer Doppeltür. So schnell wollte Anthony ihn nicht entkommen lassen, also folgte er dem Mann auf dem Fuße und kam gerade noch dazu, als er in einem seitlich gelegenen Raum verschwand.

„Mylord, es ist soeben noch jemand angekommen …", hörte er den Wirt sagen und trat ohne Zögern hinter dem Mann ein.

In der Mitte des gemütlich eingerichteten Kaminzimmers stand ein runder Tisch, an dem für zwei Personen gedeckt war, und an diesem Tisch saß … sein Freund Stephen.

Er nickte gerade zu den Worten des Wirtes, und als er Anthony sah, sprang er erfreut auf. „Anthony! Was tust du denn hier, Mann? Was für eine Überraschung."

Anthony war von dieser unerwarteten Begegnung ebenfalls freudig überrascht. Die Männer begrüßten sich und der Wirt zog sich auf Stephens Nicken hin wieder zurück.

„Komm, setz dich, nun sag schon, welchem glücklichen Umstand habe ich es zu verdanken, dass du hier bist? Du wirst doch nicht etwa ebenfalls in den Norden reisen wollen?"

Anthony grinste. Sein Freund hatte ihn vor seinem Aufbruch mehr als einmal gebeten, ihn auf der Reise in seine Heimat zu begleiten, da er auf keinen Fall tagelang völlig allein in der Kutsche sitzen wollte. Das Pflichtgefühl seinem Vater und dieser Lady gegenüber hatten ihn davon abgehalten, und nun trafen sie sich hier wieder.

„Stephen, d-u glaubst es wahrscheinlich kaum, aber ich bin auf einer Verfolgungsjagd." Die Freude, seinen guten Freund zu treffen, hatte seine Laune schon wieder so weit gehoben, dass er bereit war, ihm die ganze leidige Sache als Scherz zu verkaufen.

„Wen um Himmels willen verfolgst du denn? Du wirst doch nicht innerhalb weniger Tage zum Gesetzesvertreter geworden sein. Jagst du einen Verbrecher?" Stephen grinste breit, aber Anthony wollte der scherzhafte Tonfall doch nicht so locker über die Lippen kommen, wie er geplant hatte.

„D-iese Lady, die mein V-vater mit Gregory verheiraten will, ich hatte dir doch von ihr erzählt. Sie ist weg."

Stephen zog die Brauen hoch. „Ist das jetzt nicht gut? Er wollte doch ohnehin nicht wieder heiraten, oder hat sich daran etwas geändert?"

„Ja, nein, natürlich nicht. Aber sie ist nicht einfach abgereist, sondern g-geflohen. Wir waren auf einem Ball und ich habe sie im Garten ge-küsst und …"

„*Du* hast sie geküsst?" Stephens Kopf schoss vor, dann schlug er mit der flachen Hand auf den Tisch und krümmte sich vor Lachen. „*Du?* Das ist es, was man mit gähnend langweiligen Damen auf Bällen tut, wenn man sie von einer Heirat mit dem eigenen Bruder abschrecken will?"

Stephen lachte immer noch und Anthony biss die Zähne zusammen, als sein Freund sich auf seine Kosten so wunderbar amüsierte. Es war ja auch völlig abwegig, und er wusste wirklich nicht mehr, warum das geschehen war. Immerhin war sie nicht seine zukünftige Braut, und wenn sie überhaupt irgendwer küssen durfte, dann wohl höchstens der Bräutigam.

Wütend schnaubte er und fuhr fort. „W-ie auch immer, jedenfalls ist sie daraufh-hin verschwunden. Wahrscheinlich will sie nach Schottland zurück."

Stephen wurde wieder ernst und sah ihn beinahe mitleidig an. „Kein gutes Gefühl, wenn eine Lady nach einem Kuss Fersengeld gibt und gleich das Land verlassen will. Jedenfalls nicht für jemanden wie dich."

Anthony fixierte sein Gegenüber aus schmalen Augen. „Ich w-weiß genau, worauf du anspielst, aber die letzte Frau, die das Land verlassen hat, wollte mich immerhin mitnnehmen." Verärgert presste er die Lippen zusammen. Diese beiden Damen waren ja so wenig zu vergleichen wie Sonne und Mond. Außerdem liebte er sie nicht, diese Lady Fiona.

Er schnaubte. „J-edenfalls muss ich sie zurückholen, sie ist ja auch das Mündel meines Vaters und sie kann schließlich nicht einfach tun, was sie will. Und jetzt ist sie mit irgendeinem Adeligen unterwegs, der sie für seine Schwester ausgibt." Er starrte auf den Tisch und fragte sich, warum ihn gerade das so sehr ärgerte.

Stephen schwieg und trotzig setzte Anthony nach. „Was? Dazu fällt dir kein dummer Spruch ein?"

Dann sah er hoch und bemerkte, dass Stephen ihn

anstarrte, als wäre er ein dreiköpfiger Drache.

„Was?", fragte er noch einmal, ehe das Offensichtliche nach und nach in seinen Verstand drang. Er sprang auf und musste mehrmals tief Luft holen, ehe er überhaupt ein Wort herausbrachte.

„Du?"

Stephen hob die Hände in einer hilflosen Geste und setzte zu einer Erklärung an, aber Anthony ließ ihn nicht zu Wort kommen.

„Du bist das? Du hast mich so hintergangen? M-mein bester Freund entführt die Lady, auf die ich aufpassen soll? U-und was hattest du weiter vor?", schrie er und stand mit geballten Fäusten vor dem Tisch.

Stephen war nun auch aufgestanden und trat mit erhobenen Händen zurück. „Anthony, so war es nicht. Lass mich doch erklären."

„Du musst mir gar nichts erklären. Ich sehe schon an deinem Gesicht, was geschehen ist", brüllte er und trat einen Schritt vor.

Stephen wich weiter zurück und stolperte dann über das Kaminbesteck. Mit den Armen rudernd kippte er nach hinten, direkt in Richtung des Kamins, und Anthony konnte nur hilflos mit ansehen, wie der lange Rockschoß seines Freundes Feuer fing. Stephen bemerkte das Malheur, drehte sich vom Feuer fort und stolperte dann seitlich auf einen Stuhl, der krachend unter seinem Gewicht zerbrach. Sofort sprang Anthony hin und ließ sich auf die Knie fallen, um mit bloßen Händen das Feuer an Stephens Kleidung auszuschlagen.

Ein entsetzter Schrei klang von der Tür. „George!" Und einen Moment später „Royston!"

Beide Männer drehten sich um. Anthony sah, wie Fiona auf sie zustürzte, wandte sich aber dann besorgt wieder zu Stephen. Der hielt sich stöhnend die Schulter, mit der er den Stuhl zerstört hatte, schien aber sonst unverletzt. Das Feuer war zum Glück ebenfalls gelöscht. Fiona sank neben Stephen auf die Knie.

„Um Himmels willen, bist du verletzt? Was hat er getan?" Sie legte eine Hand auf Stephens Schulter und hob den Blick zu Anthony. „Was haben Sie getan?" Wütend starrte sie ihn an und kniff die Lippen zusammen, als müsste sie einige wüste Beschimpfungen zurückhalten.

Anthony schüttelte fassungslos den Kopf. Dann wurde ihm klar, wie die Szene gewirkt haben musste.

„W-as denken Sie von m-mir?" Er sah von seinem Freund zu der Lady, die neben ihm hockte, fürsorglich über seine Schulter strich und bereit schien, Stephen zu verteidigen wie eine Löwin.

Er schluckte hart und starrte wieder auf ihre Hand. „Pah, Schwester", murmelte er und schob sich umständlich auf den nächsten Stuhl. Erst jetzt wurde ihm bewusst, dass seine Hände schmerzten. Wie betäubt starrte er auf die Handflächen, die zum Teil gerötet und zum Teil mit Ruß und Schmutz von Stephens Kleidung bedeckt waren.

„Wir müssen das sauber machen", hörte er Stephens Stimme neben sich. Er nickte nur und war vollkommen damit beschäftigt, die aufkommende Übelkeit zu bekämpfen.

„Kaltes Wasser, sehr kalt, und einen großen Eimer, bitte

schnell, George", befahl Lady Fiona an den Baron gewandt, zog sich einen Stuhl heran und griff nach seinen Handgelenken. „Was haben Sie nur getan?"

Anthony schnaubte. „D-as ist doch gleich, S-Sie würden ohnehin immer nur das Schlechteste von mir denken." Dann drehte er den Kopf zur Seite und schwieg.

Es dauerte nicht lange, und Stephen kam mit zwei Dienstmädchen zurück, die eine Schüssel, einen Eimer Wasser und saubere Tücher brachten. Eins der Mädchen tauchte einen Lappen in das Wasser und wollte Anthonys Hände abwischen, aber Lady Fiona nahm ihr das Tuch aus der Hand.

„So nicht", kommandierte sie und zog einen weiteren Stuhl heran, auf dem sie die Schüssel platzierte. „Hier das Wasser hinein. Ist es frisch aus dem Brunnen?"

„Nein, Madam, das habe ich heute Mittag geholt, aber es hat seitdem in der Küche gestanden."

„Hol frisches. Es muss ganz kalt und ganz sauber sein. Husch!" Das Mädchen verschwand und Anthony sah Lady Fiona zweifelnd an.

„Sie scheinen sich sehr sicher zu sein, was man tun muss." Er fühlte sich zu schlecht, um zu protestieren, und war insgeheim froh, dass er einfach nur dazusitzen und sich darauf zu konzentrieren brauchte, das Brennen seiner Handflächen irgendwie auszuhalten. Die Magd kam mit dem frischen Wasser und Lady Fiona füllte die Schüssel zur Hälfte. Dann rollte sie Anthonys Ärmel bis zu den Ellenbogen hoch, fasste seine Unterarme und drückte seine Hände komplett in das eiskalte Wasser. Er zog zischend die Luft ein, als die

Kälte und das Brennen sich gegenseitig zu verstärken schienen, sagte aber nichts.

„Halten Sie durch. Die Haut muss ganz kalt werden. Es schmerzt furchtbar und Sie haben das Gefühl, Ihre Hände frieren ab, aber nur so verhindern Sie, dass die Haut blasig wird."

Er nickte verbissen und beobachtete die Finger der Lady, die im Wasser sacht den Schmutz von seiner Haut lösten. Er spürte die Berührung nicht, schrieb das aber der Kälte zu.

„Darum hast du mir nicht gesagt, wer du bist", hörte er unvermittelt Stephen neben sich, der seit seiner Rückkehr ins Zimmer geschwiegen hatte.

Er sah auf und stellte fest, dass die Lady den Kopf gesenkt hielt. „Wie hätte ich das tun können? Ich wollte nach Hause, obwohl die Burg jetzt jemandem gehört, den ich gar nicht kenne. Ich weiß sonst nicht, wohin ich soll. Ich habe doch niemanden." Sie verstummte, strich dabei aber immer noch über Anthonys Verletzung.

Er hörte den beiden zu, während er den Schmerz in seinen Handflächen niederrang, und fragte sich die ganze Zeit, ob der Kuss wirklich so furchtbar gewesen war, dass er sie zu dieser verzweifelten Flucht getrieben hatte.

～

Nachdem Fiona Lord Roystons Hände vorsichtig gesäubert und verbunden hatte, war er zu Bett gegangen. Die Schmerzen von den Verbrennungen hatten ihm offenbar jeglichen Appetit auf das Abendessen verdorben und er war

leichenblass gewesen, als er sich erhoben und das Kaminzimmer verlassen hatte.

George und sie selbst saßen trotz des Schrecks noch
gemeinsam am Tisch. Stephen hieß er ja tatsächlich, wie sie
inzwischen erfahren hatte.

„Ich verstehe das nicht. Wie konnte er denn mit den
bloßen Händen das Feuer ausschlagen?" Sie sah Stephen an,
der von der ganzen Angelegenheit ebenfalls noch sichtlich
erschüttert war.

„Ich weiß es auch nicht, aber ich denke, wenn man sieht,
dass der beste Freund in Flammen steht, setzt der Kopf einfach aus." Er sah zum Kamin, als versuchte er, die Geschehnisse noch einmal zu rekonstruieren. „Anthony hat einfach
etwas völlig Falsches angenommen, deshalb war er überhaupt erst so außer sich, dass ich vor Schreck förmlich
umgekippt bin. So kenne ich ihn gar nicht."

„Wie meinst du das, völlig falsch?"

„Er glaubte, ich hätte dich entführt oder zumindest in
der Absicht, zu fliehen, bestärkt." Er sah sie an und lächelte
schmal. „Seine Gefühle scheinen tiefer zu gehen, als er
selbst zugibt, sonst wäre er sicher nicht so sehr aus der Fassung geraten."

Fiona schnaubte entrüstet. „Gefühle? Er hasst mich. Ich
bin der Klotz, den sein Vater ihm ans Bein gebunden hat,
und er wäre mich lieber heute als morgen wieder los."

Stephen lachte leise und schüttelte kaum sichtbar den
Kopf. „So einfach ist das nicht. Wenn er dich wirklich loswerden wollte, wäre er gar nicht hier. Er hätte ja auch einfach herumfahren und dann seinem Vater erklären können, er

hätte dich nicht gefunden." Stephen zog gespielt ernsthaft die Brauen zusammen, aber in seinen Augen blitzte der Schalk. „Und was war mit dem Kuss?"

Fiona wurde kalt. Warum wusste er davon? Royston musste es ihm erzählt haben, also hatte es ihm auch etwas bedeutet. Sie stand auf, nahm ihr Weinglas und ging zum Kamin. Sie spürte, dass Stephen hinter sie trat und ihr eine Hand auf die Schulter legte. Unwillkürlich versteifte sie sich.

„Verzeihung." Er ließ sie sofort los und trat einen Schritt zur Seite. „Du musst dir wegen mir keine Gedanken machen." Seine Stimme zitterte ein wenig.

Überrascht sah sie zu seiner großen Gestalt hinüber, die jetzt im Schatten des großen Lehnsessels stand. „Wie meinst du das?"

„Es ist dir sicher schon aufgefallen, dass nichts passiert zwischen uns, weder in der Kutsche noch jetzt."

Fiona musste ihm zustimmen. Darüber hatte sie noch gar nicht nachgedacht. „Ich bin ja auch deine Schwester", gab sie lächelnd zurück.

„Ja, schon im ersten Moment wusste ich, dass wir uns gut verstehen würden, und bisher hat meine Ahnung mich nicht getäuscht. Es fühlt sich wirklich an, als wärst du die Schwester, die ich gern gehabt hätte. Ich bin sehr froh, dass du dich darauf eingelassen hast. Es verwundert mich selbst, weil wir uns ja erst seit wenigen Stunden kennen, aber du bist mir bereits sehr ans Herz gewachsen und ich mag dich wirklich ausgesprochen gern, so wie ein Bruder eben. Tatsächlich ist dies das stärkste Gefühl, das ich einer Frau entgegenbringen kann."

Fiona nickte versonnen, zweifelte dann aber, ob sie ihn wirklich verstanden hatte. „Du meinst, eine Frau ist für dich nur … oh … oh, ich verstehe."

„Bitte denk jetzt nicht schlecht von mir." Er trat hastig einen Schritt vor und das flackernde Licht des Kaminfeuers malte noch mehr dunkle Schatten in sein Gesicht. „Ich dachte nur, ich sollte dir das sagen, damit du weißt, wie die Dinge zwischen uns stehen. Ich werde dich stets wie eine Schwester behandeln, aber niemals etwas anderes von dir erwarten, oder gar ... hm nun ja, romantische Gefühle entwickeln."

Sie seufzte. „Meine Vorzüge in dieser Beziehung sind leider zu bescheiden, als dass ich jemals irgendwelche großen Gefühle bei einem Mann wecken könnte."

„Oh, und genau da irrst du dich gewaltig. Anthony empfindet sehr viel für dich. Ich würde sogar sagen, du gibst ihm etwas wieder zurück, das er lange verloren glaubte."

„Unsinn. Das Einzige, was ich ihm gebe, ist großes Unbehagen."

„Eben. So aufbrausend und emotional wie vorhin habe ich ihn lange nicht gesehen. Er war wie tot, als er aus Paris zurückkam. Alles war ihm gleichgültig und nichts berührte ihn. Was ich heute gesehen habe, ist eine enorme Verbesserung, und die hat er dir zu verdanken."

Fiona strich unsicher über ihre Haare und versuchte, im Zwielicht des Kaminfeuers Stephens Miene zu ergründen. „Nein, was auch immer das bewirkt hat, ich war das sicher nicht."

Stephen zuckte mit den Schultern und wandte sich den

Flammen zu. „Wie du meinst. Ich bin jedenfalls sehr froh, dass er wieder ein Stück mehr der alte Anthony ist. Zugleich bin ich sehr traurig, deine Gesellschaft nun zu verlieren."

Sie lächelte schmal. „Es lässt sich wohl kaum verhindern, dass ich mit ihm zurück nach London muss. Aber ich hoffe sehr, wir sehen uns wieder, wenn du in die Stadt zurückkehrst."

~

Nach einer unruhigen Nacht und zu wenig Schlaf stand sie wieder vor dem Kaminzimmer. Die Tür war offen, und so musste sie nicht anklopfen, ehe sie eintrat. Der Morgen war kühl und die beiden Männer saßen vor dem Feuer mit dem Rücken zur Tür. Stephen redete auf Royston ein, der zusammengesunken dasaß und selbst von hinten einen unglücklichen Eindruck machte.

„Ihr könnt doch einfach ein paar Tage hierbleiben, bis es deinen Händen wieder besser geht, oder du mietest dir eine Kutsche oder ihr kommt einfach beide mit mir, wenn dir die Reise nicht zu weit ist."

„D-ie Hände sind nicht das Problem, die werden heilen. A-aber ich weiß nicht mehr, was richtig und was falsch ist."

Die beiden hatten ihr Eintreten offenbar nicht bemerkt, aber sie fand es ungehörig, ihre vertrauliche Unterredung zu belauschen, so trat sie an den Tisch und zog geräuschvoll einen der Stühle heraus. „Guten Morgen", murmelte sie dazu.

Stephen drehte sich zu ihr um und bedeutete ihr mit

einer einladenden Geste, dass sie herüberkommen sollte. „Guten Morgen, Anna. Schau doch mal bitte hier, du hast dich ja gestern schon so gut um seine Hände gekümmert."

Fiona trat näher heran und sah, dass Royston die Verbände abgenommen hatte. Sie nahm neben ihm Platz und beugte sich ein wenig vor. „Darf ich einmal sehen?"

„M-achen Sie sich keine M-ühe deswegen", widersprach er, streckte aber trotzdem beide Hände in ihre Richtung. Die Handflächen waren gerötet, aber insgesamt gab es keine großen Blasen. Nur an wenigen Stellen hatte die Haut die typische blasse Färbung angenommen und würde sich später ablösen. Sie war erleichtert.

„Wie sind die Schmerzen?", fragte sie, während sie seine Hände in den ihren hielt.

„B-esser, als ich gestern Abend befürchtet hatte." Unvermittelt straffte er sich und zog seine Hände zurück. Dann sah er sie offen und direkt an. „Ich kann Sie nicht gegen Ihren W-illen mitnehmen. I-ich werde allein zurückfahren."

Fiona zog die Brauen zusammen. War er nicht genau deswegen überhaupt hier? Was sollte diese ganze Verfolgungsjagd, wenn er sie jetzt nicht mit sich nach London nehmen wollte, um sie wieder seinem Vater und der Countess zu übergeben?

Sie hatte die halbe Nacht wachgelegen und die verschiedenen Möglichkeiten abgewogen. Ihre Flucht war verrückt gewesen. Es gab nichts mehr in Schottland, zu dem sie zurückkehren konnte. Sie hatte dort kein Zuhause mehr und auch keine Verwandten, denen sie irgendetwas bedeutete.

Also war es das Vernünftigste, reumütig nach London zurückzukehren und sich mit dem Gedanken an eine Hochzeit abzufinden. So ein grauenhafter Mensch, wie sie befürchtete, war dieser Bruder wahrscheinlich gar nicht.

„Ich komme freiwillig mit."

Er schien überrascht zu sein, schüttelte aber den Kopf. „Ich kann mit den Händen nicht fahren, mein Gig kann auch nicht zwei Personen und einen Kutscher transportieren. Der Kutscher wird neben mir sitzen, ich habe also gar keinen Platz für Sie."

Suchte er Ausflüchte? Das schien nicht zu ihm zu passen. Andererseits kannte sie ihn nicht gut genug, um so etwas zu beurteilen. „Ich kann fahren, wir brauchen keinen Kutscher. Ich werde Ihre Hände so dick verbinden, dass Sie die Zügel halten können, wenn wir eine Ortschaft durchqueren." Sie musste verstohlen grinsen, denn sie wusste, dass kein Mann in der Öffentlichkeit einer Frau die Zügel überlassen würde. „So können wir zumindest den Schein wahren."

Zu ihrer Überraschung nickte er, dann blitzte etwas in seinen Augen auf, als er anfügte: „Sie können also gar nicht schnell genug von Ihrem neuen *Bruder* wegkommen?"

Ihr Blick glitt zu Stephen, der jetzt sehr unglücklich aussah. „Es tut mir leid, Bruderherz, aber ich fürchte, ich muss dich nun wirklich verlassen." Sie versuchte, ihn mit Ironie etwas aufzuheitern, denn es war offensichtlich, dass er seine Begleitung nicht verlieren wollte.

„Keine Sorge, den Rest des Weges schaffe ich schon allein. Wenn ich meine Angelegenheiten erledigt habe, muss ich ohnehin so schnell wie möglich nach London zurückkehren, da ja die Parlamentssaison noch läuft." Er nickte zu Royston. „Wenn dieser Rüpel also zudringlich wird, kannst du dich jederzeit an mich wenden, Anna – äh, Fiona. Ich werde ihn dann schon zurechtstutzen."

„Hey, ich dachte, du wärst auf meiner Seite. Das sieht dir ja wieder ähnlich", mischte Royston sich mit einem scherzenden Unterton ein.

Stephen lachte und knuffte ihn mit dem Ellenbogen in die Seite.

Die wichtigsten Fragen waren also geklärt. Mit einem Nicken erhob Fiona sich und trat zum Tisch hinüber.

Das Frühstück wurde serviert und sie lauschte schweigend den beiden Herren, die sich über Stephens Familie und seine neuen Pflichten als Baron unterhielten. Nachdem sie gegessen hatten, bestellte Fiona bei dem Dienstmädchen noch einmal frisches Brunnenwasser, Salbe für die Verbrennungen, eine Schüssel und Verbandsmaterial. Wieder hielt sie Roystons Hände in ihren, während sie die Rötungen noch einmal kühlte, etwas Ringelblumensalbe auf seinen Verbrennungen verteilte und sie dann sorgsam mit dem Stoff bedeckte.

Sie wollte nicht genauer erforschen, warum diese vertraute Berührung ihr nun auf einmal die Hitze ins Gesicht trieb. Auch die Tatsache, dass er sich nicht mehr mit seinem Freund unterhielt, sondern sie auf eine ganz beunruhigende und eindringliche Art ansah, hätte sie gern ignoriert.

„Fiona …", begann er sehr leise und seine Stimme klang rau. Dann räusperte er sich. „Danke, das wird genügen."

Abrupt zog er seine Hände weg und stand auf. „Müssen Sie noch packen? Dann beeilen Sie sich endlich, wir wollen ja heute noch in London ankommen."

Seine harten Worte wirkten, als hätte er das kalte Brunnenwasser über ihren Kopf gekippt. Hastig sprang sie auf, wandte sich um und stürmte aus dem Zimmer. Tränen brannten in ihren Augen. Was hatte sie auch erwartet? Hatte sie etwa geglaubt, nur weil sie sich um seine Verletzung kümmerte, würde er plötzlich ein anderer Mensch? Hastig blinzelnd eilte sie die Treppe hinauf, dann warf sie ärgerlich ihre wenigen Habseligkeiten in die Reisetasche. Vielleicht war es doch ein Fehler gewesen, dass sie in der Nacht nicht durch das Fenster geflohen war.

Ach verflixt.

Sie ließ sich in den Sessel fallen, der neben dem Kamin stand, und schlug die Hände vor das Gesicht. Ihr ganzes vermaledeites Leben war ein Scherbenhaufen und es machte gar keinen Unterschied, was sie nun tat. Glückliche Enden gab es eben doch nur in Märchen.

～

„Sag mal, bist du noch bei Sinnen?"

Stephen war wirklich ärgerlich und hatte sich vor Anthony aufgebaut, als wollte er ihm an die Kehle gehen. „Warum kehrst du das Biest raus, wann immer sie dir nahekommt? Ach ja, du kannst es nach wie vor nicht zugeben, dass sie dir unter die Haut geht. Weißt du eigentlich, wie sehr du sie mit deinem Verhalten verletzt?" Ganz entgegen seiner

Gewohnheit war er laut geworden.

„Unsinn", brummte Anthony. „I-ch kann sie gar nicht verletzen, denn sie hasst mich sowieso. Außerdem hat sie sich gefälligst von mir fernzuhalten. Sch-ließlich soll ich nur für Gregory auf sie achtgeben. Der gute Greg bekommt alles und ich darf wieder den Fußabtreter spielen." Er verschränkte die Arme vor der Brust und starrte Stephen finster an. „I-ch habe es so satt. Wann wird sich endlich mal jemand dafür interessieren, was mit meiner Zukunft ist und was ich will?"

Stephen beugte sich vor und zischte leise. „Mich musst du deswegen nicht anschreien. Wie soll sich irgendwer um das kümmern, was du willst, wenn du es nicht einmal selbst weißt – oder nicht zugibst?"

Anthony setzte sich wieder an den Tisch. Er war versucht, mit der Faust daraufzuschlagen, aber seine noch immer schmerzenden Handflächen rieten zur Mäßigung.

„Wie kann ich überhaupt darüber nachdenken, ob ich sie will, wenn ich sie ohnehin nicht bekommen kann? A-ußerdem denkt sie immer nur das Schlechteste von mir und manchmal sieht sie mich an, als wäre ich ein M-monster."

Stephen fiel ihm ins Wort. „Hör einfach mal damit auf, dich wie ein Monster zu verhalten. Das wäre zumindest ein Anfang. Du wirst schon sehen, dass sie dich mag, wenn du um sie wirbst, statt sie zu vergraulen. Gib dir ein wenig Mühe, dann schenkt sie dir schneller ihr warmes Herz, als du dir vorstellen kannst."

„Oho," spottete Anthony, „warmes H-erz. Du müsstest dich mal hören. Man würde denken, du sprichst von einer

Heiligen, dabei empfindest du doch gar nichts für das schöne Geschlecht." Er hielt einen Moment inne. „O-der ändert sich so etwas?"

Stephens Miene wurde hart. „Nein, so etwas ändert sich nicht. Geh jetzt, lass sie nicht warten."

Anthony trat einen Schritt auf seinen Freund zu. „I-ch wollte dich nicht verletzen, verzeih. Ich bin irgendwie nicht ich selbst, wenn es um L-ady Fiona geht."

„Na, dass dir das endlich auch auffällt. Jetzt geh. Ich werde schon bald nach London zurückkehren und darauf achten, dass du wieder du selbst wirst." Er klopfte seinem Freund auf die Schulter und schob ihn zur Tür.

Der Stallknecht hatte auf seine Anweisung hin das Gig bereits in den Hof gebracht. Stephen trug die Tasche der Lady und in Anthony wallte Ärger auf, weil er das nicht selbst tun konnte. Er ballte die Fäuste, und selbst das rächte sich sogleich mit pochendem Schmerz.

Nachdem die Tasche verstaut war und Lady Fiona sich von Stephen verabschiedet hatte, stieg er ebenfalls in den Wagen und griff nach den Zügeln. Sofort glitt ihm eine der Leinen wieder aus der dick verbundenen Hand und Lady Fiona fing sie elegant in der Luft auf. Er presste die Lippen zusammen.

„Mylord, das Pferd steht bereits in der korrekten Richtung. Lassen Sie es einfach loslaufen, ich werde es notfalls zügeln", flüsterte sie.

Knapp nickte er dem Burschen zu und wie erwartet setzte der Wagen sich gemächlich in Bewegung. Stephen stand am Tor und hob grüßend eine Hand, die Lady winkte lächelnd zurück, doch er selbst begnügte sich mit einem weiteren kurzen Nicken.

Sobald sie die letzten Häuser des Ortes hinter sich gelassen hatten, übernahm Lady Fiona wortlos die Leinen. Anthony war ihr dankbar, dass sie ihn nicht noch zusätzlich auf seine Unzulänglichkeit hinwies, und ließ sich nach hinten in die Polster sinken. Schweigend fuhren sie durch die Kühle des Morgens, während der Dunst sich nur langsam aus den Feldern hob.

„Wie geht es Ihren Händen inzwischen?", fragte Lady Fiona.

Er erschrak, denn er war tatsächlich eingeschlafen.

„Hm hm", brummte er. Das war natürlich keine sinnvolle Antwort, aber zu mehr war er im Augenblick auch nicht imstande. Die halbe Nacht hatte er sich hin und her gewälzt und keine Entscheidung fällen können. Erst am Morgen im Kaminzimmer war ihm klar geworden, dass er sie nicht einfach packen und zurück nach London schleifen konnte wie ein Stück Vieh. Und doch saß sie jetzt hier mit ihm im Wagen. Es war zum Verrücktwerden.

Sie fiel wieder in Schweigen und er fragte sich, seit wann er eigentlich so ein unhöflicher Griesgram geworden war.

Er konnte sie wohl kaum den ganzen Weg über schweigend anstarren, also fasste er sich ein Herz und versuchte es mit einem unverfänglichen Thema.

„W-ie kommt es, dass Sie Kutsche fahren können? H-at Ihr Vater Ihnen das beigebracht?"

Sie nickte und ein verträumtes Lächeln erschien auf ihren Lippen. „Ja, schon als ich noch klein war. Ich hatte ein Pony, das sowohl geritten als auch gefahren werden konnte. Natürlich bin ich viel lieber geritten, aber Vater bestand darauf, dass ich auch regelmäßig das Fahren übte, damit ich im Notfall immer in der Lage wäre, selbst eine Kutsche zu steuern." Sie drehte sich zu ihm und ihr Lächeln wurde breiter. „An einen Notfall wie diesen hat er sicher nicht gedacht, aber gerade heute finde ich es wirklich sehr praktisch."

Anthony hoffte, dass sie noch mehr aus ihrer Kindheit erzählen würde, und hakte vorsichtig nach. „I-hr Vater war ein sehr umsichtiger Mann."

„Ja, das war er." Ein Schatten flog kurz über ihr Gesicht. „Er hat mir viele Dinge beigebracht, die mir im späteren Leben in diversen Schwierigkeiten nützlich sein sollten." Sie kicherte leise und sah ihn mit einem verschmitzten Seitenblick an. „Dinge, die ein Mädchen normalerweise nicht unbedingt kann."

Wenn sie so unbeschwert erzählte, wirkte sie völlig gelöst und äußerst anziehend. Er verstand jetzt, was Stephen mit ihrem warmen Herzen gemeint hatte, und war ein wenig neidisch darauf, dass sein Freund am Vortag so viel Zeit mit ihr verbracht hatte. Anthony genoss diese offene und fröhliche Stimmung zwischen ihnen. Außerdem war er jetzt sehr neugierig. „Was wäre das zum B-eispiel?"

„Fechten", gestand sie mit einem übermütigen Funkeln in den Augen. „Ich bin bestimmt keine Meisterin, aber ich kann mit einem Degen umgehen und habe meinen Vater schon ab und an ins Schwitzen gebracht."

„Oha, das kann ich gar nicht glauben. Ich bin kein guter Fechter, meine Sache ist eher das Boxen, aber ich denke, ich könnte Sie mit Leichtigkeit in die Schranken weisen." Er grinste und reckte herausfordernd das Kinn vor. „Wir werden das ausfechten müssen, fürchte ich."

„Herausforderung angenommen", gab sie mit einer betont überheblichen Miene zurück. Dann brach sie in lautes Gelächter aus. „Sie werden schon sehen, was Sie davon haben."

„Oh je, ich zittere. Und haben Sie noch weitere un-mädchenhafte Fähigkeiten?"

„Schwimmen."

Sie erzählte ausführlich, wie sie mit ihrem Vater im Sommer im nahen Castle Loch geschwommen war, und Anthony konnte das Bild ihrer schmalen Gestalt im klaren Wasser nicht mehr aus seinen Gedanken verdrängen. Er forderte sie auch darin heraus und die Fahrt verging wie im Fluge, während sie die Details ihres Duells aushandelten.

Es war Zeit für eine Mittagsrast. Anthony übernahm beim Erreichen des nächsten Dorfes die Zügel und stellte fest, dass der Schmerz in den Händen nicht der Rede wert war, solange das Pferd sich gut kontrollieren ließ. Problemlos steuerte er es zum Stallbereich der Schenke, gab Anweisung, es zu versorgen, und ging mit der Lady hinein.

Es war das gleiche Gasthaus, in dem er auch gestern Rast gemacht hatte, und mit Schaudern sah er, dass auch das gleiche Schankmädchen heute die Gäste bediente. Die Tische waren fast alle belegt, es herrschte eine laute und etwas aufgeregte Stimmung und er entnahm den

Gesprächsfetzen den Grund der Erregung. Der örtliche Lord hatte zur Feier seines Geburtstages ein Fass Ale spendiert, welches abends in großer Runde in Angriff genommen werden sollte. Einige der Anwesenden würden wohl vorher schon unter den Tischen liegen, mutmaßte Anthony und fragte den Wirt sofort nach dem Nebenraum, um dort in Ruhe zu speisen. Die Lady entschuldigte sich, um sich frisch zu machen, während er selbst in dem verrauchten und recht unordentlichen Kaminzimmer Platz nahm.

Es dauerte nicht lange, ehe die Schankmaid hereinkam, um nach seinen Wünschen zu fragen. Überrascht riss sie die Augen auf, als sie ihn wiedererkannte.

„Mylord, welche Ehre, dass Sie uns hier wieder besuchen. Und so ganz allein. Was darf ich Ihnen denn heute anbieten?" Sie beugte sich vor und wischte achtlos mit einem Lappen über den Tisch. Es war ganz offensichtlich, was sie ihm anbieten wollte, da sie sich so zu ihm herunterbeugte, dass er die beste Aussicht auf ihr tiefes Dekolleté hatte.

Angewidert wandte er den Blick ab.

„Zwei Ale", presste er hervor.

„Oh, so durstig, Mylord. Dann werde ich mich besser beeilen." Wie schon am Vortag legte sie vertraulich die Hand auf seinen Arm.

Er seufzte auf in dem Wunsch, sie solle sich endlich mit der Bestellung sputen.

Ein Räuspern erklang von der Tür. Die Schankmaid verschwand sehr viel schneller, als er es ihrer fülligen Figur zugetraut hätte. Mit Schrecken sah er in das zornesrote

Gesicht von Lady Fiona. Wie erstarrt stand sie bei der Tür, durch die das dralle Mädchen soeben hinausgehuscht war, und sah ihn an, als wäre er ein Haufen Pferdekot, den man sich diskret vom Schuh abstreifte.

Schweigend nahm sie Platz, ebenso schweigend nahm sie zur Kenntnis, dass das Ale gebracht wurde und er Essen bestellte.

Er wusste ebenfalls nichts zu sagen, denn die Angelegenheit mit der Schankmaid zu kommentieren, hätte ihren schamlosen Avancen eine Bedeutung verliehen, die er ihnen nicht geben wollte. Er beobachtete Lady Fionas Züge, konnte aber nichts weiter erkennen als eisige Kälte.

Das Essen wurde gebracht und ebenso stumm wie zuvor aß sie. Als sie fertig war, erhob sie sich und ging wortlos nach draußen.

Anthony beeilte sich, zu zahlen, und drängte sich durch die feuchtfröhliche Menge im Gastraum zur Tür. Als er ins Freie trat, sah er, dass die Lady bereits auf dem Wagen Platz genommen hatte und mit den Zügeln in der Hand auf ihn wartete. Schnell setzte er sich wieder links neben sie, sie überreichte ihm immer noch wortlos die Leinen und wandte ihren Blick zur entgegengesetzten Seite, während sie losfuhren.

Er hatte den Eindruck, sie würde die Schultern hochziehen, wollte aber nicht zugeben, dass ihr wahrscheinlich seine Anwesenheit so unangenehm war, dass sie das deswegen tat.

„Ist Ihnen kalt geworden?", fragte er deshalb, und weil er dringend einen Grund brauchte, sie anzusprechen.

„Nein, es geht schon", erwiderte sie einsilbig. Kaum hatten sie das Dorf verlassen, nahm sie ihm die Leinen ab und trieb das Pferd zu schnellerer Gangart an.

Alle Leichtigkeit und jedes fröhliche Geplauder waren verebbt und schon bald sehnte er sich nach ihrem Lachen und ihren Scherzen. Warum war sie nur so störrisch? Was hatte sie eigentlich so sehr gestört, als sie in das Kaminzimmer getreten war? Glaubte sie etwa, er hätte der Schankmaid ein unsittliches Angebot gemacht, und nicht umgekehrt? Und selbst wenn, warum machte sie das so wütend? Sie selbst hatte doch wohl kaum irgendein Interesse an ihm, also sollte es ihr doch völlig gleich sein, ob er sich mit einem Schankmädchen amüsieren würde oder nicht. Oder war sie etwa eine von diesen engstirnigen Moralaposteln, die schon die reine Andeutung von körperlicher Liebe als abstoßend empfanden? Was auch immer der Grund war, er hatte keine Ahnung, wie er ihre Stimmung wieder aufhellen könnte. Resigniert heftete er seinen Blick auf die Ohren des Pferdes vor ihm und versuchte, diese trüben Gedanken zu vertreiben.

Schließlich hielt er das Schweigen nicht mehr aus und räusperte sich. „Ich kann eine Weile übernehmen, dann können Sie sich etwas ausruhen. Sie haben in der letzten Nacht sicher auch nicht viel geschlafen."

Zu seiner größten Verwunderung nickte sie ihm dankbar zu, übergab ihm die Leinen und lehnte sich nach hinten, drehte den Kopf von ihm weg und schloss sofort die Augen. Da die Straße einfach nur geradeaus führte, war es nicht notwendig, weiter darauf zu achten. Endlich hatte er Gelegenheit, sie in Ruhe zu betrachten. Der breite rote Fuchskragen an ihrem Reiseumhang rahmte ihr helles Gesicht ein und erstaunt stellte er fest, dass er den Unterschied zwischen ihrem Haar und dem Pelz kaum ausmachen konnte. Fuchsrot waren ihre Haare also. Er hatte sie immer für feuerrot gehalten, was wahrscheinlich an ihrem Namen lag. Da sie unverzüglich die Augen geschlossen hatte, erwartete er, dass sie friedlich einschlafen würde, aber ihre Züge waren keineswegs entspannt. Eine steile Falte zog sich senkrecht zwischen ihren Brauen zusammen und ihn überkam die Sehnsucht, sie mit dem Daumen glattzustreichen. Ohne sich dessen bewusst zu sein, hatte er bereits die Hand gehoben, als die Lady plötzlich unruhig wurde. Ihre Lippen bewegten sich, sie schien Worte zu flüstern und er hätte alles darum gegeben, zu wissen, wovon sie träumte.

Das Gig bewegte sich seitlich, was Kutschen normalerweise nicht zu tun pflegten. Erschrocken richtete er seinen Blick nach vorn. Das Pferd war an den Wegrand ausgewichen und einfach stehen geblieben, um neben dem Straßengraben ein paar Büschel Gras zu verspeisen. Die Kutsche rutschte weiter zur Seite und begann, sich bedenklich zu neigen. Er selbst glitt auf dem Polster weiter auf Lady Fiona zu. Haltsuchend stützte er sich am Verdeck ab, das allerdings nachgab und mit einem lauten Krachen nach hinten klappte.

„Hüh, mach schon, du verflixter Gaul!“, rief Lady Fiona, während sie mit den Leinen das Pferd wieder zur Straßenmitte steuerte, allerdings keine Hand frei hatte, um sich selbst auf dem Sitz zu halten. Sie stemmte sich noch an der Armlehne nach vorn, drohte aber jeden Moment den Halt zu verlieren. Schnell fasste er um ihre Taille, hielt mit der einen

Hand die Lady, mit der anderen sich selbst an der Rücken-
lehne des Sitzes fest. In dem Augenblick machte das Pferd
einen erschrockenen Satz nach vorn, und die Kutsche folgte
zwangsläufig dieser abrupten Bewegung. Für einen Moment
hob er vom Sitz ab, als der Ruck der Kutsche ihn nach vorn
katapultierte. Dann landete er mit einem uneleganten Grun-
zen wieder auf dem Polster und stellte fest, dass er bei der
ganzen Aktion auch noch seinen Hut verloren hatte.

Das Pferd war inzwischen stehen geblieben, die Lady
hielt die Zügel in beiden Händen und japste hektisch, während er selbst erst jetzt spürte, dass er ihren schmalen Körper
ganz zu sich herangezogen hatte. Ihr Ellenbogen bohrte sich
in seine Brust, ihr Derrière saß tatsächlich auf seinem Ober-
schenkel und ihr Umhang war verrutscht, sodass ihr entblöß-
ter Nacken sich direkt vor seinen Lippen befand. Er stöhnte
auf, als er die unmittelbare Reaktion seines Körpers spürte,
und wusste im gleichen Moment, dass die Lady ihm gehörig
die Leviten lesen würde.

In diesem Moment machte das Pferd noch einen schnellen Satz nach vorn und Lady Fiona kippte gegen seine Brust.
Er musste den Kopf nicht einmal senken, um ihren Hals mit
seinen Lippen zu streifen, und dankte dem verflixten Gaul
insgeheim für seinen Ungehorsam. Natürlich musste er die
Lady sofort wieder loslassen, das war ihm durchaus bewusst.
Ihr scharfes Einatmen als Reaktion auf die Berührung seiner
Lippen ließ ihn jedoch genau das Gegenteil tun. Er schlang
auch den anderen Arm noch um ihre Mitte und hielt sie nun
fest in den Armen, während sie sich darum bemühte, das
unwillige Pferd unter Kontrolle zu bekommen.

„Mylord!" Ihre Stimme war schrill und der Tadel, der in diesem einen Wort schwang, erinnerte ihn unmittelbar an die Countess.

„Verzeihung, Mylady", murmelte er auch sofort, löste seine Arme, hob sie von seinem Schoß und rutschte selbst auf seine Seite der Sitzbank zurück.

„Verzeihung wofür?", hakte sie erbost nach. „Für Ihre fehlende Aufmerksamkeit für das Pferd oder für Ihre ungebetene Aufmerksamkeit für mich?"

Überrascht von der Hefigkeit ihres Ausbruchs sah er sie an und stellte fest, dass sie die Lippen zusammenpresste und ihre Stirn wieder die gleiche senkrechte Linie aufwies wie zuvor. Obwohl er ihre Verärgerung nachvollziehen konnte, brachte er es nicht über sich, ihre Bemerkung ernst zu beantworten.

„Ich habe nicht das Pferd um Verzeihung gebeten", gab er mit ironischem Ton zurück.

„Das hätten Sie vielleicht tun sollen, denn sicher hätten Sie in diesem Fall mehr Glück." Sie fasste ihren Umhang mit einer Hand, zog ihn fester um sich und rückte so weit wie möglich von ihm ab.

∾

Fiona war zu erschöpft, um sich noch länger über ihren unverschämten Begleiter aufzuregen. Sie vermied es bewusst, in Gedanken seinen Namen zu verwenden, geschweige denn seinen Vornamen. So hoffte sie, dass sie sich leichter von ihm distanzieren könnte.

Zu Beginn der Rückreise hatte sie noch darüber nachgedacht, dass er immerhin ein sehr attraktiver Mann war und auch charakterlich bei Weitem nicht solche Schwächen zeigte, wie ihm nachgesagt wurden. Später war sie aber eindeutig eines Besseren belehrt worden, als er zuerst das Schankmädchen und dann sogar sie selbst mit ungehörigen Avancen bedacht hatte.

Sie stieg aus der Kutsche, ohne seine angebotene Hand zu nehmen, ging geradewegs zur Haustür und war erleichtert, als diese bereits aufgerissen wurde, ehe sie ankam. Dann reichte sie dem Butler Haube und Reiseumhang.

„Mylady, sehr erfreut, willkommen zurück."

Sie drehte sich um und sah den grauhaarigen Mann erstaunt an.

Als würde ihm bewusst, dass er soeben nicht ganz standesgemäß reagiert hatte, verbeugte er sich tief und drehte sich dann hastig zu Royston um, der hinter ihr eintrat.

Fiona ging geradewegs zur Treppe, bemühte sich verkrampft um eine aufrechte Haltung, während sie sich auf müden Beinen nach oben schleppte. Dann schloss sie fest und bestimmt die Zimmertür hinter sich. Vollkommen erledigt ließ sie sich auf das Bett fallen und stieß einen abgrundtiefen Seufzer aus. Im Augenblick war es ihr ganz gleich, dass sie noch vollständig bekleidet war, das Reisekleid war ohnehin völlig zerknittert. Mit geschlossenen Augen lag sie da, einen Arm über das Gesicht gelegt, als könnte sie die Welt da draußen damit aussperren, und versuchte für einen Augenblick, an gar nichts zu denken.

Ihre ersehnte Ruhe war leider von kurzer Dauer, denn

nach einem zaghaften Klopfen huschte Rose ins Zimmer.

„Mylady, ich freue mich ja so sehr, dass Sie zurückgekehrt sind. Kann ich Ihnen irgendwie dienlich sein? Soll ich etwas zu essen oder trinken nach oben kommen lassen?"

Fiona nahm den Arm vom Gesicht und sah schräg zu Rose hinüber, die mitten im Zimmer stehen geblieben und plötzlich in ganz uncharakteristische Stille gefallen war. In ihren Augen glitzerten Tränen. Hastig setzte Fiona sich auf.

„Was ist denn los? Das alles ist doch kein Grund zu weinen, ich war ja schließlich nicht in Lebensgefahr." Es berührte sie, dass Rose sich anscheinend große Sorgen gemacht hatte, und im nächsten Augenblick kam ihr der Gedanke, dass ihre Zofe wahrscheinlich die einzige Person auf der Welt war, die sich über ihr Verschwinden echte Sorgen gemacht hatte. Gut, Tante Liddy vielleicht auch noch.

„Ach je, Mylady. Der Lord war so aufgebracht, als Sie verschwunden waren. Beinahe hätte er mich und William entlassen, als er von dem Dornenherzschlüssel erfahren hat. Und dann ist er aus dem Haus gestürmt, als wären die alpokafülischen Reiter hinter ihm her."

„Apokalyptischen", korrigierte Fiona wie immer ganz selbstverständlich. „Dornenherzschlüssel?"

„Ja, Mylady, der Schlüssel, der hinter den Kräutern lag. Der Ring oben ist ja wie ein Herz geformt und da sind zwei Dornen, die nach innen zeigen, aber das war ja gar nicht das Problem. Er hat gedacht – ach, was weiß ich denn schon, was ein Herr denkt. Er war ja so sehr in Sorge und ganz aufgebracht." Rose kullerten nun doch Tränen über die Wangen, die sie hektisch beiseite wischte.

Fiona schüttelte den Kopf. Rose schien ja heute wirklich sehr konfus zu sein. „Der Earl hat euch aber nicht entlassen, oder?"

„Nein, Mylady, hat er nicht, und es war ja auch nicht der Earl, sondern Lord Royston."

Fiona schüttelte den Kopf und schnaubte. Royston war nach dem Ball ganz sicher nicht in Sorge um sie gewesen, höchstens äußerst erbost, weil sie ihn brüskiert hatte. Wer mochte es schon, dass eine Lady nach einem solchen Kuss einfach verschwand?

Sie schloss die Augen und schluckte, als sie wieder an seinen kräftigen Körper und den herben Duft dachte, der ihn umgab. Sowohl im Garten des Ballsaals als auch heute in der Kutsche waren ihr die Knie weich geworden und sie hatte sich eigentlich gewünscht, er möge sie öfter so liebevoll und leidenschaftlich berühren.

Verflixt, warum war er nur so ein widersprüchlicher Mensch? Mal empfand sie ihn attraktiv, charmant, liebevoll und sogar leidenschaftlich. Im nächsten Augenblick war er aufbrausend, unhöflich und einfach nur ein Ekel. Ja, sie musste zugeben, dass sie seine guten Seiten inzwischen schätzen gelernt hatte und dass ihr der Gedanke gefiel, ihm jetzt öfter zu begegnen. Sie würde sogar mit ihm gemeinsam gesellschaftliche Anlässe besuchen und sicher würde er auch mit ihr tanzen. Aber immer wieder hatte sie den Eindruck, er wollte sie auf keinen Fall in seiner Nähe haben und sie wäre für ihn nur ein Klotz am Bein.

KAPITEL SIEBEN

Am nächsten Morgen huschte Rose in Fionas Zimmer, kaum dass sie aufgewacht war.

„Ich mach schnell Feuer, Mylady, dann ist es gleich warm und dann komm ich mit heißem Wasser und das Kleid ..."

„Hm. Ich stehe gleich auf", behauptete Fiona, zog aber die warme Decke zuerst noch einmal bis an die Nasenspitze hoch.

„Mylady, es tut mir leid, der Earl hat verkündet, dass alle gleich beim Frühstück erwartet werden und er danach eine wichtige Sache zu besprechen hat."

Fiona fuhr erschrocken hoch, denn die Ankündigung des Earls klang unheilvoll. Würde er sie auf irgendeine Art für ihre Flucht bestrafen? Aber das würde wohl kaum die Anwesenheit der gesamten Familie erforderlich machen.

„Dann ist der Bruder von Lord Royston wohl auch da?"

Rose schüttete gerade heißes Wasser in die Waschschüssel und biss sich konzentriert auf die Unterlippe. Erst als sie den Krug abgesetzt hatte, konnte sie antworten. „Nein, Mylady, nur Sie, Lord Anthony, die Countess und der Earl.

Zumindest soweit ich weiß."

Fiona nickte, dann beeilte sie sich mit der Morgentoilette, solange das Wasser noch warm war, während sie sich in Gedanken alle möglichen Szenarien ausmalte.

Sie wechselte die Kleidung und als Rose begann die Schnürbrust festzuziehen, protestierte sie. „Nein, nicht so fest. Mit den neuen Kleidern ist das nicht nötig und ich will nie wieder so fest geschnürt sein. Ich trage sie, damit das Kleid gut anliegt, aber nur ganz locker gebunden."

Rose sah sie mit großen Augen an. „Aber Mylady, das wird der Countess nicht recht sein. Sie achtet doch immer so sehr auf eine schmale Situette."

„Silhouette. – Nein, das wird ihr nicht recht sein, aber das ist mir vollkommen gleich. Ich bin nicht die 14-jährige Adele und ich werde mich auch nie mehr zu der Form eines 14-jährigen Mädchens zusammenschnüren lassen."

Obwohl Rose hinter ihr stand, wusste Fiona, dass sie die Hand vor den Mund schlug. „Oh Mylady, dass Sie das wagen", flüsterte sie dann, und Fiona meinte, eine Spur Bewunderung herauszuhören.

Unten in der Halle angekommen blieb Fiona einen Augenblick stehen, um sich zu sammeln. Gerade als sie die Klinke drücken wollte, hörte sie Schritte auf der Treppe und wandte sich um.

„L-Lady Fiona." Royston trat perfekt gekleidet und auffällig sorgfältig frisiert an ihre Seite. Er verbeugte sich formvollendet und bot ihr den Arm. „W-ollen wir es gemeinsam hinter uns bringen?"

Sie fragte sich, ob er mehr wusste als sie, doch für

weitere Überlegungen war jetzt keine Zeit. Mit einem Nicken legte sie ihre Hand auf seinen Arm und er bedeckte ihre Finger sacht mit seinen. Dann beugte er sich zu ihr und flüsterte: „Bitte machen Sie sich keine Sorgen. Ich werde die Schuld auf mich nehmen."

Fiona hörte die Worte kaum, denn seine unerwartete Nähe brachte sie schon wieder völlig aus dem Gleichgewicht. Ihr wurde warm, sie bemerkte, dass sie tief einatmete, um seinen herben Waldduft zu schnuppern, und dann blieben ihre Beine einfach stehen.

Royston hielt verwundert inne, sah aber unverwandt neben ihr zu Boden.

„Mylord, ich würde gern …", begann sie.

Er hob die Hand, um sie zu unterbrechen. „M-achen Sie sich keine Sorgen", wiederholte er. „Ich bin ohnehin der Sündenbock in der Familie. Da kommt es darauf auch nicht mehr an. Sie haben nichts zu befürchten."

Er hob den Blick, und in seinem Gesicht sah Fiona einen seltsam grimmigen Ausdruck, den sie bisher an ihm noch nicht kannte. Sie wollte noch nicht hineingehen, wollte ihn erst noch fragen, was er genau damit meinte, aber er wandte sich ab und fixierte wieder den Boden. Dann zog er sie mit sich zur Tür und öffnete sie schwungvoll.

„G-g-g-uh-uten Morgen", hörte Fiona ihn sagen und wunderte sich, dass sein Stottern sich innerhalb eines Wimpernschlages so sehr verschlimmert hatte.

Die Countess und der Earl saßen bereits am Tisch und sahen ihr und Royston entgegen, als wären sie gegnerische Parteien in einer Schlacht.

„Guten Morgen, Mylady, Mylord", grüßte Fiona leise und war im Augenblick sehr froh, dass ihre Hand nach wie vor auf Roystons Arm ruhte.

„Na, da sind die beiden ja auch endlich", stellte der Earl anstelle eines Grußes fest. Die Countess ließ den Blick an Fiona herabgleiten und die missbilligende Art, wie sie ihren Mund verzog, sagte mehr, als Worte es vermocht hätten. Natürlich war ihr sofort aufgefallen, dass Fiona heute *ihre üppigen Rundungen unziemlich zur Schau stellte*, wie sie es nennen würde. Dass sie es bei einem missbilligenden Blick beließ, verwunderte Fiona, aber wahrscheinlich wollte sie die Aufmerksamkeit der beiden Männer nicht durch einen Kommentar auf ebendiese Rundungen lenken.

Royston führte sie zu ihrem Stuhl an der Seite der Countess und nahm dann selbst neben seinem Vater Platz.

Fiona hielt den Blick auf ihren Teller gesenkt, während der Tischdiener ihr das Brot und den Teller mit Schinken und Ei anreichte. Niemand sagte etwas und das Schaben von Besteck auf Porzellan klang in der Stille überlaut. Sie war ausgesprochen hungrig, aber in der angespannten Atmosphäre am Tisch brachte sie kaum mehr als ein paar Gabeln pochiertes Ei und ein wenig Brot hinunter. Aus den Augenwinkeln beobachtete sie Royston und stellte fest, dass es ihm anscheinend ähnlich ging. Der Earl malträtierte den Schinken auf seinem Teller, als müsse er ihn ein zweites Mal töten, und Fiona hatte das Gefühl, als wäre auch er äußerst angespannt. Die Zeit schien sich ins Unendliche zu dehnen, während sie das Ei auf ihrem Teller hin und her schob und auf das Ende der Mahlzeit wartete.

„Lasst uns in die Bibliothek gehen", verkündete der Earl schließlich so abrupt, dass sie zusammenschrak.

Wieder kam Royston an ihre Seite und führte sie in den anderen Raum hinüber. Seine spürbare Nervosität steigerte ihre Besorgnis, machte sie zugleich aber auch neugierig. Er hatte ja angekündigt, dass er für irgendetwas der Sündenbock sein würde, seine Anspannung war also naheliegend. Wenn man das Stottern als Indiz nahm, schien es ihn bereits große Überwindung zu kosten, überhaupt mit seinem Vater zu sprechen. Nach außen zeigte er jedoch eine vollkommen beherrschte Miene, die wohl Gleichgültigkeit darstellen sollte.

Der Earl und die Countess hatten die Bibliothek bereits betreten, als er unvermittelt in der Halle stehen blieb und sich zu ihr umwandte. „Lady Fiona ...", begann er leise und sah sie dabei auf eine durchdringende Art an, als wollte er in ihr Herz blicken. Dann verstummte er allerdings und eine Schrecksekunde lang befürchtete sie, er hätte es tatsächlich getan. Schnell wurde sie eines Besseren belehrt, denn er schüttelte kurz den Kopf und wandte sich ab. Sie war sich gerade wieder seiner enormen Anziehungskraft auf sie bewusst geworden und hatte sich aus unerklärlichen Gründen noch einen Kuss gewünscht.

Gemeinsam betraten sie den Salon, wo der Earl am Fenster Aufstellung bezogen hatte, während die Countess dicht neben dem wärmenden Kamin saß. Mitten im Raum blieb Royston stehen. Da sie immer noch ihre Hand in seiner Armbeuge hielt, blieb sie ebenfalls genau dort stehen. Schließlich war dieser Platz hier neben ihm immer noch weniger unangenehm als jeder andere im Raum.

Der Earl fixierte sie und Royston. „Du hattest die Aufgabe, dich um die Braut deines Bruders zu kümmern." Er warf einen strafenden Blick zu Fiona. „Die Kapriolen dieses Mädchens sind ihm bereits zu Ohren gekommen und er wird noch heute Vormittag hier eintreffen. Da du nicht imstande warst, auf sie aufzupassen, ist sie mit einem Wildfremden durch das Land gereist und wurde dabei natürlich auch gesehen. Sie ist kompromittiert, und es ist alles deine Schuld. Es steht völlig offen, ob Gregory sie überhaupt noch heiraten kann, ohne dass die Familie völlig das Gesicht verliert."

Fiona umklammerte Roystons Arm fester. Heute würde sie ihn also kennenlernen, ihren Bräutigam. Und wenn er sie nicht wollen würde, was würden sie dann mit ihr tun? Müsste sie wieder mit der Countess aufs Land zurück? Himmel, das wäre ja noch schlimmer als eine lieblose Ehe. Sie atmete flach und hektisch, und erst nach einer Weile fiel ihr auf, dass sie es nur aus Gewohnheit tat. Sie war heute nicht geschnürt, sie war nicht mehr Adele. Sie konnte – nein, sie *musste* heute Fiona sein und für sich selbst sprechen. Ihre Zukunft stand auf dem Spiel.

Sie sah erschrocken auf, als Royston die Stimme erhob.

„N-n-ein." Er hatte beide Hände zu Fäusten geballt und sein ganzer Körper war eisenhart geworden. Er hatte große Mühe, die einzelnen Silben herauszupressen, und trotzdem sprach er sehr laut. „Eh-eh-s ist ni-cht i-i-i-ihre Schuld." Sie sah zu ihm hoch und bemerkte, dass er rot angelaufen war. Er holte geräuschvoll Luft und setzte zu einem weiteren Satz an. Sie konnte nicht umhin, seine Entschlossenheit zu bewundern, schließlich hätte er ebenso gut schweigend nicken können. Es ging ja nicht um ihn, sondern um sie.

„Sie i-i-ist vor m-m-mir geflohen. I-ich h-abe sie an dem Abend g-g-g-ee..." Er holte keuchend Luft und setzte noch einmal an, aber er brachte das Wort nicht heraus.

„Geküsst", beendete sie, ohne nachzudenken, seinen Satz. Mit zusammengepressten Lippen fuhr er zu ihr herum und funkelte sie zornig an.

„Geküsst", wiederholte er leiser, und ein kleiner Teil der Anspannung schien von ihm abzufallen.

„Was?" Der Earl machte zwei schnelle Schritte auf sie zu, sodass sie beinahe zurückgewichen wäre. Royston hielt jedoch ihre Hand auf seinem Arm fest und so blieb sie neben ihm, während sein Vater sich drohend vor ihnen beiden aufbaute.

„Bist du völlig von Sinnen?", schrie er. „Immer tust du das Gegenteil von dem, was ich dir auftrage. Du solltest darauf achten, dass sie sich untadelig benimmt, und was machst du? Du kompromittierst sie selbst. Du bist wirklich ein nichtsnutziger Schwachkopf." Er wandte sich ab und begann vor dem Fenster auf und ab zu laufen. „Du hast sie im Ballsaal vor allen Leuten geküsst, und dann ist sie in Ohnmacht gefallen. Bravo! Herrgott, was für ein Idiot du bist."

Der Earl lachte hysterisch auf, doch Fiona konnte diese Unwahrheit nicht so stehen lassen.

„Nein, so war es nicht. Ich hatte mich verletzt und er hat mir geholfen. Erst dann bin ich in Ohnmacht gefallen, und später bin ich ihm in den Garten nachgelaufen und habe ihn dort geküsst."

Royston und der Earl starrten sie beide mit großen Augen an. Roystons Ausdruck war eher schockiert, der seines Vaters eindeutig wütend.

„Mit dir rede ich nicht, du liederliches Frauenzimmer. Du hältst gefälligst den Mund. Mein missratener Sohn wird mir das selbst erklären, und wenn es den ganzen Tag dauert, bis er einen vollständigen Satz herausgebracht hat."

Royston fuhr zu seinem Vater herum. „N-nenn sie nicht l-liederlich, es ist n-n-ni-cht …"

Er konnte den Satz nicht zu Ende führen, denn die Tür zum Salon wurde aufgerissen und alle wandten sich gleichzeitig um. Die Türklinke noch in der Hand, stand dort ein grimmig dreinblickender Mann auf einen Stock gestützt. Er war eindeutig die souveräne, aber auch finstere Version von Royston, mit langen, schwarzen Haaren, die zu einem Bourse-Zopf zusammengenommen waren, und etwas kantigeren Gesichtszügen. Mit einem kalten und grimmigen Ausdruck starrte er die Anwesenden an.

„Was für ein Irrenhaus", stellte er mit einem Kopfschütteln fest und schloss die Tür fest hinter sich.

„Greg, du bist schon da", bemerkte der Earl in einem überraschend versöhnlichen und gefassten Tonfall.

„Mein lieber Junge." Die Countess löste sich vom Kamin, von wo sie die ganze Streiterei händeringend, aber schweigend beobachtet hatte, und lief auf den Ankömmling zu.

„G-regory." Royston nickte seinem Bruder zu, blieb aber neben Fiona stehen.

Sie konnte nicht anders, als den Mann anzustarren, der nun über ihr Schicksal bestimmen würde. Er war äußerst vornehm und edel gekleidet, seine Haltung drückte Selbstbewusstsein und Autorität aus. Den schwarz lackierten Gehstock trug er offensichtlich nicht als modisches Beiwerk, wie es in letzter Zeit viele Gentlemen taten, denn bei jedem Schritt stützte er sich deutlich darauf, als er auf die Anwesenden zukam, und trotz der hölzernen Bewegungen beherrschte seine dunkle Präsenz den gesamten Salon.

Während sie ihn anstarrte, als wäre er ein exotisches Tier, würdigte er sie keines Blickes, sondern ging zum Kamin und blieb dort mit dem Rücken zum Raum stehen, als müsste er sich am Feuer wärmen. Die Countess und der Earl folgten ihm und begannen in gedämpftem Ton auf ihn einzureden. So blieben nur Royston und sie in der Mitte des großen Raumes stehen, als wären sie überhaupt nicht am Geschehen beteiligt.

Sie sah ihn von der Seite an und stellte fest, dass er sich ebenfalls zu ihr gewandt hatte.

„Das hätten Sie nicht …", begannen sie beide zugleich, und dann hielten sie beide inne.

„S-ie sind mir nicht n-nachgelaufen. Sie waren ve-erletzt." Er zog den Daumen über seine Brust, an der Stelle, an der Fiona ihre Haut mit dem Brieföffner geritzt hatte. „E-e-s war anders. Warum haben Sie das ge-sagt?" Sein Blick bohrte sich in ihren, aber sie sah nicht Tadel, sondern Verwunderung darin.

„Weil …"

Er ließ sie nicht zu Wort kommen. „Sie h-aben mich

verteidigt. D-das war ganz unnötig, aber auch sehr mutig von Ihnen."

Er schien von dieser Tatsache so fasziniert zu sein, dass er dem Earl und seinem finsteren Zwilling überhaupt keine Aufmerksamkeit mehr schenkte. Fiona bemerkte allerdings, dass die drei am Kamin sich geschlossen umwandten.

„Nein, ich werde sie auf keinen Fall heiraten", bestimmte Roystons Bruder mit einem Kopfschütteln. Er sah sie dabei noch immer nicht an, obwohl sein Kopf in ihre Richtung gewandt war. Es schien ihr fast, als würde er durch sie hindurchschauen – als wäre sie gar nicht da.

„Aber Greg." Der Earl begann wieder, auf seinen ältesten Sohn einzureden. „Du brauchst eine neue Frau, die Familie braucht einen Erben und da ist noch diese andere Sache, die ich dir erklärt habe. Natürlich wird sie dir Elli nicht ersetzen können, aber trotzdem ist es notwendig."

Bei der Erwähnung des Namens bildete sich eine steile Falte auf der Stirn des älteren Bruders. Sein Gesicht verkrampfte sich und mit einem Ruck drehte er sich zum Earl. Fiona erwartete eine harte Erwiderung, doch er schwieg. Nach einigen Sekunden wandte er sich wortlos ab und ging zur Tür. Dieses Mal stützte er sich noch schwerer auf seinen Stock und Fiona hatte das Gefühl, er würde jeden Moment einfach umkippen. Schließlich erreichte er die Tür, riss sie auf und knallte sie hinter sich derart fest zu, dass alle im Raum zusammenzuckten.

Der Earl starrte ihm einen Moment lang nach. Dann wanderte sein Blick wieder zu Fiona und Royston, als würde er sich erst jetzt wieder an ihre Anwesenheit erinnern. „Da haben wir das Desaster. Es ist alles deine Schuld. Aber ich werde ihn schon zur Vernunft bringen. Er muss sie heiraten, und das wird er auch einsehen. Den Skandal mit ihrer Reise werden wir vertuschen können." Abrupt wandte er sich an Fiona. „Es ist doch nicht etwa etwas geschehen, das nicht vertuscht werden kann?", spie er ihr voller Abscheu ins Gesicht. Einen Moment lang wusste sie nicht, was er meinte, aber dann verschlug es ihr die Sprache, und sie konnte ihn nur ungläubig anstarren.

„D-d-di-hiese Ve-he-herdächtigung nimmst du sofort z-z-uh-urück." Royston machte einen Schritt nach vorn, als wolle er seinen Vater wegstoßen, aber der Kampf mit den Silben bremste seinen Elan und so blieb er nach Luft schnappend vor ihm stehen.

„Wer weiß denn schon, was dieses liederliche Frauenzimmer getan hat? Wie kannst du sie nur verteidigen? Sie bringt uns alle nur in Schwierigkeiten und ich traue ihr zu, dass sie keine Gelegenheit auslässt, uns zu blamieren." Der Earl stieß mit der flachen Hand gegen Fionas Schulter. Sie wich völlig geschockt mehrere Schritte zurück und prallte hart gegen einen Polsterstuhl, der daraufhin umfiel. Ihre Röcke verfingen sich in den dünnen Beinen des Stuhls und hilflos stürzte sie auf die Knie.

„L-l-l-ah-ass sie in Frieden. D-du kannst ihr deinen Willen nicht auch noch a-ha-ufzwingen. Sch-on immer hast du die Menschen um dich herum wie Sch-schachfiguren hin und her geschoben. D-d-d-u bist wie ein General, der seine T-ruppen hin und her schiebt, wie es ihm passt, nicht wie ein F-amilienoberhaupt oder ein V-va-vater."

Während Royston den Earl beschimpfte, reichte er ihr eine Hand und half ihr aufzustehen. Ihre Knie zitterten und haltsuchend klammerte sie sich an seine Schultern. Seine Arme schienen das Einzige zu sein, was sie vor dem Wüten des Earls beschützen konnte, und ganz von selbst drängte sie sich gegen ihn. Er keuchte, als wäre er gerannt, und sie verstand jetzt, welch ungeheure Anstrengung es ihn kostete, seinem Vater die Meinung zu sagen.

„Aber ganz sicher kann ich ihr meinen Willen aufzwingen", schrie der Earl unmittelbar in Fionas Gesicht. „Sie ist mein Mündel und ihr seid meine Söhne. Ich bestimme über euch alle und es ist mir völlig gleich, was du darüber denkst."

Fiona zitterte am ganzen Körper und war nicht sicher, ob ihre Beine sie noch länger tragen würden.

Royston umfasste ihre Schultern und drehte sich mit ihr so, dass er zwischen ihr und dem Earl stand. „G-eh nach o-o-ben, ich kläre das hier allein", flüsterte er direkt in ihr Ohr.

„Ich kann nicht", keuchte sie und wagte nicht, sich auch nur einen Schritt aus seinem Schutz zu entfernen.

„D-och, du kannst, geh."

Mit zusammengepressten Lippen nickte sie, löste sich aus seinen Armen und floh zur Tür. Erst im letzten Moment erkannte sie, dass die Countess ihr den Weg aus der Bibliothek versperrte. „Du bleibst hier!" Sie griff nach Fiona, erwischte sie am Handgelenk und packte zu.

Mit einer hektischen Bewegung riss Fiona sich los, brachte die Countess dabei aus dem Gleichgewicht und eilte an ihr vorbei. Sie hielt nicht an, um sich umzusehen, sondern rannte geradewegs hinaus, die Treppe hinauf und in ihr Zimmer. Dort warf sie die Tür hinter sich zu und ließ sich rückwärts dagegensinken.

≈

„Was denkst du dir überhaupt dabei, dich auf ihre Seite zu stellen?" Der Earl war völlig außer sich und es bereitete Anthony eine seltsame Art von Genugtuung, ihn so zu sehen. „Du verstehst überhaupt nicht, was auf dem Spiel steht. Wenn sie einen anderen Mann heiratet, werden wir das ganze Geld verlieren, das ich in all den Jahren so gut angelegt und sorgsam vermehrt habe. Machst du dir um solche Dinge überhaupt Gedanken?" Noch immer brüllte er, als sollte man seine Worte bis zu St. Pauls hören können. Anthonys eigene Wut brannte zwar immer noch in seinem Inneren, aber er hatte gelernt, sich nach außen hin kalt und unbeteiligt zu geben. Außerdem machte er sich ernste Sorgen um Fiona. Er musste sie vor diesem machtgierigen und geldgierigen Vormund beschützen, den nicht interessierte, was aus den Leben derer wurde, mit denen er seine perfide Art von Schach spielte.

„I-i-ich bin g-g-g..." Er wand sich förmlich, sein ganzer Körper war verkrampft und er vergaß zu atmen. „G-g-g-gegen d-di...", presste er keuchend heraus, ehe er aufgab. Eigentlich wollte er ihm an den Kopf werfen, dass er gegen diese Heirat war, dass der Earl seinen Bruder in Frieden lassen sollte und dass er ihn für dieses ganze

175

Menschenschach hasste. Aber wie immer stand er nur hilflos da und rang nach Luft. Dem Earl gegenüber schaffte er es seit jeher kaum, einen ganzen Satz über die Lippen zu bekommen. Da war sein Wortschwall von vorhin schon ein reines Wunder gewesen. Frustriert starrte er zu Boden und bemerkte, dass er am ganzen Körper zitterte. Wie damals, schoss es ihm durch den Kopf. Damals als Kind, als sein Vater versucht hatte, ihm das Stottern mit dem Rohrstock auszutreiben. Er hatte daraufhin mehrere Jahre lang überhaupt nicht mehr gesprochen.

Auch heute brachten ihn seine Wut und Frustration wieder dazu, dass er kein anständiges Wort mehr herausbekam. Verbittert starrte er dem Earl ins zornesrote Gesicht, dann wandte er sich ab und schritt zur Tür.

„Ja, besser, du läufst ihr nach, sonst wird dieses liederliche Weibsstück schon wieder die Flucht ergreifen."

Bei diesen Worten des Earls drehte Anthony sich abrupt um und stand mit wenigen schnellen Schritten wieder vor ihm. „D-d-u wirst sie nicht s-s-s-so nennen. Sie hat mehr Eh-ehre und M-oral, als du je gehabt hast. Sie ist es wert, mit R-respekt behandelt zu werden, aber du hast noch nie-hiemanden mit R-respekt behandelt. Du bist der sch-limmste rechthaberische Despot, d-de-den die Welt je gesehen hat." Anthonys Stimme überschlug sich und er war kurz davor, handgreiflich zu werden. Im nächsten Moment wunderte er sich, wo all diese Worte hergekommen waren. Er trat einen Schritt zurück, um nicht in Versuchung zu kommen, dem Earl einen ordentlichen rechten Haken zu verpassen.

Der Earl war hochrot im Gesicht und fletschte die

Zähne, als wollte er gleich beißen. „Du hast kein Recht, so mit deinem Vater zu sprechen. Wenn du dich nicht mäßigst, kannst du direkt wieder nach Frankreich zurückkehren. Einen aufsässigen Burschen wie dich kann ich nicht länger meinen Sohn nennen. Entweder du entschuldigst dich auf der Stelle oder du verlässt dieses Haus."

Geschockt wich Anthony einen weiteren Schritt zurück. „D-d-d-as würdest du t-tun? Mich v-v-erstoßen, w-eil ich d-d-dir e-ndlich die M-einung sage?" Anthonys Stimme wurde eisig und spiegelte die Kälte, die sich in diesem Augenblick in ihm ausbreitete. Dieser selbstgerechte Despot würde seinen eigenen Sohn vor die Tür setzen, nur weil er ihm endlich einmal Widerworte gegeben hatte. Es wunderte ihn nicht, denn er hatte schon immer den Eindruck gehabt, seine Eltern wären ihn lieber heute als morgen los. Er sah den Mann, der sich ihm gegenüber noch nie wie ein Vater verhalten hatte, aus schmalen Augen an. „D-du würdest mich tatsächlich v-verstoßen und mich mittellos und o-o-ohob-dachlos auf die S-st-traße schicken."

Der Earl schien nicht einmal zu zögern. „Wenn du deine Beleidigungen nicht zurücknimmst, kannst du ab morgen vor der Kirche betteln und unter einer Brücke schlafen, das ist mir vollkommen gleich, du bist dann nicht mehr mein Sohn."

Noch immer war seine Stimme laut und wutverzerrt, aber Anthony hörte auch eine grimmige Entschlossenheit aus den Worten, die über den momentanen Wutanfall hinaus-ging. Er wollte ihn tatsächlich loswerden, wollte es mit seinem ganzen Herzen, und das war Anthony jetzt endlich klar. „D-d-ah-ann m-uss es so sein", stieß er hervor und wandte sich ab.

Mit großen Sprüngen eilte er die Treppe hinauf, stürmte in sein Schlafzimmer und kam erst vor dem Fenster zum Stehen. Seine geballten Fäuste zitterten noch immer vor Zorn, aber auch vor Enttäuschung. Sein ganzes Leben hatte er sich gewünscht, auf irgendeine Art gut genug zu sein, in den Augen seines Vaters in irgendetwas zu bestehen und es wert zu sein, dass er ihn seinen Sohn nannte. So viele Jahre vergebliche Hoffnung, und wegen einer solchen Nichtigkeit war nun alles wie ein Kartenhaus in sich zusammengebrochen.

Er ließ sich auf einen Stuhl fallen und starrte hinaus.

Wie lange er so dagesessen hatte und all diese Erinnerungen vor seinen Augen vorbeigezogen waren, wusste er nicht. All diese Gelegenheiten, an denen der Earl ihm klargemacht hatte, dass er ein nichtsnutziger Schwachkopf war. Tatsächlich war dies der Ausdruck, den er am häufigsten verwendet hatte. Anthony wurde nach und nach bewusst, dass der Earl ihn immer schon hatte loswerden wollen. Wahrscheinlich war er insgeheim froh gewesen, als er auf den Kontinent verschwunden und nicht zurückgekehrt war. Was für eine Enttäuschung musste es für den Earl gewesen sein, als er vor einigen Wochen wiederaufgetaucht war mit der Absicht, in London zu bleiben.

Es gab für ihn jetzt nur noch zwei Möglichkeiten. Er konnte sich entschuldigen, musste wahrscheinlich sogar auf Knien um Gnade betteln. Dann dürfte er vielleicht hierbleiben, aber immer in der Gewissheit, unerwünscht zu sein.

Oder er beschloss, jetzt auf der Stelle seine Sachen zu packen und zu verschwinden.

Er konnte sich ein eigenes Leben aufbauen, hatte es schon einmal getan.

Es war nicht wirklich eine Wahl, räsonierte er mit grimmig zusammengepressten Lippen, denn mit dem Earl weiterhin unter einem Dach zu leben, kam nach allem, was heute gesagt worden war, nicht mehr infrage.

Er erhob sich, um nach seinem Kammerdiener zu läuten, in dem Augenblick wurde die Tür aufgerissen und Anthony fuhr herum.

Benson erstarrte unter seinem Blick und begann atemlos zu stammeln. „Mylord. Die Lady … sie packt. Mylord, sie wird doch nicht wieder … Was sollen wir tun?"

„P-acken", beschied Anthony dem Kammerdiener. Als dieser sich nicht rührte, fügte er an: „Wi-hir packen ebenfalls. Ich werde die Lady und ihre Zofe höchstpersönlich von hier fortbringen. Dann schicke ich nach dir und meinem Gepäck, sobald ich weiß, wo ich selbst bleiben kann. Pack alles ein, was mir gehört, ich werde nicht zurückkehren."

Benson wurde weiß wie ein Bettlaken. „Mylord, aber … aber …"

„Ich werde es ihr selbst sagen." Damit verschwand Anthony aus dem Raum, ohne Benson weitere Erklärungen zu geben.

Hinter der Tür zu Lady Fionas Zimmer hörte er leise Stimmen. Er hielt inne, die Hand zum Anklopfen erhoben, und fragte sich, wie er ihr überhaupt gegenübertreten konnte. Er hatte sie hierher zurückgebracht, an diesen Ort, an dem auch sie niemand wirklich wollte. Gregory wollte sie nicht heiraten und der Earl war auch nur an ihrem Geld interessiert. Ein wenig ähnelte ihre Situation der seinen, mit dem Unterschied, dass er dazu beigetragen hatte, dass sie das alles erdulden musste. Nun würde sie ihn nur noch mehr hassen.

Er schluckte.

Es sollte ihn nicht kümmern, was sie von ihm hielt, aber das tat es sehr wohl. Während der Rückreise war ihm bewusst geworden, was für eine besondere Frau sie war. Was für eine aufrichtige, feinfühlige und leidenschaftliche Person in dieser zarten und zerbrechlich wirkenden Hülle steckte. Es traf ihn tief, dass sie ihn mit aller Kraft von sich stieß. Zumindest vor sich selbst musste er inzwischen zugeben, dass sie in den wenigen gemeinsamen Stunden sein Herz gestohlen hatte. Aber was konnte er schon tun, um ihre Zuneigung zu gewinnen? Alles, was er überhaupt tun konnte, war, für ihre Sicherheit zu sorgen.

Fest klopfte er an. Die Stimmen im Zimmer verstummten, aber es kam keine Antwort.

„M-ylady, ich muss mit Ihnen sprechen, bitte." Er rechnete bereits damit, dass sie ihn abweisen würde, aber schließlich wurde die Tür geöffnet und die Zofe machte einen hastigen Knicks, ehe sie hinaushuschte. Lady Fiona stand in der Mitte des Raumes und wirkte hilflos und verloren. Sie sah ihn an, als befürchtete sie nur das Schlimmste von ihm und könnte kaum ertragen, dass er nun auch noch vor ihrer Tür aufgetaucht war.

„D-arf ich bitte eintreten, ich möchte etwas erklären." Er

wollte sie eigentlich viel lieber in seine Arme ziehen und festhalten, um sie vor der ganzen Welt zu beschützen. Zunächst wäre er aber schon zufrieden, wenn sie ihn nicht ansehen würde wie einen dreiköpfigen Drachen.

Mit einem kurzen Nicken stimmte sie zu, er trat ein und schloss die Tür hinter sich. „Mylady, es tut mir leid, dass Sie die Szene zwischen mir und meinen Vater miterleben mussten." Wut auf den Earl brodelte wieder in ihm, aber er zwang sich zur Ruhe, um sie nicht noch mehr zu verschrecken, und trat etwas näher heran. „Ich hoffe, Sie verstehen, dass ich auf Ihrer Seite bin und die Heirat ebenfalls nicht gutheiße. I-ch habe …" Er verstummte. Eigentlich wollte er ihr nicht weiter erklären, was nach ihrem Verschwinden noch zwischen ihm und dem Earl geschehen war, aber er musste irgendetwas sagen.

Noch immer sah sie ihn nur schweigend an und er wünschte sich inzwischen, sie würde wirklich ihn sehen, nicht die kalte und gleichgültige Fassade, die er der Welt stets zeigte.

„M-ylady, ich kann verstehen, dass ich Ihnen wie ein gefühlloser Rohling vorkommen muss. Ich wünschte, wir hätten die Gelegenheit gehabt, einander näher kennenzulernen." Er hielt inne. Für solche Aussprachen war es eigentlich zu spät. Er musste sie nur noch von hier fortschaffen, alles Weitere konnte er erst später in Ruhe überdenken. Er hob die Hände in einer Geste der Hilflosigkeit, dann wandte er sich von ihr ab und trat zum Fenster. Er hoffte, seine Gedanken besser ordnen zu können, wenn er sie nicht ansah. Mit ihren geröteten Wangen und der zerzausten Frisur wirkte sie so anziehend, dass er kaum an etwas anderes denken konnte als an ihren letzten Kuss. Er wollte sie wieder festhalten, ihren zarten Körper in seinen Armen fühlen und sie beschützen. Aber um sie zu beschützen, musste er jetzt planvoll und souverän handeln und durfte sich nicht von ihren äußeren Reizen ablenken lassen.

„M-ein Vater hat mich hinausgeworfen. Ich werde Sie allerdings nicht allein hier zurücklassen. Daher möchte ich vorschlagen, dass ich Sie zu Ihrer Tante, der Countess of Watford, bringe. Dort können Sie sicherlich bleiben, bis die Dinge geklärt sind." Er spürte ihre Hand auf seinem Arm und wandte sich um. Sie stand unmittelbar vor ihm, ihr Reifrock berührte seine Beine und ihre Augen waren feucht.

„Danke", flüsterte sie und strich mit der Hand an seinem Oberarm entlang. „Danke für Ihre Unterstützung, auch vorhin unten im Salon. Ich weiß das zu schätzen. Leider wird mich auch Tante Liddy nicht vor ihm beschützen können. Er ist rechtskräftig mein Vormund." Eine Träne rollte über ihre Wange und ohne nachzudenken wischte er sie mit dem Daumen fort. Sie schloss für einen Moment die Augen, und das Verlangen, sie in den Arm zu nehmen, wurde übermächtig. Er durfte ihre Verletzlichkeit jetzt nicht ausnutzen, egal wie sehr er sie begehrte. Ruckartig wandte er sich ab und starrte aus dem Fenster.

„Es wird einen Weg geben. I-ch werde nicht zulassen, dass er auch Ihr Leben zerstört. Ich werde Ihnen helfen, zu tun, was immer nötig ist."

Er hörte, dass sie seufzte. „Danke für Ihre guten Absichten, aber Sie werden nichts ändern können. Das Einzige, was mich von meinem Vormund befreit, ist eine Ehe." Sie machte eine Pause, als erwartete sie irgendeine Art von Erwiderung. Dann fuhr sie fort. „Ich habe lange darüber nachgedacht und bin zu einem Entschluss gelangt. Ich werde Ihrem Freund Stephen eine Zweckehe vorschlagen."

Anthony fuhr herum. „Stephen?" Er schüttelte vehement den Kopf. „Aber er wird nicht … er kann nicht … wissen Sie, dass er …"

Fiona lächelte gezwungen. „Ja, ich weiß. Es wird auch für ihn Vorteile haben. Ich werde ihn in der Öffentlichkeit unterstützen. Eine Ehefrau befreit ihn für alle Zeit von unschönen Gerüchten und Verdächtigungen."

Anthony konnte nicht aufhören, den Kopf zu schütteln. Das war so falsch, das war alles völlig verrückt und unpassend. Sie durfte nicht Stephen heiraten, sie sollte … Er verbot sich, diesen Satz zu Ende zu denken, denn *das* würde sie niemals tun. Eher würde sie eine Scheinehe mit seinem besten Freund eingehen, als ihn selbst auch nur in Betracht zu ziehen. Ihre Worte waren der beste Beweis dafür, dass er ihre Zuneigung niemals erringen würde, dass er es nicht wert war. Hart biss er die Zähne zusammen und eilte zur Tür. „P-acken Sie das Nötigste, den Rest kann Ihre Zofe später holen. Wir fahren in einer halben Stunde."

Nachdem er die Tür hinter sich geschlossen hatte, lief er die Treppe hinunter, ließ sich seinen Umhang geben und eilte in den Stall. „Anspannen, die Wagonette, und zwar flott."

Der Pferdeknecht eilte aus der Sattelkammer in die Stallgasse und verbeugte sich. „Steht schon fertig, Mylord. Benson hat bereits …"

Er ließ den Mann nicht ausreden, sondern fuhr ärgerlich herum und stürmte wieder hinaus. Warum war er überhaupt in den Stall gelaufen? Er war vollkommen durcheinander und dachte überhaupt nicht mehr nach. Natürlich hatte Benson die Kutsche bereits geordert. Während er wieder ins Haus zurückkehrte und die Treppe hinauflief, überschlugen sich seine Gedanken.

Lady Fiona konnte Stephen nicht heiraten. Das war eine völlig abwegige Idee. Sie wäre für ihn für immer verloren. Unsinn, er hatte sie bereits verloren, sonst würde sie gar nicht auf so eine abstruse Idee kommen. War es wirklich noch ihr Wohl, das er im Auge hatte, oder war es nur sein eigener verletzter Stolz? Warum schmerzte es nur so sehr, dass sie ihn nicht einmal in Erwägung zog? In seinem Schlafzimmer angekommen ließ er sich auf den Lesesessel fallen und fuhr mit beiden Händen durch seine kurzen Haare. Heute war wirklich ein schwarzer Tag. Wieder einmal hatte er alles verloren.

KAPITEL ACHT

Fiona ließ sich von Tante Liddy umarmen. „Ach meine Liebe, bin ich froh, dass du gesund und munter wieder zuhause bist. Ich habe ja schon gestern gehört, dass ihr beide zurückgekehrt seid, und hätte den Earl auf jeden Fall heute zum Tee besucht." Sie wandte sich an Anthony. „Du hast mir meinen Goldschatz zurückgebracht, dafür danke ich dir von Herzen. Kommt in den Salon, ihr beiden. Bei Tee und ein paar Shortbread müsst ihr mir von dem Abenteuer berichten."

Fiona lächelte gezwungen und nickte, dann folgte sie der Tante in den Salon. Der heutige Tag hatte bereits so viel zusätzliches Durcheinander in ihr Leben gebracht, dass sie eigentlich erst einmal ein wenig Ruhe gebraucht hätte, um ihre Gedanken zu ordnen. Dafür war aber nun keine Zeit. Anthony bot ihr seinen Arm, um sie in den Salon zu führen, und sie nahm die Stütze gern an. Überhaupt war sie froh, ihn an ihrer Seite zu wissen, ganz unabhängig von der Anziehung, die er auf sie ausübte. Er war ihr Fels in der Brandung der Ereignisse, die über ihr zusammenzuschlagen drohten.

Es überraschte sie selbst, dass er ihr nun in diesem Licht

erschien. Noch vorgestern hatte sie das völlig anders gesehen, aber sein Eintreten für sie dem Earl gegenüber hatte sie sehr beeindruckt. Nach dem Zerwürfnis mit seinem Vater hatte er sicher genug eigene Probleme und dennoch kümmerte er sich jetzt zuerst um sie. Er war wirklich der einzige Mensch auf der Welt, der sich um sie sorgte, abgesehen von Tante Liddy vielleicht.

Seit dem Gespräch in ihrem Zimmer war er jedoch sehr kurz angebunden. Sie verstand nicht, warum er die Idee von der Heirat mit Stephen so abwegig fand. Er selbst hatte ja ganz offensichtlich keinerlei Interesse und ein anderer Mann kam für sie als Gemahl absolut nicht infrage. Es war ohnehin dumm von ihr, anzunehmen, dass ihr Gespräch über die Pläne mit Stephen irgendetwas mit seiner Einsilbigkeit zu tun haben könnte. Wahrscheinlich war er mit seinen Gedanken bei seiner eigenen Zukunft.

„Danke", flüsterte sie und sah zu ihm auf. Er lächelte und nickte nur, aber mehr war auch nicht nötig. Er hatte sicherlich verstanden, dass sie nicht nur seinen Arm für den Weg in den Salon meinte, sondern alles, was er für sie tat.

„Kommt, ihr Lieben, setzt euch her und nehmt erst einmal einen Tee." Tante Liddy sah mit gerunzelter Stirn von einem zum anderen. „Irgendetwas hat sich nicht so gefügt, wie es sollte, das sehe ich euch an."

Anthony führte sie zu dem blauen Sofa, und als sie Platz genommen hatte, setzte er sich ganz selbstverständlich neben sie. Durch den Stoff ihres Ärmels hindurch konnte sie die Wärme seines Körpers spüren und es beruhigte ihre angespannten Nerven, dass er ihr so nahe war. Der Tee wurde serviert, Tante Liddy schenkte ihnen ein und jeder nahm seine Tasse, um vorsichtig darüberzupusten.

Anthony stellte den Tee wieder ab und begann mit seiner Erklärung der Lage. „Gregory w-will sie nicht heiraten. Er i-hist heute angekommen, um diese ganze verflixte Angelegenheit zu klären, und hat das ganz unmissverständlich gesagt. Es überrascht mich nicht, dass er nicht wieder heiraten will, nur dass er überhaupt nach London gekommen ist, hatte ich nicht erwartet."

Fiona trank ihren Tee und überließ Anthony gern das Reden. Tante Liddy nickte schweigend und schien nicht besonders überrascht zu sein. Sie bedeutete Anthony fortzufahren.

„D-er Earl will ihn dazu zwingen. Außerdem hat er Lady Fiona beleidigt. Ich habe mich mit ihm gestritten und er hat mich hinausgeworfen." Anthony schüttelte den Kopf, als könne er die Geschehnisse noch immer nicht fassen.

Die Tante riss die Augen auf. „Was hat er getan?"

„Er hat sie auf das Übelste beschimpft und beleidigt. Sie kann dort wirklich nicht länger bleiben, also habe ich sie zuerst einmal hier hergebracht. Ich möchte dich bitten, sie bei dir aufzunehmen, bis der E-earl und Gregory die Angelegenheit geregelt haben. Sie kann nicht länger dort bleiben, es ist unzumutbar", schloss Anthony seine Erklärungen.

Tante Liddy griff nach Fionas Hand und tätschelte sie. „Oh, aber selbstverständlich. Natürlich kannst du hierbleiben, meine Liebe. Ich schicke gleich jemanden los, um deine Sachen zu holen, und deine Zofe kommt natürlich auch mit."

Fiona rang sich ein schmales Lächeln ab. „Danke, Tante

Liddy. Meine Sachen sind bereits in der Kutsche und Rose auch. Wir haben sie dort warten lassen, weil wir dich nicht so überfallen wollten."

Die Tante klingelte nach dem Butler und trug ihm auf, die Zofe ins Haus holen und die Koffer in das Gästezimmer bringen zu lassen. „Und was willst du dem Earl sagen, wo Fiona ist?", wandte sie sich dann an Anthony. „Wenn er weiß, dass sie bei mir ist, wird er in einer Stunde da sein und sie wieder abholen."

Anthony schüttelte den Kopf und seufzte. „I-ch werde dem E-arl gar nichts sagen, denn ich werde nicht zurückkehren. Wie ich schon sagte, hat er mich hinausgeworfen."

„Was? Das darf doch nicht wahr sein." Tante Liddy rutschte auf ihrem Sessel nach vorn. „Als du das eben erwähntest, dachte ich, er hätte dich aus dem Salon geworfen, aber doch nicht des Hauses verwiesen. Mein Junge, das ist doch nicht möglich."

„D-och, es ist möglich. Er sprach davon, dass ich unter einer Brücke schlafen könnte, und noch von einigen anderen Dingen. Es war nicht misszuverstehen. Ich kann nicht mehr zurück, selbst wenn ich wollte. Aber ich will auch nicht länger mit diesem Despoten unter einem Dach leben. Ich werde schon zurechtkommen. Mach dir um mich keine Sorgen, Tante."

„Aber Anthony, natürlich mache ich mir Sorgen." Die Tante nahm ihre Tasse zur Hand, stellte sie aber sofort wieder ab. Dann lehnte sie sich nach hinten und betrachtete Anthony mit ernsthaftem Blick. „Andererseits wurde es auch mal Zeit, dass jemand diesem Kerl endlich die Stirn bietet.

Ich hätte nie gedacht, dass du derjenige sein würdest. Wie es scheint, habe ich dich unterschätzt." Sie lächelte anerkennend und Fiona fiel auf, dass Anthony ein verlegenes Gesicht machte.

„S-o schwer war es gar nicht, nachdem ich schon einmal wütend war." Er grinste jetzt spitzbübisch. „Es wurde tatsächlich einmal Zeit, und jetzt bin ich ganz froh, dass es so gekommen ist."

„Mein Junge, ich bin stolz auf dich. Ich erinnere mich an Zeiten, da hast du ihm gegenüber nicht eine Silbe herausgebracht, selbst wenn du es noch so sehr wolltest. Dass du ihm jetzt die Meinung gesagt hast, ist ein sehr großer Schritt. Aber was willst du jetzt tun?"

Fiona sah, wie Anthony sich bei der Erwähnung seiner Sprachprobleme unbehaglich anspannte. Sie vermochte sich nicht wirklich vorzustellen, dass Anthonys Stottern einmal derart schlimm gewesen sein sollte, wenn man bedachte, dass er den meisten Menschen gegenüber beinahe normal sprach. Zwischen ihm und seinem Vater mussten die Spannungen demnach schon seit der Kindheit furchtbar gewesen sein, und sie bewunderte ihn umso mehr dafür, dass er dem Earl heute die Meinung gesagt hatte.

„Ich werde zunächst einen Freund aufsuchen für die ersten Tage. Über alles Weitere muss ich in Ruhe nachdenken. Vielleicht gehe ich nach Paris zu Onkel Tobias zurück. Dort hatte ich einige Möglichkeiten, in seinem Chinahandel ein finanzielles Auskommen zu finden. Wir werden sehen."

Fiona schnappte nach Luft und fuhr zu ihm herum.

„Paris?" Er würde das Land verlassen. Sie verlassen. „Aber ..." Ihr Kopf war schlagartig leer. Ihr fiel kein Grund ein, warum er unbedingt bleiben müsste, es war zum Verrücktwerden. Sie marterte ihr Hirn, um irgendetwas zu sagen, und da ihr nichts einfiel, schüttelte sie nur ratlos den Kopf.

„I-ch m-uss jetzt gehen." Sein Blick war zu Boden gerichtet. Warum sah er sie nicht an? Warum konnte sie ihm nicht sagen, dass er nicht gehen durfte?

„Anthony." Ihre Hand legte sich ganz von selbst auf seinen Arm und er wandte den Kopf, als sie seinen Namen aussprach.

„I-ich ..." Er rückte ein wenig von ihr ab und sah plötzlich hoch. Sein Blick schien sie irgendetwas zu fragen und Fiona hatte das Gefühl, er wartete nur darauf, dass sie irgendeine ungestellte Frage beantwortete. Doch dann sprang er ruckartig auf und eilte zur Tür. Ohne ein weiteres Wort lief er hinaus und die Tür fiel mit einem endgültigen Klicken ins Schloss.

Fiona starrte das dunkle Holz der Tür an, als könnte sie allein mit ihrem Willen bewirken, dass Anthony wieder zurückkam. Aber wenige Augenblicke später hörte sie die Haustür und damit schloss sich auch eine Tür in ihrem Herzen.

～

Seit zwei Wochen logierte sie nun bei ihrer Tante und hatte zum größten Erstaunen von ihrem Vormund noch nichts gehört. Er hatte sie nicht zurückgeholt, ihr auch keine Nachricht gesendet oder sonstwie gezeigt, dass er sich überhaupt für ihren Verbleib interessierte.

Natürlich würde er wissen, wo sie sich aufhielt. Einerseits hatte sie ja kaum andere Möglichkeiten hier in der Stadt, andererseits wussten sicherlich alle Bediensteten genauestens Bescheid. Die heimliche Verbindung zwischen Rose und Anthonys Kammerdiener Benson sorgte ganz gewiss dafür, dass derartige Nachrichten sich schnell verbreiteten. Andererseits schien insbesondere Benson ein sehr verschwiegener Zeitgenosse zu sein. Trotz ihrer Nachfragen hatte Fiona nicht herausfinden können, wo Anthony sich aufhielt. Sie war sicher, dass er seinen Kammerdiener entsprechend instruiert hatte, denn sie wusste, dass Rose sich nach wie vor mit ihm traf.

Es schmerzte sie, dass Anthony sie offensichtlich so mühelos aus seinem Leben gestrichen hatte. Wahrscheinlich waren es nur ihre eigenen verworrenen Wünsche gewesen, die ihr vorgegaukelt hatten, er könnte etwas für sie empfinden. Immerhin schien er noch nicht auf den Kontinent abgereist zu sein, denn sicher hätte er Benson mitgenommen. Mit diesem Gedanken tröstete sie sich, auch wenn sie keinen Grund hatte zu glauben, dass sie ihn bald wiedersehen würde.

Gerade als sie aufstand, um den Gedichtband wieder wegzustellen, wurde die Tür geöffnet und Rose erschien.

„Mylady, verzeihen Sie die Störung." Sie knickste und der verschwörerische Gesichtsausdruck ließ Fiona grinsen. „Sie wollten doch, dass ich etwas für Sie herausfinde." Die

Zofe sah sich misstrauisch im Salon um, als erwartete sie verborgene Zuhörer hinter den Vorhängen. Dann trat sie näher und flüsterte: „Wegen der Angelegenheit, der geheimlichen, Sie wissen schon." Noch einmal sah sie sich um und Fiona hatte Mühe, nicht laut herauszuplatzen vor Lachen. Offenbar hatte Rose große Freude an Heimlichkeiten und wollte die Situation auskosten. „Er ist zurück", raunte sie. „Seit gestern. Maddox Street 15."

„Danke, Rose, das wurde auch Zeit. Ich denke, ich sollte ihn gleich heute aufsuchen. Ich werde vor Tante Liddy vorgeben, ein wenig spazieren zu gehen. Sie hat heute Nachmittag Besuch zum Tee, daher wird sie mich nicht begleiten können." Fiona seufzte erleichtert.

Das passte ja hervorragend in ihre Pläne. Dass Stephen endlich von seinem Landsitz zurückkäme, hatte sie in den letzten beiden Wochen sehnsüchtig erwartet. Sie musste endlich handeln, sonst würde der Earl sich doch wieder an sie erinnern und eine Heirat mit Gregory erzwingen, oder, was noch schlimmer wäre, sie zurück auf den Landsitz in die Obhut der Countess schicken.

Entschlossen und mit einem schmalen, aber triumphierenden Lächeln ging sie nach oben zu den Zimmern der Tante. Liddy saß am Schreibtisch und erledigte ihre Korrespondenz. Mit einem abwesenden Gesichtsausdruck nickte sie Fiona zu. „Was kann ich für dich tun, mein Kind?"

„Ich wollte dir Bescheid geben, dass ich mir später ein wenig die Beine vertreten möchte. Das Wetter lädt zwar eher dazu ein, zuhause zu bleiben, aber ich fürchte, ich langweile mich und muss ein wenig an die frische Luft."

„Aber Kind, nachher kommen meine beiden Whist-schwestern. Leider ist Lady Grey erkrankt und ich hatte gehofft, du würdest als vierte Spielerin einspringen."

Fiona wand sich. Damit hatte sie nicht gerechnet. Aber den Besuch bei Baron Segrave hinauszuschieben, kam nicht infrage. „Also werde ich jetzt gleich gehen, bis zum Whist bin ich dann sicher zurück."

„Aber ich kann dich jetzt nicht begleiten, ich muss mich erst noch um einige Angelegenheiten kümmern." Die Tante schüttelte betrübt den Kopf, aber Fiona war sicher, dass sie es nicht bereute, bei diesem Wetter nicht auszugehen.

„Das macht gar nichts. Ich werde nur ein wenig frische Luft schnappen und bin im Handumdrehen wieder da."

„Nun gut, meine Liebe. Aber nimm ruhig den Winter-umhang, es ist wirklich ungemütlich heute."

Fiona lächelte. Auch wenn ihr die überfürsorgliche Tante hin und wieder ein wenig auf die Nerven ging, fühlte es sich dennoch meistens gut an, umsorgt zu werden. Diese Wärme und Herzlichkeit waren etwas, das sie in Stourton Manor schmerzlich vermisst hatte. Nun fühlte es sich noch falscher an, der Tante nicht die Wahrheit über ihren Ausflug zu sagen. Aber Fiona war sicher, dass sie über die Idee, Lord Segrave zu heiraten, empört wäre und ihr nicht gestatten würde, ihn aufzusuchen.

Mit einem leisen Seufzer wandte sie sich um und ging wieder hinaus. Heute würde sie um die Hand eines Barons anhalten. Sie war nicht sicher, ob je zuvor eine Lady etwas Derartiges getan hatte. Wenn das kein besonderer Tag war!

∾

Benson verbeugte sich steifer als üblich und Anthony hob überrascht die Brauen. In den letzten Wochen waren sie sich nähergekommen und inzwischen kannte er seinen Kammerdiener gut genug, um diese Unregelmäßigkeit zu bemerken.

„Was gibt es denn?", fragte Anthony mit erwartungsvollem Unterton. Er langweilte sich zu Tode, seit er für sein zukünftiges Leben einen Entschluss gefasst hatte und nun auf das Antwortschreiben wartete, das ihm eine Zukunft ohne Abhängigkeit von seinem Vater sichern würde.

„Mylord, der Baron ist von seinem Landsitz zurückgekehrt. Gestern bereits. Leider habe ich erst heute davon erfahren."

Anthony sprang auf. Das waren endlich einmal gute Nachrichten. Oder auch nicht. Wenn er schon seit gestern in der Stadt war, könnte es bereits zu spät sein. „Meinen Umhang, ich werde ihn sofort aufsuchen. Hoffen wir das Beste."

Benson sah ihn nun seinerseits mit hochgezogenen Brauen an. „Mylord, darf ich mir erlauben, zu fragen, worauf genau wir hoffen?"

Anthony presste die Lippen zusammen und seufzte tief, ehe er eine Antwort gab. „Dass dieser Esel sich nicht unglücklich macht, indem er heiratet." Bitterkeit stieg in ihm auf, als er wieder an das letzte Gespräch mit Lady Fiona dachte. Sie hatte ihn nicht einmal in Betracht gezogen! Er murmelte mehr zu sich selbst als zu Benson. „Indem er eine schottische Kratzbürste heiratet."

Er ging zu Fuß zum Stadthaus seines Freundes, denn sowohl die Pferde als auch die Kutschen, die er bis jetzt genutzt hatte, gehörten seinem Vater. Seit er in der Pension für alleinstehende Herren bei der alten Witwe Blomfield wohnte, hatte er wieder zu dem sparsamen Lebensstil zurückgefunden, der ihm schon in Paris vertraut geworden war. Rückblickend musste er zugeben, dass seine Zeit in Frankreich vielleicht doch nicht ganz verschwendet gewesen war, denn dort hatte er vieles gelernt. Zum einen wusste er seitdem den Komfort zu schätzen, den man sich mit Geld erkaufen konnte. Zum anderen hatte er festgestellt, dass dieser Komfort zwar angenehm, aber nicht wirklich lebenswichtig war. Doch die wichtigste Lehre aus seinem Aufenthalt in Paris war die, dass er Fähigkeiten besaß, die es ihm ermöglichten, seinen eigenen Lebensunterhalt zu bestreiten. Das war damals wirklich eine lebensverändernde Erkenntnis gewesen.

Sowohl sein Vater als auch die gehobene Gesellschaft Londons hatten ihn immer nur als den stotternden nichtsnutzigen Schwachkopf gesehen. Als Reaktion darauf hatte er sich in der skandalumwitterten Halbwelt herumgetrieben, denn wenn sie ihn schon nicht akzeptierten, dann sollten sie wenigstens bessere Gründe haben als seinen Sprachfehler. Sein Onkel kannte solche Vorbehalte nicht und hatte ihm die Gelegenheit gegeben, sich in seinem Handelsgeschäft den Lebensunterhalt zu verdienen. Natürlich war dergleichen für einen Mann von Adel völlig indiskutabel. Man ging keiner Arbeit nach, und schon gar nicht in einem Handelsgeschäft. Gerade deshalb hatte Anthony sich mit verbissenem Ehrgeiz das nötige Wissen angeeignet, um seinen Onkel zu unterstützen.

Jetzt half ihm diese Erfahrung, nach dem Rauswurf durch seinen Vater nicht den Mut zu verlieren, und seine guten Verbindungen zu verschiedenen Handelshäusern ließen darauf hoffen, dass er wieder zu dieser Beschäftigung zurückkehren könnte. Der *Ton* würde schockiert sein, dass einer der ihren sich einer derart profanen Beschäftigung hingab, aber er war eigentlich noch nie einer der ihren gewesen und es erfreute ihn wieder einmal, wenn er sie schockieren konnte.

In seine Grübelei über seine Vergangenheit und Zukunft versunken, war er durch die belebten Straßen gegangen, ohne weiter über den Weg nachzudenken. Unvermittelt fand er sich vor *Domenico Negris Ice Cream Parlour* wieder und als die Tür geöffnet wurde, drang der typische Orangengeruch zu ihm heraus. Er holte tief Luft, um diesen wunderbaren Duft zu kosten, und blieb stehen. Durch die bodentiefen französischen Fenster konnte er in den Innenraum sehen und stellte fest, dass die meisten der Tische besetzt waren. Er war versucht, einen Tee und einen Lemoncake zu nehmen, und wurde unmittelbar an seine erste Begegnung mit Lady Fiona erinnert. Schon als er sie hier gesehen hatte, war in ihm der Wunsch erwacht, ihr näherzukommen, obwohl sie noch nicht einmal ein Wort gewechselt hatten. Inzwischen hatte er sie besser kennengelernt und seit dem Streit mit seinem Vater vermisste er sie fürchterlich. Warum konnte er diese wunderbare Frau nicht für sich gewinnen? Er ballte die Fäuste und wandte sich mit starr geradeaus gerichtetem Blick von den Fenstern der Teestube ab.

Gerade in dem Moment, als er am Eingang vorbeiging, öffnete sich die Tür wieder und eine Gruppe von Gästen trat auf die Straße. Er war so sehr in seinen Erinnerungen gefangen, dass er beinahe in einen der Gentlemen hineingelaufen wäre. Erschrocken sah er hoch und erkannte Lord Chamberly, den Mann, der ihn schon seit der gemeinsamen Schulzeit mit seinen gehässigen Bemerkungen verfolgte.

Mit einem breiten Grinsen wandte Chamberly sich zu ihm um. „Oh, hallo, Royston. Sieh an, da ist ja der verschwundene Sto-sto-stotterer wieder im Lande. Ich hatte bereits davon gehört, aber nicht glauben können, dass du tatsächlich zurückgekommen bist."

Noch ehe Anthony sich von dem Schreck erholt hatte und irgendetwas erwidern konnte, fuhr er zu den beiden Damen gewandt fort.

„Er wollte sich in Paris eine reiche Französin angeln, wisst ihr. Aber wer nimmt schon einen zweiten Sohn, der nichts hat und nicht einmal ordentlich sprechen kann. Seht ihr, er grüßt nicht einmal anständig."

„G-uten Tag, Chamberly. D-u müsstest m-ich schon vorstellen, da ich deine B-Begleiterinnen nicht kenne", brachte er mühsam hervor und verfluchte sich wieder einmal dafür, dass Chamberlys Auftauchen auf sein Stottern einen ähnlichen Effekt hatte wie die Strafpredigten seines Vaters. Damit gab er den ätzenden Kommentaren seines Gegenübers immer wieder neuen Zündstoff. Trotzdem gebot es die Höflichkeit gegenüber den Ladys, dass er blieb und sich mit ihnen unterhielt.

Chamberly kam mit einem süffisanten Grinsen der Aufforderung nach und stellte ihn vor. „Lady Summers, Lady Brompton, darf ich Anthony Royston vorstellen, den zweitgeborenen Sohn des Earl of Stourton und Zwillingsbruder des armen Gregory Royston."

Anthony biss die Zähne zusammen. Natürlich war er nur der Zweitgeborene, aber warum musste Chamberly das immer wieder betonen? Warum konnte er ihn nicht einfach nur mit seinem Namen vorstellen?

Chamberly fuhr fort. „Ant, dies ist Lady Summers, die Tochter von Herzog Summers und meine Verlobte, und dies ist Lady Brompton, Tochter des Earl of Brompton, ihre Freundin."

Da Lady Summers somit die höhergestellte der Damen war, nahm Anthony ihre Hand als erste zu einem angedeuteten Handkuss entgegen und die Lady schenkte ihm immerhin ein hoheitsvolles Nicken, als er sie begrüßte.

Lady Brompton erwiderte seinen gestotterten Gruß immerhin. „Es freut mich, Sie kennenzulernen. Ich finde, Sie haben keine große Ähnlichkeit mit Ihrem Bruder. Es ist erstaunlich, dass Zwillinge so verschieden sein können."

Auch wenn er es hasste, dass nun wieder einmal von seinem Bruder gesprochen wurde, hatte ihre Bemerkung eigentlich freundlich geklungen. Gerade wollte er antworten, als Chamberly ihm zuvorkam.

„Ant ist in vieler Hinsicht anders als alle anderen, nicht wahr? Vor allem seine eloquente Ausdrucksweise, mit der er in jeder Gesellschaft mühelos aus dem Rahmen fällt, ist sehr beeindruckend." Daraufhin lachte er schallend, wandte sich um, zog die Damen an seinen beiden Armen mit sich und ging ohne einen Abschied die Straße hinunter.

Anthony stand reglos auf dem belebten Gehsteig und sah den dreien nach. Menschen wie Chamberly waren der Grund, warum er sich nur selten auf den Abendveranstaltungen und in den Herrenclubs der gehobenen Gesellschaft blicken ließ, sondern sich stattdessen lieber mit seinen wenigen Freunden im Boxclub und den anrüchigeren Etablissements der Stadt vergnügte. Wieder einmal hatte Chamberly ihm bewusst gemacht, dass er niemals dazugehören würde.

Sein Blick richtete sich wieder auf die Tische im Teesalon und seine Gedanken kehrten zu Lady Fiona zurück. Er musste irre sein, zu wünschen, dass sie sich mit jemandem wie ihm abgab oder ihn gar als Ehemann in Betracht ziehen würde. Nicht nur, dass sein unerträgliches Gestottere beinahe jeden Menschen in die Flucht schlug, sein gesellschaftliches Ansehen war natürlich auch nicht das beste. Wie sein Vater schienen viele Leute aufgrund der Stotterei zu denken, er wäre nicht ganz richtig im Kopf. Die neuesten Entwicklungen machten ihn jetzt endgültig zum Außenseiter. Wer wollte schon einen Mann, der sich mit Handelsgeschäften seinen Lebensunterhalt verdienen musste und damit von der gehobenen Gesellschaft nur noch mit Herablassung angesehen würde? Lady Fiona konnte immerhin einen Baron heiraten. Sie wäre eine Baroness mit allen Vorzügen, die dieser Titel für eine Frau mit sich brachte. Auch wenn Stephen die Ehe sicher niemals vollziehen würde, so war er doch ein anständiger Kerl und es würde seiner Angetrauten an nichts fehlen. Das alles konnte er ihr nicht bieten.

Er presste die Lippen zusammen und ging langsam weiter in die Richtung, in der das Haus von Baron Segrave lag. Seinen besten Freund konnte er schließlich zu jeder Zeit besuchen. Ob er ihn wirklich von der Hochzeit mit Lady Fiona abhalten sollte, war ihm dagegen nicht mehr wirklich klar. Ja, er begehrte sie und er wünschte, sie würde ihn wählen, aber war es nicht selbstsüchtig, so zu denken? Er wünschte, er wäre ein besserer Mann, einer, der dieser wundervollen und warmherzigen Lady würdig war.

～

Fiona stand vor dem imposanten Stadthaus des Barons und fühlte sich wieder einmal bedrückend klein. Wollte sie wirklich diesen Mann, den sie kaum kannte, darum bitten, ihre Hand zu nehmen? Was wäre, wenn er von diesem Vorschlag völlig abgestoßen wäre und sie hochkant hinauswerfen würde?

Es half nichts, er war ihre einzige Chance.

Mit weichen Knien trat sie auf die Tür zu und läutete. Sie wünschte sich wieder einmal, dass Anthony bei ihr wäre. Er würde ihr Sicherheit und Rückendeckung geben und mit ihm an ihrer Seite würde sie sich nicht so klein und unbedeutend fühlen, wie das jetzt der Fall war. Aber natürlich wäre er der Allerletzte, der sie auf diesem Weg begleiten könnte, denn er hatte seine Meinung zu ihrem Vorhaben recht deutlich ausgedrückt.

Ein kleiner, alter Butler öffnete ihr und taxierte sie mit geübtem Blick. Ihre Haltung und Kleidung schienen der

Prüfung standzuhalten, denn im nächsten Moment trat er zurück und bat sie mit einer Geste hinein.

„Wen darf ich melden?", fragte er mit einer tiefen Verbeugung, während ein junger Bursche schon bereitstand, um ihr Umhang und Haube abzunehmen.

„Lady Fiona", antwortete sie. „Maxwell", schob sie hektisch noch hinterher, da sich natürlich niemand nur mit dem Vornamen ankündigen konnte, auch wenn Stephen ihren Nachnamen überhaupt nicht kannte. Sie war versucht, noch anzufügen, dass der Lord sie nicht erwartete, aber der gebeugte alte Butler hatte sich bereits abgewandt und ließ sie in der Halle stehen. Nachdem sie ihren Umhang abgelegt hatte, nutzte sie die Gelegenheit, sich umzuschauen, und trat einige Schritte vor. Es war deutlich, dass dies nicht nur von außen ein großes und vornehmes Haus war. Die Wände waren mit hellen Stoffen bespannt und die geschmackvollen, hölzernen Ornamente an den Türrahmen waren vergoldet. An den Wänden standen zierliche Kommoden und Tischchen und an der Wand neben der Treppe hing eine Reihe großer dunkler Bilder.

„Fiona, wie schön, dass du mich besuchst, liebe Schwester", rief Stephen ihr entgegen, während er die Treppe hinabeilte, um sie zu begrüßen. „Hat Hastings dich etwa hier in der Halle stehen lassen? Du musst ihm verzeihen, er wird mit der Zeit recht wunderlich."

„Mylord." Fiona knickste höflich und senkte ein wenig den Kopf. Sie wollte auf keinen Fall zu formlos auftreten, auch wenn er sie Schwester genannt hatte.

Stephen kam auf sie zu und zog sie in eine kurze

Umarmung, ganz wie man es mit einer Schwester tun würde. „Oh bitte, meine Liebe, nenn mich nicht Mylord. Dann fühle ich mich alt und steif. Ich dachte, wir hätten uns auf die freundschaftliche Anrede geeinigt." Er sah sie mit schräg gelegtem Kopf an und wirkte ein wenig verletzt, da sie so förmlich war.

Sie bemühte sich trotz ihrer Nervosität um ihr wärmstes Lächeln. „Natürlich, Stephen. Verzeih, aber ich war mir nicht mehr ganz sicher, ob diese Vereinbarung noch gilt."

„Aber Fiona, ich halte dir zugute, dass du mich noch nicht gut kennst. Eine Absprache wird von mir nicht leichtfertig zurückgenommen. Aber das müssen wir auch nicht hier in der Halle besprechen." Er wies mit einem Kopfnicken zu einer Tür, neben der sich der Butler aufgebaut hatte. „Komm doch in den Salon und lass uns einen Tee nehmen." Er nickte dem Butler bei diesen Worten zu und Fiona erwartete, dass er sich nun entfernte, um den Tee zu ordern. Aber der Mann blieb wie angewurzelt stehen und sah Stephen nur fragend an.

„Tee und Gebäck bitte", wiederholte Stephen nun deutlich lauter. Hastig nickte der alte Butler und verschwand in den hinteren Bereich des Hauses.

Fiona wunderte sich ein wenig, warum Stephen den Mann behielt, wenn ein jüngerer Butler doch wahrscheinlich für die Aufgabe besser geeignet wäre. Es stand ihr natürlich nicht zu, das zu beurteilen, daher fragte sie nicht, aber Stephen hatte ihren Blick wohl bemerkt.

„Hastings hat schon für meinen Großvater gearbeitet und ist seitdem ein festes Mitglied unseres Hauses. Er weigert sich, in den Ruhestand zu gehen. Die Hausdame sagt, er würde unglücklich werden, wenn er keine Aufgabe mehr hätte. Also bleibt er und unsere Besucher müssen sich eben daran gewöhnen, etwas lauter zu sprechen."

„Das ist sehr freundlich von dir. Es gibt nicht viele Haushalte, in denen die Dienerschaft so menschlich behandelt wird", gab Fiona anerkennend zu. Insbesondere die beiden Häuser der Stourtons kamen ihr da in den Sinn. Niemals würde der Earl oder die Countess jemanden behalten, der nicht vollkommen perfekt seine Arbeit verrichtete.

„Du bist ohne Begleitung hergekommen. Wir beide wissen, dass deiner Tugend in meinem Haus keine Gefahr droht, aber das sollte nicht zur Gewohnheit werden. Die Leute reden viel, wenn sie sonst nichts zu tun haben. Wir wollen deinem Ruf nicht schaden." Stephen hatte trotz der mahnenden Worte ein warmes Lächeln aufgesetzt, sodass Fiona nur schweigend nickte. Wenn er wüsste, was sie ihn heute fragen würde, dann würde er sich um ihren Ruf keine Gedanken mehr machen müssen.

Der Tee und köstlich duftende Scones wurden gebracht und Fiona schenkte für beide ein. Das wäre natürlich die Aufgabe der Dame des Hauses gewesen. Da es keine Dame in diesem Haus gab und Stephen darauf bestand, sie als Schwester zu betrachten, schien es nur natürlich für sie, diese Aufgabe zu übernehmen. Auch wenn die freundliche Vertrautheit, die sich bei der Begrüßung sofort wieder eingestellt hatte, ihr das anstehende Gespräch leichter machen sollte, fühlte sie sich nur noch befangener, je länger sie nichts davon sagte.

Sie hatten bereits über das Wetter, seine Reise und andere unverfängliche Themen gesprochen, als Stephen innehielt und sie fragend ansah. „Ich würde gern glauben, dass du nur zu einem freundschaftlichen Besuch nach meiner Rückkehr gekommen bist, aber du hast etwas auf dem Herzen, das merke ich."

Fiona nickte zögerlich, dann seufzte sie. Wie sollte sie es nur sagen? All die wohlgesetzten Worte, die sie in ihrem Kopf vorbereitet hatte, waren inzwischen verschwunden.

„Na komm, so schlimm kann es ja nicht sein", ermunterte Stephen sie.

„Ich brauche einen Mann", platzte sie heraus, und als sie sah, wie Stephens Augenbrauen in einem Ausdruck des Schocks hochschossen, fiel ihr auf, wie das geklungen haben musste. „Einen Ehemann, einen Gatten, jemanden, der mich heiratet", stammelte sie und ihre Stimme schwankte bedrohlich. Nein, sie würde sich jetzt zusammennehmen und auf keinen Fall weinen, auch wenn ihr schon seit Wochen zunehmend danach zumute war.

„Oh, ich verstehe", stellte Stephen fest und beugte sich ein wenig zu ihr vor. „Ich erinnere mich an den Grund deiner Flucht. Du hattest jedoch beschlossen, das Angebot von Anthonys Bruder anzunehmen, oder nicht?"

„Ja. Nein. Es gab kein Angebot. Sein Vater wollte uns verheiraten, aber Gregory will mich nicht." Jetzt kullerte trotz ihres hektischen Blinzelns doch eine Träne an ihrer Wange hinab. Die Zurückweisung von Gregory hatte sicher nichts mit ihr persönlich zu tun, schließlich kannte er sie ja gar nicht, aber es jetzt auszusprechen, versetzte ihr trotzdem wieder einen schmerzhaften Stich.

Stephen nickte nachdenklich. „Anthony hat oft davon berichtet, dass Gregory seine Frau sehr geliebt hat. Es wäre nur verständlich, wenn er sich nicht vorstellen kann, sie zu ersetzen. Aber was ist nun mit dir? Hat der Earl einen Vorschlag gemacht? Er ist immerhin dein Vormund und hat die Pflicht, sich um dich zu kümmern."

Fiona kniff die Lippen zusammen, als all ihre Wut auf den Earl zurückkehrte. Dann erzählte sie haarklein, was bei der Zusammenkunft der Familie geschehen war. „Er will Lord Gregory zwingen, mich zu nehmen. Anthony hat sich mit ihm angelegt und daraufhin hat er ihn aus dem Haus geworfen", schloss sie ihre Erklärung.

Stephen lachte trocken auf. „Er hat sich mit ihm angelegt? Das hätte ich nicht gedacht, aber es wurde auch wirklich Zeit, dass er dem Earl mal die Meinung sagt."

Fiona brachte ein zittriges Lächeln zustande. „Das hat Tante Liddy, also Lady Watford, auch gesagt. Aber es ist alles meine Schuld. Ich habe ihm nichts als Scherereien gemacht. – Anthony, meine ich." Wieder musste sie blinzeln, um die Tränen zurückzuhalten. Wenn das nur alles anders gelaufen wäre, dann hätte sie vielleicht eine kleine Chance gehabt.

„Ich glaube, dass du ihm viel bedeutest, sonst hätte er sich niemals gegen seinen Vater gewandt. Der Earl hat ihn immer wie den letzten Straßenschmutz behandelt, und nie hat er es geschafft, das Wort gegen ihn zu erheben. Das ist ein großer Schritt und er hat ihn für dich gewagt."

Ungläubig schüttelte sie den Kopf.

„Für mich? Ich weiß nicht."

Von dieser Seite hatte sie den Streit noch nie betrachtet. Es kam ihr unwahrscheinlich vor, dass Anthony überhaupt irgendetwas anderes als Abneigung für sie empfinden sollte. Vom ersten Moment an hatte sie sich zu ihm hingezogen gefühlt, aber er hatte sich immer wieder ganz und gar widersprüchlich verhalten. Immer, wenn sie das Gefühl gehabt hatte, es könnte eine Verbindung zwischen ihnen geben, war er im nächsten Moment wieder so abweisend und schroff, dass sie glaubte, sich das alles nur einzubilden. Nur der Kuss im Garten hatte ihr einen ganz anderen Anthony gezeigt. Aber dann war sie überstürzt weggelaufen.

Stephen unterbrach ihre Grübeleien. „Du bist aber eigentlich nicht hergekommen, um über Anthony zu sprechen, oder?"

„Nein, das bin ich nicht." Sie sah zu Boden und am liebsten wäre sie wieder in ein Mauseloch gekrochen – ein Gefühl, das sie nur zu gut kannte. Aber sie musste jetzt stark sein und um ihre Zukunft kämpfen. Stephen hatte sich stets wie ein Freund verhalten. Er würde ihr zumindest bis zum Ende zuhören.

„Ich brauche einen Ehemann, damit ich von diesem Vormund befreit werde. Ich habe früher als Kind davon geträumt, dass ich aus Liebe heiraten würde, aber jetzt liegen die Dinge anders. Viele Paare heiraten aus anderen Gründen und Liebe spielt keine große Rolle. Es wäre natürlich nur auf dem Papier und hätte keine weiteren Konsequenzen. Außer, dass man in einem Haus zusammenleben müsste, natürlich, aber ich bin sehr friedfertig. Eigentlich."

Stephen fasste ihre beiden Hände und sah sie durchdringend an. „Du möchtest, dass ich um deine Hand anhalte?"

Fiona erwiderte seinen Blick und nickte hastig. „Du hättest auch einige Vorteile davon, verheiratet zu sein. In der Gesellschaft würdest du dadurch jedem Gerücht über deine – äh – deine Vorlieben zuvorkommen. Ich würde natürlich vollkommen zu dir stehen, wenn irgendwelche Behauptungen aufkommen. Ich meine, wenn jemand Unsinn behauptet …" Sie verhaspelte sich, und bevor sie Stephen noch auf irgendeine Weise verletzen würde, schloss sie abrupt den Mund.

Er lehnte sich noch ein Stück zu ihr hinüber und hob seine Hand, um mit einem Finger eine Locke aus ihrem Gesicht zu streichen. „Liebe Fiona, ich freue mich, dass du mir so viel Vertrauen entgegenbringst, und es ehrt dich, dass du offenbar auch an meine Seite gedacht hast. Aber meine Probleme sollten dich nicht zu einer überstürzten Heirat drängen. Du hast bestimmt …"

Sie schluchzte auf. „Du weist mich ab?" Die Tränen rollten nun ungehindert an ihren Wangen hinab und sie schämte sich für das Bild einer Heulsuse, das sie gerade abgeben musste.

Wieder strich Stephen über ihre Wange, um sie zu trösten, als die Tür geöffnet wurde.

„Mylord, es ist …" Der Butler wurde rüde unterbrochen, als jemand sich hinter ihm durch die Tür drängte.

KAPITEL NEUN

Er hatte sich unterwegs wohl hundert Mal gefragt, wie er das Thema mit Fiona und ihrer Heiratsabsicht ansprechen sollte. Sie in diesem Augenblick hier anzutreffen, damit hatte er allerdings überhaupt nicht gerechnet. Als er von der Halle aus über den kleinen Butler hinwegschaute, zog ihm der Anblick, der sich da bot, den Boden unter den Füßen fort.

Die beiden saßen einander schräg gegenüber, und das so dicht, dass sie sich an den Schultern berührten. Stephen hielt eine von Fionas Händen, während er mit der anderen zärtlich über ihre Wange strich. Es wirkte, als würden sie sich jeden Moment küssen, aber als sie die Stimme des Butlers hörten, fuhren sie wie ertappt auseinander.

Er stürmte in den Raum und bemerkte nur am Rande, dass er den alten Butler dabei fast von den Beinen fegte.

„Was denkst du dir dabei?", fuhr er Stephen an. Erschrocken starrte Lady Fiona ihn an, aber er beachtete sie kaum. Seine ganze Wut richtete sich auf Stephen. „Sie ist eine unbescholtene Lady und du schädigst ihren Ruf, indem du sie hier in deinem Haus so … so *unschicklich* berührst. Du hättest sie ohne Anstandsdame gar nicht empfangen dürfen, du … du … Ach, ich habe gar kein Wort dafür, was du bist."

Stephen war aufgesprungen und hatte sich vor Lady Fiona gestellt, als wollte er sie vor ihm beschützen. Das machte Anthony nur noch wütender, denn ganz offensichtlich musste es ja andersherum sein: *Er* musste *sie* vor Stephen beschützen, dem besten Freund, der angeblich dem weiblichen Geschlecht keine Gefühle entgegenbrachte.

„Anthony, jetzt beruhige dich doch. Du bist ja gar nicht bei Sinnen." Stephen trat auf ihn zu und packte ihn an beiden Oberarmen, als wolle er ihn durchschütteln. „Was sind das denn für haltlose Vorwürfe? Du solltest mich wirklich besser kennen."

Anthony starrte seinen Freund an und versuchte, in seinem Gesicht ein schlechtes Gewissen zu erkennen, irgendeine Art von Schuld oder Verlegenheit in seinem Blick zu sehen. Aber da war nichts. Er kannte Stephen in der Tat gut genug, um zu wissen, dass er ein schlechter Schauspieler war. Wenn ihn etwas bewegte, erkannte man es immer sofort.

„Komm her, begrüße die Lady angemessen und wenn du sie mit deinem Auftreten nicht völlig verschreckt hast, nimm einen Tee mit uns." Stephen ließ seine Oberarme los und trat zurück. Mit schmalen Augen sah er ihn an, als wollte er den wahren Grund hinter diesem Ausbruch erforschen.

Den erkannte Anthony selbst erst jetzt, wo er sich langsam wieder beruhigte und einmal tief durchatmete: Der Anblick dieser vertrauten Berührung hatte ihn rasend eifersüchtig gemacht. Er selbst wollte so nah bei ihr sein und ihre zarte Wange berühren. Niemand sonst durfte das tun.

Er wandte sich zum Kamin um, vor dem Lady Fiona saß und ihn mit ihren grünen Augen wieder einmal ansah wie einen dreiköpfigen Drachen.

Genau wie ein solcher hatte er sich ja auch wieder einmal benommen. Auf diese Art würde er niemals ihre Zuneigung gewinnen.

Mit einem Schlag erinnerte er sich an den Grund seines Besuches. War es bereits zu spät? Hatte sie Stephen alles erklärt und war er darauf eingegangen? Anthony wusste nur zu gut, dass Stephen sein einmal gegebenes Wort nicht brechen würde. Es wäre eine Katastrophe, wenn er bereits zugesagt hätte.

Fiona erhob sich und wandte sich an Stephen. „Es tut mir leid, dass ich dir solche Scherereien mache. Offenbar ist Schwierigkeiten zu bereiten das Einzige, was ich zuwege bringe. Ich denke, ich sollte mich jetzt besser verabschieden."

„Aber nein. Bitte, meine Liebe, nimm wieder Platz, es ist alles in Ordnung."

Stephen hatte bei den Worten Fionas Hand genommen und schon wieder züngelte in Anthony die Flamme der Eifersucht empor. Es machte ihn rasend, dass sein Freund sie so selbstverständlich berührte. Schnell machte er zwei Schritte auf die beiden zu und nahm ihre Hand aus Stephens, um sie zu begrüßen.

„L-lady Fiona, ich muss mich wieder einmal für mein Benehmen entschuldigen. Ihre Sicherheit und Ihr Ruf liegen mir am Herzen, aber es ist ganz offensichtlich, dass ich übertrieben reagiert habe. Bitte verzeihen Sie mir."

Er beugte sich zu dem üblichen angedeuteten Handkuss vor, nur dass er es nicht bei einer Andeutung beließ. Seine Lippen berührten flüchtig ihre kühle Haut und er spürte, wie sie zusammenzuckte. Als er sich wieder aufrichtete, hielt er ihre Hand noch einen Augenblick länger fest und sah sie fragend an. Einen Moment lang blickte er in ihre Augen und versuchte zu ergründen, wie sie zu ihm stand. „Werden Sie mir vergeben?"

Ein schmales Lächeln erschien auf ihrem Gesicht, wirkte jedoch gezwungen. „Natürlich. Sie waren ja nur an meinem Wohlergehen interessiert. So war es doch, oder?"

Ihre Antwort forderte ihn heraus, aber dieses Mal wollte er nicht darauf eingehen. Daher nickte er nur und zwang sich ebenfalls zu einem unverbindlichen Lächeln.

Stephen nahm wieder auf dem Polstersessel schräg vor dem Sofa Platz, wo er vorher bereits gesessen hatte. Fiona setzte sich ebenfalls wieder auf ihren alten Platz auf dem Sofa und Anthony nahm völlig selbstverständlich den an ihrer Seite ein. Dieses Mal zuckte sie nicht zurück, als er sie berührte, und er bildete sich sogar ein, sie würde sich ein wenig in seine Richtung lehnen.

Lady Fiona schenkte Tee ein, bot ihm Sahne und Scones an und sagte darüber hinaus kein Wort.

Er unterhielt sich mit Stephen über dessen Reise, obwohl er viel dringendere Dinge mit ihm zu besprechen hatte. Dazu musste er allerdings mit Stephen allein sein, wollte aber auch nicht, dass Fiona ging. Es war eine verzwickte Situation und während er über eine Lösung grübelte, beschäftigte er sich und Stephen mit belanglosen

Plaudereien. Durch seinen Jackenärmel hindurch meinte er, die Wärme von Lady Fionas Haut spüren zu können, und so nah neben ihr zu sitzen, bereitete ihm ein ganz unbekanntes Wohlbehagen. Immer wieder ertappte er sich dabei, dass er seinen Arm gegen ihren drückte oder sogar versucht war, seine Hand auf ihre zu legen, nur um diese vertraute Nähe noch ein wenig mehr auszukosten.

Die Uhr auf dem Kaminsims schlug die volle Stunde und Fiona stand unvermittelt auf. „Ich sollte jetzt wirklich gehen, meine Tante wird sich sonst Sorgen machen."

Sofort sprang Anthony ebenfalls auf. „Ich werde Sie zu Lady Watford zurückbringen. Sie sollten nicht unbegleitet unterwegs sein."

Stephen erhob sich. „Wie schade, dass ihr mich nun beide verlassen wollt." Er wandte sich an Anthony. „Mit dir hätte ich auch noch etwas zu besprechen."

Er nickte. „Wir sehen uns ja heute Abend im Club." Ihm graute davor, was Stephen ihm über das Gespräch mit Fiona berichten würde, und es gab keinen Zweifel, dass ihre Unterhaltung heute Abend darum gehen würde. Er selbst brannte ja darauf, mit seinem Freund zu sprechen, aber trotzdem konnte er jetzt nicht hierbleiben und Fiona allein in der Stadt herumlaufen lassen. Auch wenn dies ein nobles Viertel war und das Haus ihrer Tante nicht weit entfernt lag, war es für eine junge Dame eindeutig zu gefährlich und außerdem absolut nicht angebracht.

Er blinzelte und musste sich ein Lächeln verkneifen. Das Gefühl, die Lady vor allem und jedem beschützen zu müssen, hatte wieder einmal die Oberhand gewonnen. So etwas hatte er noch nie zuvor erlebt, aber er musste zugeben, dass es ein gutes Gefühl war.

Nach dem sie beide von dem Gehilfen des alten schwerhörigen Butlers ihre Garderobe bekommen hatten, traten sie nach draußen. Er bot ihr seinen Arm an und als sie ohne zu zögern ihre Hand in seine Ellenbeuge legte, fiel ihm auf, dass diese kleine Geste ihn ganz unerwartet freute. Vielleicht war doch noch nicht alles verloren. Schweigend gingen sie die Straße hinab, und als sie zu *Domenicos* kamen, spürte er, wie sie zögerte. Sie schaute in den Teesalon hinein und als sie die Tür passierten, bemerkte er, dass sie tief Luft holte. Sie mochte diesen Duft offenbar genauso gern wie er.

„D-arf ich Sie zu einem Tee und einem Lemoncake einladen?", fragte er schnell, ehe die Gelegenheit verstreichen würde.

Ihre Augen leuchteten auf. „Das wäre ganz wunderbar. Aber denken Sie, dass es schicklich wäre, so ganz ohne Begleitung?"

Anthony seufzte unhörbar. Dieses ganze Schicklichkeitsgetue ging ihm so sehr auf die Nerven, auch wenn er genau wusste, dass eine junge Lady auf ihren Ruf achten musste. Er erinnerte sich, dass er selbst vor zwei Stunden erst auf Anstand und Schicklichkeit gepocht hatte.

„I-ch denke, es könnte die Leute nicht mehr stören als die Tatsache, dass wir gemeinsam die Straße entlanggehen. Immerhin bin ich nicht irgendwer, sondern Ihr Cousin."

Sie wandte sich zu ihm und schenkte ihm ihr Sonnenscheinlächeln. „Ich nehme die Orangentarte, davon hat Tante Liddy schon in höchsten Tönen gesprochen."

Anthony konnte sein glückliches Grinsen nicht mehr verstecken. Wahrscheinlich sah er aus, als wäre er nicht mehr ganz bei Sinnen, aber die Aussicht, mit Fiona hier in seinem Lieblingsteehaus zu sitzen, bescherte ihm ein ganz untypisches Hochgefühl.

„H-hoffen wir nur, dass heute kein Hund da ist", bemerkte er, während er für sie die Tür öffnete.

Fiona lachte und unwillkürlich stimmte er ein. Dieses unbeschwerte Lachen wollte er öfter von ihr hören. Viel zu oft war sie still und traurig. Er nahm sich fest vor, dafür zu sorgen, dass sie öfter lachte.

Die Teestube war jetzt fast leer, da es bald Dinnerzeit war. Nur zwei Herren saßen an dem Tisch direkt neben der Tür und drei ältere Damen hatten sich einen Fensterplatz gesichert. Anthony führte Fiona ebenfalls zu einem kleinen Tisch am Fenster, jedoch so weit wie möglich von den Damen entfernt. Sie bestellten beide Tee, und während sie die Orangentarte nahm, musste es für ihn natürlich ein Lemoncake sein. Nachdem Mister Domenico, der heute persönlich servierte, wieder im hinteren Bereich verschwunden war, begannen sie beide zugleich zu sprechen. Mit einem Nicken bedeutete er ihr, zu beginnen.

„Wir haben uns lange nicht gesehen. Geht es Ihnen gut? Haben Sie eine annehmliche Unterkunft gefunden?"

Anthony atmete tief durch. Sie interessierte sich tatsächlich dafür, wie es ihm ging. Das war immerhin ein guter Anfang.

„Ja danke. Witwe Blomfields Pension ist recht ordentlich und für mich allein benötige ich nicht viel." Es missfiel ihm, dass durch diese Antwort die Rede auf seine bescheidenen finanziellen Verhältnisse gebracht wurde, aber was hätte er sonst sagen können?

„Und was machen Ihre weiteren Pläne?" Ihr Gesicht verfinsterte sich deutlich. „Ich meine die Pläne, das Land wieder zu verlassen?"

Er zögerte einen Moment mit der Antwort. Ein wenig fühlte er sich wie in einem Verhör, aber andererseits sollte es ihn freuen, dass sie sich dafür interessierte. „Es wird nicht notwendig sein", antwortete er kurz angebunden. Dann erwog er allerdings, sie mit der ganzen Wahnwitzigkeit seiner Pläne zu konfrontieren, und war gespannt, was sie dazu sagen würde. „Ich plane, hier in London im Handel mit Waren aus Übersee tätig zu sein. Mein Onkel handelt in Frankreich mit solchen Dingen, und wir planen eine Kooperation."

Er spitzte die Lippen und sah die Lady abwartend an. Dass der Sohn eines Earls sich persönlich mit Handelsgeschäften abgab, wurde als absolut unmöglich betrachtet. Natürlich investierte jeder, der etwas Geld übrighatte, in den Ostindienhandel, aber immer nur über Mittelsmänner und niemals öffentlich. Seine zukünftige Tätigkeit würde ihm endgültig die Türen der oberen Gesellschaft verschließen. Nicht, dass ihm das viel ausmachen würde, aber er erwartete, dass die Lady schockiert wäre.

„Oh, das hört sich überaus faszinierend an. Mit welcher Art von Waren werden Sie denn handeln?" Erwartungsvoll lehnte sie sich vor. Zu seinem größten Erstaunen schien sie überhaupt nicht abgestoßen zu sein.

„Mobiliar und Kunstgegenstände vor allem. Einerseits sind diese Dinge als exotische Dekoration beliebt, andererseits aber auch als Wertanlage." Er war erfreut, dass sie zu seiner Erklärung interessiert nickte, also fuhr er fort, die Pläne zu erläutern. „Mein Onkel kauft diese Waren, wenn sie zusammen mit dem Tee und der Baumwolle hier ankommen, direkt von der Ostindien-Kompanie. Er kooperierte schon vor dem Krieg mit der Kompanie, allerdings gibt es zurzeit immer wieder Probleme mit den Lieferungen nach Frankreich."

Sie hörte immer noch interessiert zu. Dies war tatsächlich das erste Mal, dass sich jemand anderes als sein Onkel für das interessierte, was er tat oder zu tun beabsichtigte.

Als er innehielt, nickte Lady Fiona eifrig. „Und welche Aufgabe werden Sie in dieser Sache genau haben?"

Er holte tief Luft und sein Lächeln wurde immer breiter. Angesichts ihres Interesses war er versucht, ihr die ganzen komplizierten Beziehungen zwischen England, Frankreich und Indien zu erklären, aber das hätte wohl zu weit geführt.

„Der Handel mit Frankreich ist ja erst seit Ende des Krieges überhaupt wieder möglich und es fehlt meinem Onkel hier in London noch an geeigneten Personen für die Taxierung und den Ankauf der Ware. Ich werde mich darum kümmern, dass fähige Fachleute gefunden werden, und die Lieferungen zusammenstellen. Gleichzeitig werde ich als Kompagnon meines Onkels einen eigenen Handel mit diesen Waren hier in London aufbauen."

Sie hatte tatsächlich bis zum Ende zugehört. Fasziniert starrte er sie an. Noch nie hatte er eine Lady getroffen, die solchen komplizierten Erklärungen länger als eine halbe Minute folgen konnte.

„Werden Sie dann auch regelmäßig nach Paris reisen, oder können Sie das alles von London aus regeln?", fragte sie nach.

„Im Allgemeinen wird die Korrespondenz per Brief wohl ausreichen, aber mein Onkel wird demnächst nach London kommen, um unseren Vertrag aufzusetzen und mich mit seinen Kontakten bekannt zu machen."

„Das hört sich ja ungeheuer aufregend an. Ach, ich beneide Sie darum, dass Sie solch interessante Dinge tun können."

Fionas Augen leuchteten und er war sicher, dass sie ihre Worte genau so meinte und es nicht nur irgendwelche Floskeln waren. Wie wundervoll es wäre, eine solche Frau an seiner Seite zu haben. Gemeinsam könnten sie alles erreichen.

～

Fiona war bewusst, dass Anthony an diesem gemeinsamen Nachmittag und vor allem bei seinen Erklärungen zu seiner neuen Tätigkeit fast gar nicht gestottert hatte. Sie hatte überrascht festgestellt, dass sich das Problem seit dem Streit mit dem Earl insgesamt verbessert hatte und nur noch die Satzanfänge ein wenig hakten. Sie sann über die Natur dieses Sprachfehlers nach und über die Frage, wie viel davon wohl auf die schwierige Beziehung zu seinem Vater zurückzuführen war. Konnte das Verhalten des Earls der Grund für das Stottern sein? Oder war das Stottern der Grund für das schlechte Verhältnis von Vater und Sohn? Vielleicht würde sie das ergründen, wenn sie sich noch besser kannten. Im Augenblick wollte sie ihn jedenfalls nicht darüber ausfragen.

Fiona bedauerte, dass sie schon beinahe am Haus ihrer Tante angekommen waren. Auch wenn das Gespräch mit Stephen nicht wie erhofft verlaufen war, so hatte Anthony sie heute Nachmittag doch sehr überrascht. Er war höflich und charmant gewesen, hin und wieder hatte sie sogar das Gefühl gehabt, er würde sich um sie bemühen. Diese neuen Pläne vom Handel mit exotischen Waren fand sie überaus faszinierend und sie hätte ihn am liebsten noch weiter darüber ausgefragt, doch nun ging der angenehme gemeinsame Nachmittag dem Ende zu. Ob sie sich wohl in näherer Zukunft wiedersehen würden und ob sie noch einmal so eine angenehme Zeit zusammen verbringen könnten?

Sie bogen vom Piccadilly in die Albermale Street ein, als die große Kutsche des Earls an ihnen vorbeirauschte. Schreck durchzuckte Fiona und auch Anthony blieb stehen und sah sich nach dem Wagen um, der den Piccadilly hinabfuhr.

„O-b er bei Lady Watford war?", sprach er aus, was sie gedacht hatte.

„Ich hoffe nicht, denn das würde nichts Gutes bedeuten." Sie setzten sich wieder in Bewegung und gingen nun zügig auf Tante Liddys Haus zu. Was mochte der Earl in dieser kurzen Straße, in der die Häuser groß und überaus vornehm waren, wo allerdings nur wenige Familien lebten, getan haben? Er konnte nur bei Tante Liddy gewesen sein, alles andere wäre ein zu großer Zufall.

Der Butler ließ sie ein und ihre Tante eilte sofort herbei. „Ach Kind, wie gut, dass du zurück bist. Ich habe mir Sorgen gemacht. Das darfst du nicht wieder tun, so lange verschwinden, ohne Bescheid zu geben. Du wolltest doch zu unserem Kartenspiel zurück sein, und als du nicht kamst … Wie auch immer, die Damen sind soeben gegangen.“ Sie zog Fiona in ihre Arme, wie sie es sonst nur tat, wenn sie sich lange nicht gesehen hatten.

Fionas schlechtes Gewissen meldete sich. Abgesehen von dem Besuch bei Stephen, den sie verschwiegen hatte, war ihr auch der Whistnachmittag völlig entfallen. Doch die Entschuldigungen mussten nun erst einmal warten.

„Anthony, schön, dass du sie mir unversehrt zurückbringst. Kommt in den Salon, ihr beiden, und lasst uns einen Port nehmen oder was auch immer du bevorzugst, Anthony. Du bleibst doch zum Dinner?“

„Lady Watford, ich wollte Fi… Lady Fiona nur zurückbegleiten und mich nicht ungeplant zum Essen einladen.“

„Ach papperlapapp, du bist hier immer willkommen, mein Junge, das weißt du doch. Wenn es nicht unschicklich wäre, dass ihr beiden unter einem Dach lebt, könntest du ebenfalls gern hier wohnen, genau wie Fiona.“ Sie strich in einer freundschaftlichen Geste über Anthonys Arm und Fiona wunderte sich, dass er es geschehen ließ. Offenbar mochte er Tante Liddy ebenfalls sehr gern. „Außerdem habe ich einiges mit euch beiden zu besprechen. Der Earl war gerade hier und wollte sein Mündel sprechen.“

Oh weh. Fionas Knie wurden weich und sie griff nach Anthonys Arm. Sie hielt sich an ihm fest, als könnte er sie vor all dem beschützen, und so an seinen Arm geklammert ging sie neben ihm in den Salon.

Nachdem Anthony für Fiona und Lady Watford Port eingeschenkt hatte, nahm er sich einen Whisky und setzte sich neben Fiona auf das schmale Sofa.

Die Tante nahm einen ordentlichen Schluck, ehe sie begann, vom Besuch des Earls zu berichten. „Also, wie ich bereits sagte, wollte er dich sprechen, Fiona. Aber keine Sorge, er ist einverstanden, dass du vorerst weiter hier wohnst."

Fiona seufzte erleichtert auf und erntete von Anthony ein zustimmendes Nicken.

„Er will dich nach wie vor mit Gregory verheiraten, aber der ist wieder auf seinen Landsitz zurückgekehrt. Der Earl möchte dich daher in dieser Saison der Gesellschaft präsentieren. Er war ebenfalls damit einverstanden, dass nun ich diese Aufgabe übernehme." Ein ganz uncharakteristisches Grinsen zog über Tante Liddys Gesicht. „Offenbar ist er der Meinung, ich hätte besseren Einfluss auf dich als diese vertrocknete Schachtel Edna." Sie wandte sich Anthony zu. „Entschuldige, Junge, dass ich so über deine Mutter spreche, aber ich kann meine Meinung schlecht hinter dem Berg halten."

Anthony grinste ebenfalls. „I-ch bitte dich, ich bin der Letzte, der dieser Einschätzung widersprechen würde."

Beide lachten und Fiona musste zugeben, dass Tante Liddy und Anthony offenbar sehr vertraut miteinander waren. Natürlich wusste sie, dass Lady Watford auch Anthonys Tante war, wenn auch nur durch ihre Heirat mit dem

Bruder des Earls, aber eine angeheiratete Verwandtschaft bedeutete nicht unbedingt, dass man viel gesellschaftlichen Umgang pflegte, geschweige denn dass man sich gut verstand. Zwischen diesen beiden schien das jedoch durchaus der Fall zu sein.

„Er hat sich auch sehr darüber echauffiert, dass du nun nicht mehr zur Verfügung stehst, um Fiona auf dem gesellschaftlichen Parkett zu unterstützen. Du solltest unliebsame Verehrer von ihr fernhalten, indem du an Stelle deines Bruders auf sie achtgibst. So habe ich den Earl verstanden", fuhr Liddy fort.

Anthonys Grinsen verzog sich zu einer bitteren Miene. „Er ü-berschätzt meine Möglichkeiten in der Londoner Gesellschaft. Ich würde dem Ansehen der Lady wahrscheinlich eher schaden als nützen, wenn sie sich zu offensichtlich mit mir abgibt."

„Aber nein, mein Junge, das will ich nicht glauben. Mir ist es außerdem ganz gleich, ob es nun gut oder schlecht wäre, ich würde mich freuen, wenn du übermorgen zum Ball der Hendersons erscheinen und Fiona als ihr Cousin beistehen würdest."

Trotz seiner abfälligen Worte über die gute Gesellschaft schien Anthony nicht abgeneigt, sie und Liddy zum Ball zu begleiten.

Auch Fiona freute sich sehr darüber, denn die Erfahrungen mit den interessierten Herren vom letzten Ball ließen sich nicht abschütteln. Wenn Royston in ihrer Nähe bliebe, würde sich sicher nicht jeder seltsame und unangenehme Kerl an sie heranmachen wollen. Vielleicht würde er ja sogar mit ihr tanzen. Noch ehe sie nachgedacht hatte, platzte sie heraus.

„Welchen Tanz möchtest du dir auf meiner Tanzkarte denn aussuchen?"

Mit einem intensiven Blick, der sie überraschte, antwortete er. „Den Eröffnungstanz und die erste Volta."

Tante Liddy lachte. „Etwas so Unzüchtiges wie eine Volta wird es bei den konservativen Hendersons wohl kaum geben. Aber vielleicht geschehen ja noch Wunder."

$\sim$

„Mylady, ich konnte nicht wissen, dass Sie Lord Anthony bei dem Baron getroffen haben." Rose trat von einem Bein auf das andere und machte ein Gesicht, das wie ein Schuldeingeständnis aussah. „Es war sicher eine Vorhersehung."

„Vorsehung", korrigierte Fiona. „Also war es zwischen euch überhaupt nicht abgesprochen, Lord Royston und mir genau zur gleichen Zeit Bescheid zu geben, dass der Baron zurück ist?"

„Äh, nein, überhaupt nicht." Roses Unterlippe zitterte. „Aber … aber … es war doch ein guter Zufall, oder? Natürlich habe ich mit William darüber gesprochen, dass Sie den Baron heiraten wollen. Er findet das auch nicht richtig und er sagt …" Sie schlug die Hand vor den Mund und machte große Augen.

„Was sagt er?", hakte Fiona nach, war aber insgeheim über Roses kleine Intrige amüsiert und konnte ihr daher nicht wirklich böse sein.

„Natürlich steht es ihm ja gar nicht zu, aber wir dachten – also wir haben gemeint …" Immer noch sprach Rose nicht aus, was sie denn nun damit bezweckt hatten, aber Fiona war es ohnehin klar.

„Wenn Lord Anthony in unsere Unterredung hereinplatzt, könnte ich den Baron nicht fragen, richtig?"

„Hm, hm", nickte Rose, die Hand immer noch vor dem Mund.

Fiona seufzte und wandte sich wieder zum Spiegel um, damit Rose endlich ihre Frisur fertigstellen konnte. „Das habt ihr ja auch ganz hervorragend hinbekommen. Auf jeden Fall werde ich den Baron in den nächsten Tagen noch einmal aufsuchen müssen. Und dann *werde* ich ihn ganz allein sprechen."

KAPITEL ZEHN

Auch wenn Anthony diese Art von gesellschaftlichem Vergnügen normalerweise mied, dieses Mal freute er sich auf den Abend. Natürlich war es ausschließlich das Treffen mit Fiona, das er gespannt erwartete. Die übrige Gesellschaft wollte er, so gut es ging, nicht beachten, denn er war sicher, dass einige wieder die Gelegenheit ergreifen würden, über ihn zu flüstern und sich lustig zu machen.

Diese Bälle dienten ja in erster Linie dem Heiratsmarkt und um zu sehen und gesehen zu werden. Die freundschaftliche Begegnung und die Freude am Tanzen verkamen dabei zur Nebensache. Auf solchen Veranstaltungen traf man immer auch Chamberly und seinen Trupp von Kerlen, die ihm nach dem Mund redeten und glaubten, dass dadurch ein wenig von seinem Glanz auf sie abfärbte. Dabei hatte Gareth Chamberly nicht einmal irgendwelchen eigenen Glanz zu bieten. Sein Vater war Herzog und einer der engsten Berater des Königs, er selbst hatte es bis jetzt zu keinen Ehren gebracht. Es genügte ihm vollkommen, sich selbst als überlegen darzustellen, indem er andere diskreditierte, und Anthony war eines seiner liebsten Opfer.

Doch von diesem aufgeblasenen Pfau würde er sich den heutigen Abend nicht verderben lassen. Er würde ihm einfach aus dem Weg gehen.

Da er keine Kutsche zur Verfügung hatte, war Anthony heute wieder zu Fuß unterwegs. Natürlich fuhr jeder, der etwas auf sich hielt, bei einem solchen Anlass mit seinem besten Wagen vor, selbst wenn er nur drei Straßen weiter wohnte und den Ball zu Fuß schneller erreicht hätte. Dadurch war die gesamte Straße nun so voll von herrschaftlichen Kutschen, dass es kaum noch vor oder zurück ging. Die Kutscher fluchten und schimpften und manch einer versuchte, sich auf unfeine Art vorzudrängeln, sodass es in solchen Situationen immer wieder zu Unfällen kam, wenn die Pferde nervös wurden. Unter ähnlichen Umständen war ja erst vor Kurzem Stephens Vater zu Tode gekommen.

Anthony ging nachdenklich weiter, immer dicht an den Häusern entlang und weit genug entfernt von Pferdehufen. Immerhin würde er nun früher auf dem Ball erscheinen als all die illustren Herrschaften, die sich hier in ihren pompösen Wagen kaum vorwärtsbewegen konnten.

Der Ballsaal war trotz allem bereits gut gefüllt, als er ankam. Am Eingang hatten die Gastgeber ihn nur mit einem knappen Nicken begrüßt, ohne ihn namentlich anzusprechen, wie es üblich war. Er hatte den vagen Verdacht, dass seine Tante sich darum gekümmert hatte, dass er auf der Gästeliste stand, aber es schien offensichtlich, dass niemand besonderen Wert auf seine Anwesenheit legte. Lady Watford würde sich immerhin freuen, ihn zu sehen, und er hoffte sehr, dass auch Fiona erfreut sein würde. Flüchtig sah er sich nach den beiden um, aber er erwartete nicht wirklich, dass sie schon da wären. Seine Tante liebte den großen Auftritt, und den hatte sie vor allem dann, wenn sie spät in den bereits gut gefüllten Saal schritt.

Anthony nahm sich ein Getränk von einem der seitlich aufgestellten Tische und hielt sich am Rande des großen Saals. Es gab kleinere Bereiche mit Sitzgelegenheiten, abgeteilt durch Tische und Kommoden, dekoriert mit hohen Arrangements von üppigem Blumenschmuck. Dadurch wirkte der riesige Saal, dessen Größe fast an das Kirchenschiff von St. Pauls erinnerte, nicht ganz so monströs. In diesen abgeteilten Sitzecken konnte man zwischen den Tänzen etwas ausruhen und sich besser unterhalten. Gerade wollte er von einem der seitlich stehenden Buffets ein Getränk nehmen, als er die laute Stimme von Gareth Chamberly auf der anderen Seite eines Palmenarrangements hörte.

„Ich bin sehr erfreut, Sie endlich kennenzulernen, Mylady. Man hat mir ja bereits von Ihrer Schönheit berichtet, aber die Worte wurden Ihnen nicht gerecht."

„Vielen Dank, Mylord."

Das war Lady Fionas Stimme! Anthony fuhr herum, konnte sie aber durch die dichten Blätter und Blüten nicht sehen. Einem Impuls folgend wollte er um den Blumenschmuck herumtreten, um sie zu begrüßen, doch dann hielt er inne. Die Begegnung mit Gareth hatte er ja auf jeden Fall vermeiden wollen. Er könnte natürlich einfach abwarten, bis dieser gegangen war, aber dann würde er sich selbst feige vorkommen. Während er noch abwog, was das Beste wäre, ging das Gespräch nebenan weiter.

„Mylady, sicher sind alle Tänze auf der Karte der schönsten Dame des Balles bereits vergeben. Bin ich wirklich zu spät, oder darf ich hoffen, dass Sie noch einen Tanz für mich frei hätten?"

Anthony knurrte innerlich. Gareth machte sich auf seine übliche, schmeichlerische Art an Fiona heran. Es ekelte ihn an.

„Bitte, Lord Chamberly, es ist noch Platz." In Fionas Stimme klang ein Lachen mit. Ließ sie sich etwa von diesem Stutzer einwickeln? Es wurde wirklich Zeit, dass er einschritt.

„Aber Sie können doch den Namen nicht einfach durchstreichen. Dieser Tanz war bereits vergeben", ertönte Fionas Stimme. Nun klang sie nicht mehr amüsiert, sondern erbost. Was hatte Gareth sich jetzt wieder erlaubt? Anthony kam sich hinterhältig vor, da er die beiden belauschte, aber jetzt konnte er auch noch einen Moment abwarten, denn er war gespannt darauf, wie Lady Fiona in dieser Angelegenheit reagieren würde.

Gareth lachte hämisch. Ein Lachen, das Anthony nur zu gut kannte. Wer war wohl der arme Tropf, dessen Name er auf Fionas Karte eliminiert hatte und der nun mit seinem Spott übergossen wurde?

„Aber Mylady, das muss ein Irrtum gewesen sein. Warum steht dieser Hohlkopf überhaupt auf Ihrer Karte? Fühlen Sie sich familiär verpflichtet? Sie wollen doch nicht ausgerechnet die Volta mit dem Sto- Sto- Stotterer tanzen? Da haben Sie doch genügend bessere Bewerber."

Anthony blieb die Luft weg. Dieser Kerl machte ihn

ausgerechnet vor Fiona nieder. Wieder einmal hatte er perfekt seine Schwäche getroffen und bohrte den Finger in die Wunde. Wut und Scham kämpften in ihm und das bekannte Gefühl der Minderwertigkeit kroch wieder in ihm hoch. Wenn er nun auftauchen würde, dann hätte Chamberly die perfekte Gelegenheit, ihn vor der Lady vollkommen in den Boden zu stampfen, und er selbst würde sicher wieder einmal kein ordentliches Wort herausbekommen.

Nein, das würde er sich nicht bieten lassen, nicht vor Lady Fiona. Die Wut über Gareths unverschämtes Verhalten siegte und mit Schwung stellte er sein Glas auf den nächstbesten Tisch. Gerade wandte er sich um, als laut und sehr ärgerlich Fionas Stimme erklang.

„Dass Sie so über andere Menschen sprechen, sagt mehr über Sie selbst aus als über den anderen. Geben Sie mir sofort meine Karte zurück, mit jemandem wie Ihnen werde ich auf gar keinen Fall tanzen. Insbesondere Lord Royston ziehe ich Ihnen in jedem Falle vor. Er ist ein ehrenhafter, aufrichtiger und sympathischer Mensch, was man von Ihnen ja nicht behaupten kann. Guten Abend."

Anthony stand wie erstarrt da. Etwas derartig Kühnes hatte er aus dem Mund einer Lady noch nie gehört. Außerdem war es noch nie geschehen, dass irgendjemand sich jemals dem Sohn des Herzogs entgegengestellt hatte, um ihn, Anthony, zu verteidigen. Dafür würde Gareth sie in den Boden stampfen, zwar nur mit Worten, aber den Umgang damit hatte er so perfektioniert, dass es einem körperlichen Angriff recht nahekam. Er musste der Lady zur Seite stehen, und zwar sofort.

Kaum war er um die ausladende Palme herumgegangen, da prallte Fiona gegen ihn. Hastig fasste er ihre beiden Arme, damit sie nicht stürzte. Sie hob ihren Kopf und er sah, dass ihre Augen verdächtig schimmerten. Seine Wut auf Gareth wuchs weiter. Er hatte sie aus der Fassung gebracht, ihr sogar Tränen in die Augen getrieben. Dazu hatte dieser Popanz kein Recht. Am liebsten hätte er sich hier auf der Stelle mit ihm geprügelt, aber natürlich würde das die Situation nur noch verschlimmern.

„Anthony." Fiona starrte ihn an wie einen Geist und da er sie immer noch festhielt, spürte er, dass sie zitterte. Schnell löste er seine Hände von ihren Armen, trat einen halben Schritt zurück und verbeugte sich förmlich, als wäre nichts geschehen.

„L-ady Fiona, ich freue mich, Sie zu sehen. Darf ich Ihnen ein Getränk anbieten?"

Er wunderte sich selbst, dass in dieser Situation die Worte kaum hakten. Es war bisher immer so gewesen, dass das Sprechen gerade bei solchen Gelegenheiten besonders schwierig war, und je mehr er sich darüber geärgert hatte, desto schlimmer war es geworden. Heute schien das alles wie weggeblasen, aber natürlich änderte das für jemanden wie Gareth überhaupt nichts. Er atmete also tief durch, beschloss, den Mann einfach zu ignorieren, und zwang ein Lächeln auf seine Lippen. Es wusste schließlich niemand, dass er das Gespräch gehört hatte.

Fiona nickte schweigend und er drehte sich um, nahm ein Glas Champagner von dem Tisch direkt neben ihm und reichte ihr das Glas.

„Na, wenn man vom Teufel spricht. Da ist er ja, der redegewandteste Mann des Landes. Offenbar hat er diese unschuldige Lady bereits auf seine Seite gezogen", sagte er zu einem der Kerle neben ihm. Allerdings war es laut genug, dass alle Umstehenden es gut verstehen konnten. Die Gespräche rings herum verstummten und alle beobachteten die Szene. Teilweise grinsten die Umstehenden hämisch oder sie schienen von Chamberlys Unverschämtheit auf morbide Weise fasziniert.

Der wandte sich zu Anthony und starrte ihn herausfordernd an. „Das arme Mädchen weiß ja gar nicht, dass sie sich auf einen hinterhältigen Mitgiftjäger einlässt. Oder hat er ihr etwa schon gebeichtet, dass er nur hinter ihrem Erbe her ist?"

Die Unverschämtheit, die Gareth hiermit andeutete, verschlug ihm die Sprache. Fassungslos ballte er die Fäuste. „Was?"

„Mir ist zu Ohren gekommen, dass die Lady ziemlich viel Geld geerbt hat, und es ist offensichtlich, dass du dich als zweiter Sohn, der ja kein Erbe zu erwarten hat, ins gemachte Nest setzen willst." Wieder wandte er sich an seinen Freund. „Sieh einer an, er tut so, als hätte er es nicht gewusst."

Ein Raunen und Murmeln erhob sich unter den Umstehenden, das immer lauter zu werden schien. Anthony überlegte fieberhaft, was er auf diese Anschuldigung antworten konnte. Was auch immer er sagen würde, käme wie eine fade Rechtfertigung daher. Dass er Lady Fiona liebte und das Geld völlig nebensächlich war, konnte er hier in der Öffentlichkeit unmöglich darlegen. Sein Blick suchte ihren. Er wollte ihr das alles erklären, aber nicht hier.

Wut blitzte in ihren Augen, als sie sich von ihm abwandte und einen Schritt auf Gareth zutrat.

„Lord Chamberly, Sie sind Abschaum. Ihre Unverschämtheit, öffentlich etwas Derartiges zu behaupten, ist verachtenswert. Sie sollten vor Scham im Boden versinken." Dann trat sie noch einen Schritt näher an Gareth heran und versetzte ihm eine schallende Ohrfeige.

Noch ehe irgendjemand reagieren konnte, erschien Lady Watford. Sie sah kurz von Fiona zu Anthony, packte Fiona dann am Oberarm und schob sie aus dem Kreis der Zuschauer hinaus.

Anthony wandte sich zu Chamberly, der sich die Wange hielt und fassungslos hinter Fiona herstarrte. Als er einen Schritt auf seinen Widersacher zutrat, hielt Stephen ihn fest.

„Lass ihn, kümmere dich um die Lady", raunte er.

Chamberly wurde inzwischen von seinen beiden Freunden in die entgegengesetzte Richtung gedrängt, sodass er ihn nicht mehr erreichen konnte, ohne sich mit Einsatz seiner Ellenbogen durch die Menge zu schieben. Stephen hatte recht, er musste jetzt dringend mit Fiona sprechen. Gareth zu folgen, würde diese Aussprache nur verzögern.

Hastig wandte er sich um und sah Lady Watford gerade noch in einem Nebenraum verschwinden. Er erreichte die Tür, ehe sie zufiel, und trat entschlossen ein.

Fiona drehte sich zu ihm um und ihre Augen schimmerten selbst hier im flackernden Schein des Kaminfeuers noch verdächtig. Als sie hektisch blinzelte, rollte eine einzelne Träne über ihre Wange. Ohne nachzudenken, hob er die Hand und wischte die feuchte Spur von ihrer Haut.

„B-itte nicht."

Er wollte noch sehr viel mehr sagen, doch im Augenblick war Fiona offensichtlich viel zu aufgewühlt für lange Erklärungen. Er strich daher nur noch einmal schweigend über ihre Wange.

Sie schloss kurz die Augen. „Ist schon in Ordnung", flüsterte sie und brachte mit sichtlicher Mühe ein schwaches Lächeln hervor. „Es tut mir leid, dass ich so sehr aus der Rolle gefallen bin. Ich fürchte, ich habe heute Abend unwiderruflichen Schaden angerichtet."

Anthony fasste ihre beiden Hände. „Nein. A-uf keinen Fall darfst du dich dafür entschuldigen. Das war die beste Antwort, die Gareth auf seine Frechheiten je erhalten hat." Er hielt inne und musste einmal tief durchatmen, ehe er weitersprechen konnte. Ihre Tränen verursachten einen Schmerz in seiner Brust, der es ihm fast unmöglich machte, sich auf die folgenden Worte zu konzentrieren. „Dass du trotz seiner Anschuldigung auf meiner Seite gestanden hast, dafür danke ich dir."

Noch immer wirkte sie, als hätte ein heftiger Wind sie durchgeschüttelt, und er hatte den Drang, sie in den Arm zu nehmen und zu trösten, doch natürlich war das vor Lady Watfords Augen nicht möglich. Diese räusperte sich gerade, als er Fionas Hände wieder loslassen wollte.

„Anthony, ich fürchte, ich muss dir etwas erklären."

Er wandte sich halb zu ihr um, hielt Fionas Hände aber fest.

„Nein, das musst du nicht. Ich weiß bereits, warum der Earl sie so dringend mit Gregory verheiraten will." Er drehte sich wieder zu Fiona um. „Es tut mir leid, dass Gareth dich in der Öffentlichkeit so brüskiert hat, obwohl es eigentlich um eine alte Fehde zwischen mir und ihm geht. Du hättest da nicht mit hineingezogen werden dürfen." Er vermied es, über die Anschuldigung direkt zu sprechen, denn dann hätte er Fiona seine Gefühle gestehen müssen. Das in Anwesenheit der Countess of Watford zu tun, dazu war er noch nicht bereit. In diesem Augenblick war Fiona ohnehin noch viel zu erschüttert von der Szene im Ballsaal, da wäre ein solches Geständnis völlig fehl am Platze.

Noch einmal sah er in ihre Augen und stellte fest, dass er die Wahrheit viel zu lange ignoriert hatte. Auf gar keinen Fall durfte er diese wundervolle Frau an seinen Bruder verlieren, und auch nicht an seinen besten Freund Stephen. Er musste sich vorbereiten, musste sichergehen, dass sie seine Worte richtig verstehen würde, und dann musste er ihr eine sehr wichtige Frage stellen. Ihrer Antwort konnte er sich nicht sicher sein, aber er würde es sich niemals verzeihen, wenn er nicht alles tun würde, um es zu versuchen.

≈

„Seit einer Woche haben wir nichts von ihm gehört. Das ist sonst gar nicht seine Art", stellte Tante Liddy fest. Sie setzte die Teetasse ab und nahm sich eine Scheibe Toast. Dann beugte sie sich nach vorn und meinte in verschwörerischem Ton:

„Er wird sich schon melden, mein Kind, mach dir keine Sorgen."

„Ich mache mir keine Sorgen, aber ich glaube nicht, dass er sich melden wird. Warum sollte er? Er ist sicherlich sehr beschäftigt mit seiner neuen Tätigkeit. Für Morgenbesuche bleibt da ganz bestimmt keine Zeit."

Fiona stach mit der Gabel im Rührei herum, ohne richtig hinzusehen. Es verletzte sie, dass Anthony sich nach dem ereignisreichen Ballabend nicht mehr gemeldet hatte. Mit ihren Worten und der Ohrfeige hatte sie sich selbst ins gesellschaftliche Abseits katapultiert. Sie wusste, dass es ihre eigene Schuld war, und es machte ihr erstaunlich wenig aus. Aber dass der Mann, für den sie das getan hatte, sie jetzt völlig ignorierte hatte, das schmerzte sehr.

Sie seufzte. Er hatte nie wirklich Interesse an ihr gehabt. All diese Momente, in denen sie geglaubt hatte, dass sich da mehr zwischen ihnen entwickeln würde, waren sicher nur ihren eigenen romantischen Wunschträumen entsprungen.

Sie starrte auf das Schlachtfeld, das sie auf ihrem Teller angerichtet hatte, und legte die Gabel ab.

„Liebes, er mag dich wirklich sehr. Ich würde sogar sagen, er ist in dich verliebt. Es würde mich gar nicht wundern, wenn er dir demnächst einen Antrag machen würde. Er hat sicher gute Gründe, sich nicht zu melden." Tante Liddy schüttelte den Kopf. „Du solltest wirklich nichts überstürzen. Es kommt schließlich auf den einen oder anderen Tag nicht an."

Fiona schob den Teller mit dem zermatschten Rührei von sich und sah auf. „Ach bitte, Tante, einen Antrag! Wo sollte dieser Sinneswandel so plötzlich herkommen? Und selbst wenn es so wäre, der Earl würde ohnehin niemals seine Zustimmung geben. Nein, ich muss jemanden finden, der mich von dieser Vormundschaft befreit. Jemand Zuverlässigen und Ehrenhaften und … und …" Tränen traten ihr in die Augen. Natürlich wollte sie niemand anderen als Anthony, aber dieser Traum war doch vollkommen sinnlos.

„Ach Kindchen, jetzt komm mir bitte nicht wieder mit dem Baron. Natürlich ist er ein ehrenwerter Gentleman und ein ganz wunderbarer Mensch, aber er liebt dich nicht. Er liebt überhaupt keine Frau."

Fiona keuchte. „Woher weißt du das?"

„Aha, er hat es dir also gesagt. Er verbirgt es natürlich vor der Öffentlichkeit, und ich hatte mich schon gefragt, ob er dir falsche Hoffnungen gemacht hätte, aber das würde nicht zu ihm passen." Tante Liddy lächelte. Sie schien von Baron Segraves Eigenart keineswegs schockiert oder abgestoßen zu sein. Ganz im Gegenteil hörte es sich so an, als würde sie ihn sehr schätzen.

Fiona musste zugeben, dass sie ihre Tante als weltoffene und tolerante Frau kennengelernt hatte, trotzdem war sie jetzt überrascht. „Ist das etwa allgemein bekannt? Er wäre sicher entsetzt, wenn er wüsste, dass darüber offen gesprochen wird."

„Das wird es nicht. Ich weiß es eben, würde aber niemals die Geheimnisse anderer Leute ausplaudern. Es war mir nur wichtig, dass du es erfährst, bevor du eine Entscheidung bezüglich einer Heirat triffst." Tante Liddy sah Fiona durchdringend an, ehe sie fortfuhr. „Ich kenne Segrave schon sehr lange, er ist ja schon seit der Schulzeit mit Anthony befreundet. Sagen wir einfach, es gab da kurz vor dem Schulabschluss der Jungs einen Vorfall. Der andere Junge wurde von seinen Eltern nicht so akzeptiert wie Stephen. Eine sehr tragische Geschichte damals." Sie starrte unverwandt in ihre Teetasse und schien zu überlegen, ob sie diese tragische Geschichte erzählen sollte. Schließlich seufzte sie auf. „Wie auch immer, ich habe darüber stets Stillschweigen bewahrt, denn ich wünsche Anthonys bestem Freund nichts Böses. Leider weiß ich zu gut, wie ungnädig die Gesellschaft mit Menschen ist, die nicht ihren Vorstellungen entsprechen."

Fiona nickte. Die ach so gute Gesellschaft. Es gab so unendlich viele Fallstricke, die einen Menschen die Reputation kosten konnten. Je mehr sie darüber lernte, desto weniger war sie bestrebt, Teil dieser Gesellschaft zu sein. Sie schob den Stuhl zurück und erhob sich.

„Tante, ich werde ein wenig in den Park gehen. Das Wetter lädt dazu ein und ich vermisse das Grün und die Stille."

Liddy lächelte. „Natürlich, und wenn du auf deinem Spaziergang zufällig bei Baron Segrave vorbeikommst, dann grüße ihn herzlich und richte ihm aus, ihr solltet es nicht übereilen."

„Aber das Haus des Barons liegt in der entgegengesetzten Richtung", empörte Fiona sich der Form halber.

„Natürlich tut es das. Ich bin nicht dumm, meine Liebe, aber ich kann dich ja ohnehin nicht davon abhalten, das zu tun, was du für das Richtige hältst."

Fiona presste die Lippen zusammen. Natürlich wusste

die Tante genau, wohin sie spazieren wollte und warum. „Danke, dass du mich verstehst."

Liddy schüttelte den Kopf. „Verstehen kann ich dich durchaus, aber ich heiße es nicht gut. Warte noch ein wenig, und es wird sich eine andere Möglichkeit für dich ergeben."

Fiona wandte sich mutlos zur Tür und verzichtete auf eine Antwort. Wenn sie auf Anthony warten wollte, würde sie wohl noch als altes Mütterchen bei ihrer Tante leben.

„Aber Mylady, wir können Lady Watford doch nicht schon wieder einen Wolf aufbinden", meinte Rose. „Sie wird doch merken, was wir vorhaben."

Fiona seufzte. „Einen Bären", verbesserte sie ihre Zofe ohne besonderes Amüsement. „Und sie weiß es bereits. Ich soll herzliche Grüße ausrichten." Den Rest musste Rose gar nicht wissen.

„Oh." Einen Augenblick war es hinter Fiona still. Sie ahnte, dass die Zofe noch mehr sagen wollte, sich aber offenbar nicht traute und stattdessen konzentriert ihren Zopf zu einem Kranz hochsteckte. Schließlich räusperte sie sich und redete doch. „Aber ich kann mir nicht denken, dass Lady Watford die ganze Sache gutheißt. Also, ich habe ja in dieser Angelegenheit auch eine Meinung, auch wenn mich da nie jemand nach fragt." Sie klang deutlich beleidigt.

Fiona hakte etwas schroff nach, auch wenn sie von dieser Seite keine neuen Erkenntnisse erwartete und das ganze Frage-und-Antwort-Spiel langsam satthatte.

„Siehst du denn eine andere Möglichkeit für mich?"

„Sie könnten ja einfach ausreißen, Mylady, das wäre

doch das Naheliegendste."

„Ausreißen? Laufen, so weit die Füße mich tragen, und dann auf der Straße leben?", bohrte sie mit unverhohlenem Sarkasmus.

„Natürlich nicht", empörte Rose sich. „Nach Gretna Green ausreißen und dann dort den Bund der Ehe eingehen. Dann wären doch alle Probleme abselet."

„Obsolet. Dafür muss ich ja nicht weglaufen. Ich kann Baron Segrave auch hier heiraten, wenn er mich denn will."

„Aber nein, doch nicht den Baron, ich bitte Sie, Mylady." Rose hatte den Zopf schon wieder fallen lassen. So würde das heute sicher nichts mehr mit der Frisur.

„Ja, wen denn sonst?", fragte Fiona ungehalten und nahm der Zofe die Haarnadeln aus der Hand.

„Na, Lord Anthony selbstverständlich."

Mit einem abgrundtiefen Seufzer wandte Fiona sich dem Spiegel zu. „Um Himmels willen, kann in diesem Haus auch einmal von jemand anderem gesprochen werden als von Lord Anthony?"

In diesem Augenblick klopfte es. „Ja bitte", grummelte Fiona.

Der Butler verneigte sich und Fiona sah, dass er verstohlen grinste. Hatte er etwa mitgehört? Die Tür war doch verschlossen gewesen – hatte sie so laut gesprochen?

„Mylady, es ist ein Besucher eingetroffen."

„Dann geben Sie doch Lady Watford Bescheid. Warum kommen Sie da zu mir?"

Fiona hatte jetzt wirklich keine Geduld mehr für seltsame Andeutungen und offene Fragen, aber der Butler blieb mit seinem verschmitzten Lächeln im Türrahmen stehen.

„Wer ist es denn?", fragte sie deutlich unfreundlicher, als es sonst ihre Gewohnheit war.

„Lord Anthony Royston."

∼

Anthony hatte alles vorbereitet, auch wenn es ihn fast um den Verstand gebracht hatte, dass manche Dinge so furchtbar lange gedauert hatten. Nach dem Ballabend war ihm bewusst geworden, dass er ohne Lady Fiona niemals glücklich werden könnte. Natürlich war es sehr unwahrscheinlich, dass sie ihn überhaupt erhören würde, aber er musste es zumindest versuchen. Wenn er jetzt nicht den Mut fand, würde er sich wohl sein ganzes Leben lang fragen, was wäre gewesen, wenn …

Also hatte er sich vorbereitet. Sein Onkel hatte ihm zusammen mit einem erheblichen Vorschuss die Geschäftspapiere zugeschickt. Daraufhin hatte er ein gemütliches kleines Stadthaus in einer nicht allzu teuren Gegend gemietet, das einer Lady durchaus als angenehmes Zuhause dienen konnte. Außerdem hatte er sich von dem Vorschuss wieder eine eigene offene Kutsche und zwei Pferde angeschafft. Mit dem Geld, das die Handelsgesellschaft abwerfen würde, könnte er auch ohne die Reichtümer seines Vaters eine kleine Familie unterhalten, wenn sie nicht zu viel Wert auf große gesellschaftliche Auftritte legten. Das hatte er sich alles gut überlegt und dann den Rechtsbeistand der Familie aufgesucht. Dort hatte er ein Schreiben verfassen lassen, das dem

Earl das Geld von Fionas Vater zusicherte, falls er im Gegenzug in Fionas Heirat mit ihm einwilligen würde. Natürlich wusste er nicht, ob sie das gutheißen würde, aber es erschien ihm als die einzige Möglichkeit, überhaupt die Einwilligung des Earls zu bekommen. Diesem war es schließlich immer nur um das Geld gegangen. Weder Fionas Glück noch sein eigenes hatten dem Earl je am Herzen gelegen. Sein eigenes wohl am allerwenigsten. „Nichtsnutziger Schwachkopf", hörte er seinen Vater in der Erinnerung sagen. „Du wirst es nie zu irgendetwas bringen und mit deiner Stotterei immer der Schandfleck der Familie sein."

Auch wenn er sich inzwischen von dem Wunsch gelöst hatte, die Anerkennung seines Vaters zu erlangen, würde er es trotzdem zu etwas bringen. Mit der geschäftlichen Verbindung zu seinem Onkel würde er es sogar zu sehr viel bringen, das war er sich selbst und auch Lady Fiona schuldig, wenn sie ihn denn als Ehemann nehmen wollte.

Nun stand er hier in der Halle von Lady Watfords Stadthaus und wartete, ob Fiona ihn überhaupt empfangen würde. Er wollte keineswegs mit der Tür ins Haus fallen, sondern zuerst mit den üblichen Morgenbesuchen und Ausflügen um sie werben, ganz auf die herkömmliche Art. Nachdem sie bereits so viel miteinander erlebt hatten, kam ihm das ein wenig seltsam vor, aber er musste zugeben, dass er den wichtigen Augenblick ganz gern noch etwas hinausschob, da er sich vor der großen Frage auch ein wenig fürchtete. Oder eher vor der Antwort.

Der Butler eilte die Treppe hinab und bat ihn in den Salon, als Fiona auch schon oben auf dem Treppenabsatz erschien und Stufe für Stufe zu ihm herunterstieg. Mit dem lindgrünen Kleid und den locker aufgesteckten roten Haaren sah sie wieder aus wie eine Waldelfe aus einem der romantischen Gedichte von Thomas Gray. Wie sehr er sie in der vergangenen Woche vermisst hatte, wurde ihm erst in diesem Augenblick bewusst.

Er trat vor und ergriff ihre Hand, noch ehe sie die unterste Stufe erreicht hatte.

„L-ady Fiona, es ist mir eine große Freude."

Er verbeugte sich und deutete wie üblich einen Handkuss an. Als er sich wieder aufrichtete, stand sie immer noch auf der Treppe und so waren ihre Augen auf gleicher Höhe. Ihr Lächeln weckte in ihm sofort wieder den Wunsch, sie wild und unbeherrscht zu küssen.

„Anthony, wie schön, dich zu sehen."

Sein Herz hüpfte, als sie seinen Vornamen aussprach. Er war unendlich erleichtert, dass sie ihn so freundlich empfing und sogar bei der vertrauten Anrede blieb. Also trug sie ihm die lange Abwesenheit offenbar nicht nach.

Wie hatte er je daran zweifeln können, dass sie die Lady seines Herzens war?

Es fiel im unglaublich schwer, ihr nicht jetzt und hier auf der Treppe einen Antrag zu machen, sondern seinem wohlüberlegten Plan zu folgen. Er musste ihr Herz gewinnen, musste ganz sicher sein, dass sie seinen Antrag annehmen würde. Alles andere war völlig undenkbar.

„Anthony, wie schön, dass du uns besuchst", erklang die Stimme der Tante. „Kommt doch in den Salon, ihr beiden, und steht nicht so unentschlossen in der Halle herum."

Anthony nickte und bot Fiona seinen Arm an. Wortlos legte sie ihre Hand in die Armbeuge und ließ sich von ihm in den Salon führen. Er holte tief Luft und musste achtgeben, dass kein wohliger Seufzer zu hören war, als er wieder ausatmete. Ihre Nähe und die zarte Berührung ihrer Hand schenkten ihm ein Gefühl von Kraft und Bedeutung. Wieder war da dieser Drang, sie vor allem Übel dieser Welt zu beschützen und immer auf sie achtzugeben.

Sie gingen alle drei zum Kamin hinüber, in dem ein munteres Feuer knisterte, das den kühlen Raum angenehm wärmte. Die Tante orderte den unvermeidlichen Tee, auch wenn Anthony im Augenblick nach etwas Stärkerem der Sinn gestanden hätte.

Nachdem Fiona mit ihren sich weit bauschenden Röcken auf dem schmalen Sofa neben dem Feuer Platz genommen hatte, raffte sie sofort den Stoff zur Seite, um für ihn Platz zu machen, und nickte auffordernd.

Er setzte sich dicht neben sie und hatte wieder das Gefühl, sie lehnte ihre Schulter ganz absichtlich gegen seinen Arm. Diese kleinen, selbstverständlichen Gesten und Blicke, die viele Worte unnötig machten, schufen eine Vertrautheit zwischen ihnen, die er bisher mit niemandem sonst je gekannt hatte.

„Mein Junge, wie geht es dir? Wir haben lange nichts von dir gehört. Bist du mit den Geschäften von Lord Conway bereits vertraut?" Die Tante hatte den beiden gegenüber Platz genommen und lehnte sich nun erwartungsvoll zurück, um seinen Bericht zu hören.

Anthony räusperte sich, um einen Moment zu gewinnen

und sich auf das zu konzentrieren, was Lady Watford ihn gefragt hatte.

„J-a, ich habe die Papiere von meinem Onkel bereits erhalten und alles unterzeichnet. E-er wird in zwei Wochen nach L-ondon reisen, dann werden wir gemeinsam die Geschäftspartner aufsuchen, und er wird mich bekannt machen." Er grinste in sich hinein, als er an die seltsam verschwommenen Umschreibungen dachte, mit denen der Onkel angedeutet hatte, dass er eine besondere Überraschung aus Paris mitbringen würde. Was auch immer das war, er hatte das Rätsel nicht lösen können, also würde er sich eben überraschen lassen.

„Und du wohnst auch nicht mehr bei dieser Witwe, wie hieß sie noch gleich? Ich habe gehört, du wärst umgezogen", hakte Lady Watford nach.

Gerade als er antworten wollte, wurde der Tee serviert. Lady Watford erhob sich, um einzuschenken. Tadelnd bemerkte sie: „Das ist aber nicht der schnellste Tee, Lisabell. Was hat dich aufgehalten und wo kommt der Kuchen her? Ich hatte einfach nur Tee geordert."

Das Mädchen knickste verlegen. „Verzeihung, Mylady, ich habe mich wirklich beeilt. Den Kuchen hatte Lady Fiona bestellt, es ist Lemoncake. Ich habe ihn extra schnell bei *Domenicos* besorgt, deshalb hat es etwas gedauert, Verzeihung."

Anthony rutschte nach vorn. „Lemoncake?"

Er holte tief Luft und tatsächlich, da war der typische, köstliche Duft, der ihn an die wenigen schönen Momente seiner Kindheit erinnerte. Er starrte auf die drei kleinen

Teller. Einer von ihnen enthielt zwei Stücke.

Tante Liddy schüttelte mit einem Lächeln den Kopf und wandte sich zu Fiona. „Du hast ihn also auch schon durchschaut. Für Lemoncake würde er töten, aber ich liebe ihn ebenfalls."

„Wen, den Kuchen oder Anthony?" Fiona machte große Augen, Anthony konnte aber deutlich erkennen, dass es sie Mühe kostete, ernst zu bleiben.

„Beide", versicherte die Tante, während sie nun all drei lachten und es der Tante kaum noch möglich war, den Tee ordentlich einzuschenken.

Fiona reichte ihm den Teller mit den zwei Stücken.

Anthony war sich völlig bewusst, dass er grinste wie das sprichwörtliche Honigkuchenpferd. Bei seiner Tante hatte er sich schon immer wohlgefühlt, und das war dem Umstand zu verdanken, dass sie ihn einfach mochte, wie er war. Anders als in seinem eigenen Zuhause fühlte er sich hier stets willkommen und mit allen seinen Fehlern und Eigenarten verstanden. Fionas Frage und die spontane Antwort von Tante Liddy mochten im allgemeinen Lachen untergegangen sein, aber ihm bedeutete es viel, dass es jemanden gab, der ihn vorbehaltlos akzeptierte.

Auch Fiona hatte zu ihm gestanden, zuerst bei seinem Vater und dann öffentlich sogar Gareth gegenüber. War das, was sie gesagt hatte, wirklich das, was sie für ihn empfand? Oder hatte Gareth mit seinen Worten nur ihr Gerechtigkeitsgefühl verletzt?

Er musste einfach ihr Herz gewinnen, wie auch immer er das anstellen sollte, denn seins hatte sie bereits gestohlen.

„Fiona, i-ch danke dir für die wunderbare I-dee mit dem Kuchen." Er hatte die beiden Stücke in Windeseile verschlungen und stellte nun den Teller ab.

„Ich sehe, es hat geschmeckt. Du siehst jetzt aus wie die gelbe Katze der Köchin, wenn sie einen Fischkopf bekommen hat."

Anthony schauderte es, aber zugleich musste er wieder lachen. „Igitt, Fischkopf. Du verdirbst mir noch den Nachgeschmack dieses köstlichen Kuchens."

Fiona schlug die Hand vor den Mund, grinste aber dabei. „Oh je, Verzeihung, das war wohl nicht der passende Vergleich. Aber es stimmt trotzdem. Weißt du, sie kann so richtig behaglich grinsen, ich wusste gar nicht, dass Katzen das beherrschen."

Anthony war in der Tat sogar nach Schnurren zumute, da er nun schon mit einer Katze verglichen wurde, und ohne zu überlegen versuchte er, das brummende Geräusch in seiner Kehle nachzuahmen.

„Aber Anthony, für diese wundervolle Idee solltest du Fiona nicht anknurren wie ein Hund, das hat sie nicht verdient." Die Tante lachte wieder so ansteckend, dass er einstimmen musste.

„I-ch gebe zu, ich bin keine gute Katze, aber ihr könnt froh sein, dass ich keinen Katzengesang anstimme."

„Oh Himmel", wehrte die Tante ab, „nur das nicht. Der verliebte Kater von nebenan raubt mir schon seit drei Nächten den Schlaf."

Diese Bemerkung ließ ihn noch einmal laut lachen. Nein, ein Ständchen unter dem Schlafzimmerfenster war nun wirklich nicht sein Stil. Er musste das Herz seiner Dame auf eine andere Art gewinnen und er hatte einen Plan. Entschlossen straffte er sich und rutschte auf dem Sofa ein wenig nach vorn. „Fiona, darf ich dich zu einem kleinen Ausflug entführen? Ich hatte an eine Fahrt durch den Hyde Park gedacht und zum Schluss an ein kleines Picknick am Serpentine Lake." Er schickte ein Stoßgebet zum Himmel, dass sie zustimmen würde, denn der unverzichtbare Benson war sicher inzwischen auf dem Weg, um alles vorzubereiten.

„Oh Anthony, was für eine schöne Überraschung. Das Wetter ist heute wunderbar und ich hatte ohnehin gerade in den Park gehen wollen." Sie hielt kurz inne, als erinnerte sie sich an etwas, sagte aber dazu nichts. Dann kehrte ihr Lächeln zurück. „Ich liebe Picknicks", versicherte sie eifrig, doch Anthony wurde den Eindruck nicht los, dass sie für den Tag ursprünglich etwas anderes geplant hatte.

Die Sonne strahlte und es wehte ein leichter Wind. Als Anthony mit Fiona den verabredeten Punkt am Wasser erreicht hatten, war er zufrieden, dass Benson eine etwas zurückliegende Stelle im Schutze einiger Bäume und Büsche gewählt hatte. Alles war wie verabredet vorbereitet, und als Fiona den Picknickplatz sah, strahlte sie über das ganze Gesicht. Er sprang behände von der Kutsche, während Benson die Pferde hielt, und eilte auf die andere Seite, um Fiona herauszuhelfen. Ihre offensichtliche Freude schenkte ihm ein fast euphorisches Gefühl, und er wollte ihre Hand gar nicht mehr loslassen, nachdem sie ausgestiegen war.

Benson kümmerte sich um die Pferde, und Fionas Zofe,

die als Anstandsdame fungierte, gesellte sich zu ihm.

Anthony führte Fiona zu ihrem Platz auf der Picknick-decke und setzte sich neben sie. Hungrig beäugte sie die Speisen, und er erinnerte sich, dass er noch etwas anderes hatte besorgen wollen.

„E-s tut mir leid, ich wollte einige schottische S-peziali-täten für dich auftreiben, aber es ist mir nicht gelungen. Ich weiß, wie sehr du dein Zuhause vermisst, und wollte dir etwas Besonderes bieten, aber es gab niemanden, der etwas Entsprechendes zubereiten konnte."

Fiona hob den Blick. „Ich bitte dich, das ist überhaupt nicht nötig. Du hast dir so viel Mühe gegeben mit all dem hier. Es ist wundervoll. Ich danke dir aber für den guten Willen und dass du daran gedacht hast."

Ihr Lächeln war echt, wie es auch ihre Worte immer waren. Sie sagte stets, was sie dachte, und versteckte ihre Meinung nicht hinter geheuchelter Höflichkeit, daher bedeu-tete ihm das Lob für seine Bemühungen wirklich viel.

Sie aßen, tranken den leichten Wein, an den Benson gedacht hatte, ohne dass Anthony es ihm extra aufgetragen hatte, und unterhielten sich über das englische und das schot-tische Wetter.

„Ach Anthony, dieses Picknick war eine wundervolle Idee. Ich bin sehr froh, dass ich mitgekommen bin."

Er sah fragend zu ihr hinüber. „D-u hattest für den heuti-gen Tag eigentlich andere Pläne, liege ich da richtig?"

Fiona seufzte, als läge plötzlich eine schwere Last auf ihrer Brust, und Anthony wünschte sich augenblicklich, er hätte nicht gefragt.

„Ich wollte noch einmal Baron Segrave aufsuchen." Ihre Stimme war plötzlich sehr leise, aber er hatte sie trotzdem verstanden. Ihre Worte versetzten ihm einen Stich und alle zuversichtlichen und hoffnungsvollen Gefühle verschwanden.

„D-u bist also immer noch entschlossen, Stephen zu heiraten, obwohl du weißt, dass er nichts für dich empfindet?"

Er presste die Lippen zusammen. Stephen hatte einen Titel, Geld, gesellschaftliches Ansehen. All diese Dinge würde er selbst Fiona nicht bieten können. Sein Hals wurde eng. Wie hatte er sich nur zu der Hoffnung versteigen können, dass sie ihn nehmen würde, den titellosen, mittellosen, nichtsnutzigen Schwachkopf?

Er wartete ihre Antwort nicht ab, sondern stand hastig auf, um Abstand zu gewinnen. Er konnte nicht länger so tun, als würde ihm das alles nichts ausmachen, aber sie sollte wenigstens die Verzweiflung in seinem Gesicht nicht sehen. Hastig wandte er sich ab und ging ein paar Schritte auf das Ufer des Serpentine zu. Fiona hinter ihm sagte etwas, aber er verstand sie nicht, denn der Wind hatte merklich aufgefrischt. Mit geballten Fäusten stand er da und starrte auf die sich kräuselnden Wellen hinaus. Was konnte er nur tun? Wie konnte er sie nur davon überzeugen, dass er trotz allem die bessere Wahl war, weil er sie unendlich liebte und ihr die Welt zu Füßen legen würde?

War er überhaupt die bessere Wahl? Im Geiste sah er den großen, attraktiven Stephen vor sich, wie er mit Fiona tanzte, wie sie an seinem Arm durch die Menge des

Ballsaales schritt, wie sie in seiner Opernloge saß. Er fuhr herum und sah, wie sie sich von der Picknickdecke erhob.

„D-d-da-das …" Er keuchte und verfluchte wieder einmal seine Unfähigkeit, die immer dann am stärksten hervortrat, wenn die Worte ihm besonders wichtig waren. „… k-k-kan-nst d-du nicht machen", presste er schließlich hervor. Nach Luft schnappend stand er vor ihr und schloss die Augen. Er wollte nicht sehen, wie sie mitleidig den schwachsinnigen Stotterer anschaute und ihn innerlich mit Stephen verglich. Dann spürte er ihre Hand auf seinem Arm und riss die Augen wieder auf.

„Was kann ich nicht machen?", fragte sie ihn vollkommen ruhig.

„S-s-ste-he – ihn h-eiraten."

„Warum nicht?" Sie sah ihn offen und direkt an, als meinte sie diese Frage tatsächlich ernst und erwartete darauf eine vernünftige Antwort.

Anthony atmete tief aus, wie er es vor dem Spiegel so oft geübt hatte, wenn er das Stottern niederringen wollte. Er versuchte, seine Fäuste zu lockern, und atmete noch einmal ganz langsam ein und aus. Jetzt musste er die wichtigsten Worte seines Lebens sagen – das durfte er nicht verpatzen.

„W-w-weil i-ihi-ch dich liebe. W-weil du meine Frau werden musst." Er schüttelte den Kopf. „V-erzeih, so wollte ich das nicht sagen. Ich wollte dich bitten, meine Frau zu werden." Er griff nach ihren Händen und sank auf ein Knie. „B-itte Fiona, heirate mich, a-kzeptiere mich als deinen Ehemann. Ich möchte mein ganzes restliches Leben mit dir verbringen und dich auf Händen tragen, dich vor allem beschützen und dich jeden einzelnen Tag glücklich machen. Ich liebe dich."

Er war vor lauter Anspannung stocksteif und wagte nicht, aufzusehen. Immerhin hielt er noch ihre Hände. War das ein gutes Zeichen, dass sie sie noch nicht weggezogen hatte?

„Anthony …" Ihre Stimme bebte und er konnte nicht heraushören, ob es aus Freude oder vor Entsetzen war. Er holte noch einmal tief Luft.

„D-du m-musst nicht sofort antworten. L-ass dir Zeit und denke in Ruhe über alles nach. I-ich k-k-kaann w-wa…"

Er japste schon wieder und gab auf. Es war ohnehin alles gesagt. Mühsam erhob er sich und vermied dabei, Fiona anzusehen. Noch bevor er sich ganz aufgerichtet hatte, spürte er ihre Arme, die sich um seinen Nacken schlangen und ihn nach vorn zogen, dann waren plötzlich ihre Lippen auf seinen.

Vor Überraschung keuchte er auf. Ganz von selbst legten sich seine Arme um ihre Schultern und zogen sie fest an seine Brust. Er erwiderte ihren Kuss und ein leises Stöhnen öffnete ihre Lippen, sodass er Einlass fand. Hungrig und voller Leidenschaft küsste er sie und dass sie ihm ebenso ungestüm antwortete, ließ seine Brust vor Glück explodieren. Es dauerte eine ganze Weile, ehe ihre Lippen sich voneinander lösten, aber er konnte ihre Schultern noch nicht loslassen.

„I-st das ein Ja?", flüsterte er direkt in ihr Ohr.

„Ja! Ja, ich will dich. Ich möchte deine Frau werden, Anthony", flüsterte sie zurück und küsste ihn noch einmal.

KAPITEL ELF

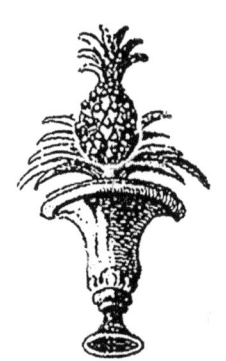

Fiona starrte aus dem Kutschenfenster und versuchte verzweifelt nicht über das nachzudenken, was gleich auf sie zukommen würde.

„Liebes, es wird schon alles gutgehen. Ich bin ja bei dir." Tante Liddy versuchte schon die ganze Fahrt über, sie aufzumuntern, aber da saß ein Kloß in Fionas Hals, der sich einfach nicht schlucken ließ. Warum hatte sie sich nur zu dieser furchtbaren Idee überreden lassen? Es war doch ganz und gar unnötig, sich in dieser sogenannten feinen Gesellschaft überhaupt noch zu zeigen. Ihr hatte noch nie etwas daran gelegen, und auch Anthony war ganz ihrer Ansicht, dass man auch sehr gut ohne diese ach so wichtige gesellschaftliche Meinung auskam.

„Fiona, komm schon. Du bist nervös, aber du kannst mich nicht einfach ignorieren. Rede mit mir."

„Tante Liddy, sie werden mich zerfleischen. Dieser Gareth Chamberly ist sehr angesehen, und was ich vor zwei Wochen getan habe, werden sie mir nicht verzeihen." Fiona kroch noch tiefer in ihren weiten pelzbesetzten Umhang und wünschte sich, diese Kutsche würde sie sofort wieder nach

251

Hause bringen.

„Nein, nein, da bin ich völlig anderer Meinung. Ich habe in den letzten beiden Wochen viele Freundinnen getroffen. Du weißt, meine regelmäßigen Whist-Abende. Da klang die allgemeine Meinung ganz anders. Sie haben große Hochachtung davor, dass diesem aufgeblasenen Fatzke endlich mal jemand die Meinung gesagt hat."

Fiona musste unvermittelt lachen. „Fatzke? Was ist das denn für ein Wort? Das habe ich ja noch nie gehört."

Die Tante grinste. „Schnösel, Pfau, Schmock."

Fiona kicherte, aber sie musste mitmachen. „Fant, Geck, Stutzer, Piefke."

„Halt, halt, wir sind gleich da", lachte Liddy. „Was, wenn uns jemand hört?"

Fiona wurde sofort wieder ernst. „Warum muss ich mir dieses Spießrutenlaufen überhaupt antun? Der Earl hätte unsere Verlobung auch einfach im Generalanzeiger drucken lassen können und es damit gut sein lassen. Warum bekommt er schon wieder seinen Willen, dass es eine große öffentliche Bekanntmachung sein muss?"

„Ach, ich bitte dich, so schlimm wird es schon nicht. Es geht ja auch gar nicht um den Earl. Es geht um dich und um Anthony. Es ist wichtig für sein zukünftiges Geschäft, dass er einen guten Ruf in der Gesellschaft hat. Bis jetzt war er in dieser Beziehung nicht gerade ein Glanzlicht, aber du kannst ihm da sehr helfen."

Fiona schüttelte den Kopf. „Gerade ich? Ich habe doch alles verbockt mit dieser Ohrfeige."

„Aber nein. Du bist das begehrteste Mädchen in dieser

Saison. Gerade nach dem, was vor zwei Wochen passiert ist, wird es einen guten Eindruck machen, wenn ihr beide selbstbewusst auftretet und dann auch noch eure Verlobung bekanntgebt. Sie haben alle gehört, dass du zu ihm gestanden hast, als dieser Gareth ihn niedermachen wollte." Die Tante beugte sich vor und zupfte an Fionas Kleid. „Du bist anders als die blassen englischen Mädchen, sowohl vom Charakter her als auch äußerlich. Gerade das macht deinen Erfolg aus. Du musst nur endlich lernen, stolz auf dich selbst zu sein und den Kopf hoch zu tragen, dann werden sie alle nach deiner Pfeife tanzen."

Fiona wollte noch etwas einwenden, aber die Kutsche hielt bereits an und so musste sie sich dem Unvermeidlichen stellen.

„Lady Fiona. Wie schön, dass du auch schon eingetroffen bist." Der Earl lächelte sie an, aber sie konnte die Falschheit in seinem Grinsen sehen wie ein Leuchtfeuer an Neujahr. Er griff ihre Hand zum Handkuss und sie sank gehorsam in einen anständigen Hofknicks.

„Mylord." Mehr brachte sie nicht hervor angesichts der Dinge, die zwischen ihnen in der letzten Zeit vorgefallen waren. Immerhin behandelte er sie äußerst höflich, nachdem Anthony ihn von der Hochzeit überzeugt hatte. Er hatte ihr erklärt, dass das Geld, das sie geerbt hatte, der Preis für die Freiheit war, ihn zu heiraten. Sie war einverstanden gewesen, denn einen anderen Weg gab es nicht. Natürlich schmerzte es sie, das Erbe ihres Vaters diesem gierigen Geldsack in den Rachen zu werfen, aber ihre Zukunft an Anthonys Seite war das alles auf jeden Fall wert.

„Wo ist denn Ant nur schon wieder. Sollte er nicht bei seiner Braut sein?"

Fiona biss die Zähne zusammen. „Er wird wohl jeden Moment kommen", versicherte sie grimmig und hoffte inständig, dass der Earl nun nicht wieder eine der üblichen Tiraden über seinen Sohn loslassen würde.

Ein junger Mann stand plötzlich neben ihr, der ihr schon früher am Abend vorgestellt worden war, dessen Namen sie aber vergessen hatte. „Mylady, würden Sie mir die große Freude machen, mir heute Abend einen Tanz zu gewähren?"

Fiona war froh eine Ausrede zu haben, vom Earl wegzukommen, und stimmte freudig zu. „Der nächste Tanz auf meiner Karte ist noch frei, wollen wir direkt diesen nehmen?"

Ihr Gegenüber war sehr erfreut und bot ihr sofort seinen Arm an, um sie zur Tanzfläche zu geleiten. Er war ein guter Tänzer und sah sie die ganze Zeit über an, als wäre sie eine Prinzessin. Sie fühlte sich von seiner Aufmerksamkeit geschmeichelt und ihr entgingen auch die Blicke der anderen Paare nicht, die sie größtenteils freundlich und neugierig anschauten. Tatsächlich schien dieser Abend nicht das furchtbare Spießrutenlaufen zu werden, das sie sich ausgemalt hatte.

Ihr Tanzpartner begleitete sie zum Schluss noch zu dem Tisch mit Getränken. Während der oberflächlichen Unterhaltung versuchte sie die ganze Zeit, sich an seinen Namen zu erinnern, um nicht zu unhöflich zu wirken, aber es hatte keinen Zweck.

Schon nach wenigen Minuten bemerkte sie Baron

Segrave, der direkt auf sie zukam. „Lady Fiona, Lord Brompton. Darf ich Ihnen die Dame für den nächsten Tanz entführen?"

Fionas Begleiter verbeugte sich höflich vor dem Baron und brummelte etwas Unverständliches. Dann wandte er sich zu ihr. „Mylady, es hat mich sehr gefreut. Ich würde mich glücklich schätzen, wenn Sie mir später am Abend noch einen zweiten Tanz gewähren."

Fiona nickte höflich und ließ sich dann von Stephen in Richtung Tanzfläche führen.

„Liebe Fiona, ich bin noch gar nicht dazu gekommen, dir zu gratulieren. Endlich hat Anthony es geschafft und seine Gefühle ausgesprochen. Das hat ja auch lange genug gedauert." Stephen grinste breit und schien über die Entwicklung äußerst erfreut zu sein.

„Ich danke dir für die Glückwünsche. Stephen – das, worüber wir vor Kurzem gesprochen haben ..." Fiona stockte und wusste nicht recht, wie sie das Thema angehen sollte. „Als ich dich aufgesucht habe, du weißt schon. Ich habe das durchaus ernst gemeint, also ich meine ..."

„Meine Liebe, ich weiß, welche Umstände dich zu diesem unkonventionellen Heiratsantrag gedrängt haben. Ich bin sicher, wir hätten uns gut verstanden und als Freunde eine durchaus liebevolle Zweckehe führen können."

Der Tanz begann und sie wollten beide nicht hier weitersprechen, wo jeder mithören konnte. Also geduldete Fiona sich und konzentrierte sich auf die Schritte. Stephen war ein wunderbarer Tänzer und sie ertappte sich bei dem Gedanken, wie schade es war, dass er der Damenwelt nichts abgewinnen konnte. Dieser charmante, höfliche und herzensgute Mann würde die richtige Person sehr glücklich machen können. Aber so wie es war, würde diese Person wohl ein Mann sein, und eine solche Partnerschaft wäre wohl nur in aller Heimlichkeit zu führen. Sie bedauerte Stephen ein wenig dafür, dass er der Gesellschaft stets etwas vorspielen musste, aber das war wohl nicht zu ändern.

Der Tanz endete und die beiden zogen sich in eine ruhigere Ecke zurück, um ihre Unterhaltung fortzusetzen.

„Stephen, du brauchst jemanden an deiner Seite. Ich meine, ich hätte wirklich gern …"

Stephen unterbrach sie. „Ich weiß. Aber ich weiß auch schon seit Wochen, dass du Anthonys Herz gestohlen hast, und umgekehrt ist es ja genauso. Ihr wäret beide ohne einander niemals glücklich geworden, und das hätte ich meinem besten Freund und meiner liebsten Freundin niemals antun wollen."

Fiona seufzte auf. „Warum muss das alles nur so kompliziert sein?"

„Nein, meine Liebe, es ist überhaupt nicht kompliziert. Ihr liebt euch und das ist etwas, das es heutzutage nur in sehr wenigen Ehen gibt. Meist werden Menschen aus allerlei finanziellen oder gesellschaftlichen Gründen zusammengesteckt, die sich nicht einmal besonders mögen oder sich gar nicht kennen. Du kannst dich glücklich schätzen."

Sie nickte und wollte gerade noch etwas erwidern, als Lord Havthorne auf sie zukam. Sie erinnerte sich augenblicklich an seine höchst unangenehme Art beim letzten Treffen. Als er näherkam, bemerkte sie jedoch nichts davon und war positiv überrascht.

„Lady Fiona, wie schön, Sie wiederzusehen." Er verbeugte sich vollendet und deutete einen Handkuss an. „Darf ich hoffen, dass heute Abend noch ein Platz auf Ihrer Tanzkarte für mich frei ist?"

Sein unsicheres Lächeln und die schmalen Sorgenfältchen auf seiner Stirn ließen Fiona erkennen, dass ihm diese Frage nach der Abfuhr vom letzten Mal wohl recht schwergefallen war. Sie wollte auch nicht wieder so barsch und abweisend sein, also reichte sie ihm lächelnd ihre Karte und mit einem überschwänglichen Dank trug er seinen Namen ein.

„Fiona, meine Liebe, da bist du ja", ertönte Tante Liddys Stimme von der Seite. „Ich habe dich schon überall gesucht. Anthony ist endlich auch da und sucht dich ebenfalls."

Fionas Herz hüpfte. Drei Tage hatten sie sich nicht gesehen, während er mit Vorbereitungen für den Besuch seines Onkels aus Frankreich beschäftigt war. Sie hatte ihn in diesen drei Tagen schon wieder so sehr vermisst, dass sie das Gefühl hatte, verrückt zu werden. „Wo ist er denn und was hat ihn so lange aufgehalten?" Fiona reckte sich in dem vergeblichen Versuch, über die Menge hinwegzublicken.

„Komm, wir suchen ihn gemeinsam", schlug Lady Watford vor und wandte sich in Richtung Tanzfläche. „Oh mein Gott, das darf nicht wahr sein." Entsetzt trat sie einen Schritt zurück und schlug die Hand vor den Mund.

Fiona sah sie irritiert an und wunderte sich, ihre resolute Tante plötzlich völlig aus der Fassung zu sehen.

„Was ist denn los? Du siehst ja aus, als hättest du soeben

einen Geist gesehen."

Die Tante presste die Lippen zusammen und Fiona meinte sogar zu sehen, dass sie etwas blass geworden war. „Das gibt es doch nicht. *Sie* ist wieder da", flüsterte sie entgeistert.

~

Anthony freute sich sehr darauf, seinen Onkel in London zu begrüßen. Den halben Nachmittag und den frühen Abend verbrachte er am Hafen, um ihn und seinen jungen französischen Kompagnon vom Schiff abzuholen. Aber das Schiff hatte Verspätung und als es schließlich anlegte, begrüßte Onkel Harold ihn nur kurz.

„Mein lieber Anthony, ich bin ja so froh, dass wir wieder zusammenarbeiten." Die Männer schüttelten sich die Hände und auch der Sekretär, der Onkel Harold begleitete, wurde vorgestellt. „Ich freue mich, dich wiederzusehen. Darf ich dich in dein Hotel begleiten? Wo ist denn dein Gepäck, die Droschke steht direkt dort vorn", bot Anthony an, doch der Onkel winkte ab.

„Nein, nein, das ist gar nicht nötig. Wir sind müde von der Reise und wollen uns zurückziehen. Außerdem muss ich ja die Überraschung noch vorbereiten. Du wirst Augen machen heute Abend auf dem Ball, aber ich werde vorher nichts verraten."

Onkel Harold grinste breit, dann wandte er sich zu seinem Sekretär um, der sich mit den Koffern abmühte.

Anthony wollte nicht so unhöflich sein und die beiden

Ankömmlinge am Pier stehen lassen. Er winkte eine Droschke heran und der Kutscher schaffte gemeinsam mit Onkel Harolds Begleiter das Gepäck hinein.

„So, mein lieber Anthony, nun musst du aber gehen", scheuchte der Onkel ihn anschließend fort.

Etwas missmutig fuhr Anthony daraufhin wieder nach Hause, wo er sich noch einen Tee nahm, ehe er begann, sich für den Ballabend umzukleiden. Er war ohnehin schon etwas verspätet, als er aus dem Haus trat, aber die bestellte Kutsche nicht bereitstand. Der Kutscher stand mit zerknirschtem Gesichtsausdruck und einer dick verbundenen Hand neben der Tür, ohne jedoch irgendeine Erklärung abzugeben.

„N-un, was ist geschehen?", forderte Anthony ihn auf und wies auf die verletzte Hand.

„Es tut mir furchtbar leid, Mylord, eine leichte Verletzung, aber ich fürchte, so kann ich Sie nicht fahren. Bis gerade eben hatte ich gehofft, mein Neffe könnte für mich einspringen, aber er ist noch nicht gekommen."

„Wie schlimm ist es?", fragte Anthony und besah sich den Verband.

„Es wird wohl nichts zurückbleiben, aber es kann eine Woche dauern, bis ich wieder fahren kann, meinte der Doktor. Mein Neffe wird sicher jeden Moment kommen. Verzeihen Sie die Umstände, Mylord."

„Schon in Ordnung, ich werde eine Mietdroschke nehmen, ehe ich hier herumstehe. Schonen Sie Ihre Hand und sehen Sie zu, dass der Junge morgen zur Verfügung steht."

„Jawohl, Mylord, das werde ich."

Mit einem Schulterzucken ging er die Straße hinab, aber es war wie verhext: Alle Mietdroschken der Stadt schienen verschwunden zu sein, also spazierte er einfach weiter, in dem festen Vorsatz, unterwegs eine Fahrgelegenheit zu ergattern. Während er sich den teuren Vierteln der Stadt näherte, fand er noch immer keine Droschke und so beschloss er grimmig, einfach zu Fuß zum Ball zu gehen. Er wollte nicht noch mehr Zeit damit vertrödeln, auf der Suche nach einer freien Kutsche ständig die Straße entlang zu schauen.

Natürlich würde er nun wirklich viel zu spät bei den Holloways ankommen. Fiona würde ihm das ganz bestimmt verzeihen, wenn er ihr erklären würde, was vorgefallen war. Sein Vater dagegen wäre sicher nicht so nachsichtig, das war er noch nie gewesen. Trotzdem nahm er sich die Zeit, sich nach seiner Ankunft in einem speziellen Raum für die Gentlemen noch einmal repräsentabel herzurichten. Der Kammerdiener, der hier extra abgestellt war, um den Herren dabei zu assistieren, tat sein Bestes, um Anthonys Frisur zu richten und den Straßenschmutz von den Schuhen und den Staub von seinem Kragen zu entfernen. Dann war er endlich bereit, sich in das unvermeidliche Getümmel zu stürzen.

Ungeduldig sah er sich im Saal um. Er wollte unbedingt zuerst Fiona treffen. In den vergangenen Tagen hatte er sie furchtbar vermisst, auch wenn er so beschäftigt gewesen war, dass er dafür eigentlich gar keine Zeit hätte haben sollen. Wenn er an seinem Schreibtisch saß und eigentlich arbeiten musste, hatte er sich ausgemalt, wie sein würde, am Morgen neben ihr aufzuwachen. Wenn er im Bett lag und eigentlich schlafen wollte, hatte er davon fantasiert, was er mit ihr gemeinsam in diesem Bett alles anstellen könnte. Bei jeder unpassenden Gelegenheit hatte sie sich in seine Gedanken gedrängt, und nun wollte er ihr endlich wieder nahe sein.

Er schob sich durch die Menge in Richtung Tanzfläche. Von Weitem sah er den Earl, wandte sich aber bewusst in eine andere Richtung. Ihn wollte er erst später treffen und nur so kurz wie möglich ertragen. Dann erspähte er die Dowager Countess Watford und steuerte hoffnungsvoll auf sie zu. Fiona wäre sicher in ihrer Nähe zu finden oder sie wüsste zumindest, wo sie war.

„Antoine, da bist du ja!"

Er erstarrte.

„Antoine, mein Lieber! Hier drüben."

Das war Madeleines Stimme. Ihre laute und zugleich ein wenig rauchige Stimme, mit der sie ihm die wundervollsten Dinge zugeflüstert und dann sein Herz zerfetzt hatte.

Diese Stimme würde er immer wiedererkennen.

Er schloss kurz die Augen, atmete einmal tief durch, dann wandte er sich um. Als Erstes sah er seinen Onkel Harold, der ihn anstrahlte, als hätte er die Sonne gefrühstückt. An seiner Seite stand Madeleine. Sie war es unverkennbar, auch wenn sie sich in den vergangenen Jahren verändert hatte. Ihre turmhohe Frisur, das tief ausgeschnittene blutrote Kleid, das ihre sehr üppigen Rundungen kaum im Zaum halten konnte, das übermäßig geschminkte Gesicht – das alles wirkte so anders, als er es in Erinnerung hatte.

Noch ehe er ihr plötzliches Erscheinen richtig verstanden hatte, kam sie auf ihn zu und zog Onkel Harold mit sich.

„Mon cher, ich bin ja so froh, dich wiederzusehen. Was

habe ich dich vermisst, mein lieber Antoine. Ist es nicht eine wunderbare Überraschung?"

Immer noch stand er wie versteinert da und glaubte sich in einem Albtraum. Die vollkommen wirren Gefühle, die auf ihn einstürzten, bescherten ihm den Eindruck, der Raum würde sich um ihn drehen. Schnell griff er nach der Lehne eines Stuhls, um nicht umzukippen. Madeleines Stimme brachte Erinnerungen an schöne gemeinsame Tage wieder hoch, ebenso aber auch den Zorn über ihren Verrat. Außerdem war er erschrocken darüber, wie sehr sie sich verändert hatte.

Sie hatte ihn mit Harold im Schlepptau inzwischen erreicht und streckte ihm eine Hand zum Handkuss hin. Wortlos nahm er sie, verbeugte sich und ließ sie schnell wieder los. Diese unzählige Male einstudierten Bewegungen liefen ganz von allein ab, während sein Kopf die Erscheinung vor ihm noch immer nicht begreifen konnte. Er versuchte zu lächeln, sie zu begrüßen, aber der Ärger und die Wut über die Verletzung durch ihren Verrat ließen sich nicht so einfach abschütteln, sodass er nur eine grinsende Fratze zustande brachte, die sich scheußlich falsch anfühlte.

„Madeleine", presste er hervor.

„Mein lieber Antoine", wiederholte sie noch einmal mit ihrer durchdringenden Stimme. „Freust du dich denn gar nicht, mich zu sehen? Es ist so lange her und ich habe dich überall gesucht. Ich hatte gehört, du wärst in Paris geblieben, und ich habe die ganze Stadt auf den Kopf gestellt." Sie wandte sich zu seinem Onkel und schenkte ihm ein zuckersüßes Lächeln. „Dann habe ich den lieben Harold gefunden, und er hat mich mit hierhergebracht. Ist das nicht wunder-voll?"

Anthony bemerkte, dass die Umstehenden sich bereits für Madeleines Ausführungen interessierten und ihre Gespräche unterbrachen.

„M-adeleine, nach draußen bitte", bestimmte er und nickte in Richtung Terrasse. Das Aufsehen, das diese Szene verursachte, war ihm inzwischen unendlich peinlich. Konnte es nicht einmal ein gesellschaftliches Ereignis geben, bei dem er nicht die Aufmerksamkeit der sensationsgierigen Menge auf sich zog?

Sie machte einen Schritt auf ihn zu und legte eine Hand auf seinen Arm. Er musste sich sehr zusammenreißen, um nicht zurückzuzucken.

„Oh mon cher, ich hatte eine freudigere Begrüßung erwartet, aber ich hätte es wissen müssen. Du warst ja noch nie der Mann vieler Worte."

Die letzte Bemerkung hatte einen derart herablassenden Ton, dass Anthony die Zähne zusammenbiss und sich abrupt abwandte. Er hatte erst zwei Schritte in Richtung Terrassen-tür gemacht, als er ihre Hand an seinem Oberarm spürte. Sie versuchte doch tatsächlich, ihn festzuhalten. Ärgerlich fuhr er herum und sah in ihre völlig aufgelöste Miene.

„Du bist mir doch nicht etwa noch böse, nach all der Zeit? Mein Liebster, das kann doch nicht dein Ernst sein", schluchzte sie und eine Träne rann über ihre Wange.

Er musste sie sofort aus dieser Menschenmenge weg-bringen, also nahm er ihre Hand, legte sie in einer bestimm-ten Geste auf seinen Arm und nickte noch einmal in

Richtung Terrassentür. „Komm."

Zu seiner Überraschung folgte sie ihm widerstandslos und hastig drängte er sich durch die Menge, bis sie endlich den Garten erreicht hatten.

≈

Fiona spähte an Tante Liddy vorbei, um zu sehen, wer diese ominöse *Sie* sein sollte, die ihre arme Tante so erschreckt hatte. Weiter hinten, bei den Tischen und den Ständen mit Erfrischungen, sah sie Anthony mit einigen anderen Herrschaften im Gespräch. Ihr Herz machte einen kleinen Freudensprung, sodass sie ganz unvermittelt ihre Hand auf die Brust legte. „Himmel, da ist er ja endlich", flüsterte sie mehr zu sich selbst und wollte sofort hinübergehen zu ihm, aber ihre Tante hielt sie zurück.

„Fiona warte …", begann sie mit Grabesstimme.

Mit gerunzelter Stirn blieb Fiona stehen, ließ aber Anthony und seine Gesprächspartner nicht aus den Augen. Neben einem älteren Herrn mit hochmodischem marineblauen Jackett und strengem französischen Bourse-Zopf stand eine üppige Schönheit in einem blutroten Kleid, das durch die kräftige Farbe und die vielen aufwändigen Rüschen unter den Kleidern der übrigen Damen hervorstach. Auch die weiße Perücke war derart hoch frisiert, dass sie wie eine Sahnehaube auf ihrem Kopf aussah. Durch diese schon fast lächerlich anmutende Aufmachung stach sie im Saal hervor wie ein Pfau unter lauter Hühnern. Die Dame machte gerade einen Schritt auf Anthony zu und legte in einer vertrauten Geste ihre Hand auf seinen Arm. Da sie ihn jetzt fast völlig verdeckte, konnte Fiona seine Reaktion nicht sehen, aber sie erwartete eigentlich, dass er vor dieser Aufdringlichkeit zurückschreckte. Im nächsten Moment wurde diese Vorstellung jedoch umgestoßen, denn die beiden wandten sich zur Terrasse um und gingen Arm in Arm nach draußen.

„Wer ist das?", fragte sie die Tante, ohne den Blick von den nun geschlossenen Türen abwenden zu können. Ein Kloß saß in ihrer Kehle und die Freude über Anthonys Auftauchen war einer seltsamen Bedrückung gewichen.

„Kindchen, du musst dir keine Sorgen machen. Sicher kommen die beiden gleich wieder herein. Es hat ganz bestimmt nichts zu bedeuten, Liebes."

Die Worte ihrer Tante bewirkten das genaue Gegenteil von dem, was sie offenbar sollten. Ihre Bedrückung steigerte sich zu einer seltsamen Angst. „Wer ist diese Frau?", wiederholte sie deutlich schärfer, denn ihre Tante schien sehr genau zu wissen, mit wem Anthony da gerade verschwunden war. Sie löste den Blick von den Türen und wandte sich zu Lady Watford um.

„Das ist … Madeleine", flüsterte diese und griff dabei Fionas Hand. „Ich glaube, ich muss dir etwas erklären …"

Die weiteren Worte rauschten an Fiona vorbei. Wieder starrte sie auf die Tür, während ein Sturm in ihrem Inneren losbrach, wie sie ihn noch nie zuvor empfunden hatte.

Diese Madeleine war die Frau, der er nach Frankreich gefolgt war. Dann hatte sie ihn fallen lassen und ihn damit sehr verletzt. Das alles hatte er ihr selbst erzählt, und sie hatte auf diese hinterlistige Französin eine enorme Wut entwickelt, die Anthony damals nicht gewollt hatte.

Aber jetzt war sie wieder da. Diese Tatsache nahm Fiona den Atem und ihr war nicht ganz klar, ob es nur die Wut war oder ob da auch ein anderes Gefühl aufstieg.

Was konnte diese Madeleine nur von ihm wollen, nach all der Zeit? War sie nicht verheiratet mit irgendeinem reichen Duc und lebte weit fort am Mittelmeer? Irgendetwas war da furchtbar faul, und sie würde das herausfinden.

Entschlossen begann Fiona, sich durch die Menschen zu drängen, die ihr jetzt anscheinend alle entgegenkamen, da sie wieder zur Tanzfläche strömten. Der nächste Tanz wurde angesagt und es war eine Volta. *Meine und Anthonys Volta*, dachte Fiona verbissen. Auf diesen Tanz hatte sie sich schon den ganzen Tag gefreut. Sie schnaufte hörbar und der Herr, der sich mit seiner Tanzpartnerin gerade an ihr vorbeidrängte, starrte sie erschrocken an.

Urplötzlich stand Stephen vor ihr. „Fiona, wie schön, dass ich dich wiedergefunden habe. Würdest du mir die Freude machen, die Volta mit mir zu tanzen?"

„Was? Tanzen? Nein, ich wollte nach draußen und …"

Aber Stephen hörte ihr gar nicht zu, sondern ergriff ihre Hand und zog sie einfach mit sich. Verflixt, warum war sie nur so schmal und zart und alle Männer, die sie kannte, waren solche unglaublichen Riesen? Zugegeben, Stephen war außergewöhnlich groß, aber er hatte seine Kraft noch nie in dieser Art gegen sie eingesetzt. Das passte überhaupt nicht zu seinem höflichen Naturell. Wusste er, wo sie hinwollte, und hielt er sie ganz bewusst davon ab? Er steckte doch wohl nicht mit dieser furchtbaren Frau unter einer Decke?

Sie waren auf dem Tanzparkett angekommen und er wandte sich mit einem strahlenden Lächeln zu ihr um. „Ich kann mich wohl glücklich schätzen, dass ich dich zuerst gefunden habe, denn diesen besonderen Tanz hätte Anthony mir sonst sicher weggeschnappt."

Die Musik setzte ein und Fiona hatte keine Zeit mehr für eine Antwort, wenn sie nicht stehen bleiben und damit alle anderen Tänzer stören wollte. Auch wenn die Volta ein Paartanz war, bei dem nicht wie üblich die Partner gewechselt wurden, stellten die Paare sich im Kreis auf und bewegten sich gemeinsam um den Mittelpunkt herum. Sie konzentrierte sich notgedrungen einen Moment lang auf die Schritte und dachte nach.

Wusste Stephen es doch nicht? Sollte sie ihm sagen, was sie gesehen hatte? Nein, sie würde nur seine Aufmerksamkeit auf die Vorgänge auf der Terrasse lenken und er würde sie nach draußen begleiten wollen, um ihr beizustehen.

Stephen hob sie hoch und wirbelte sie herum. Das war die Stelle, die sie an diesem Tanz am meisten liebte. Mit einem so großen und kräftigen Tanzpartner war die Volta wirklich ein Genuss. Sie lachte laut auf, doch trotz aller Freude waren ihre Gedanken bei Anthony. Was wollte diese hinterlistige Schlange von ihm? Warum waren sie immer noch auf der Terrasse, ihnen musste inzwischen ziemlich kalt sein. Immer wieder flogen ihre Blicke zu den doppelflügeligen Türen, die in den Garten führten, und sie musste sich sehr zusammenreißen, damit Stephen nichts bemerkte.

Sie war erleichtert, als der Tanz endlich zu Ende ging.

„Ich danke dir, lieber Stephen, es war wundervoll. Aber ich bin ganz erhitzt und fürchte, ich muss mich etwas ausruhen."

„Natürlich, meine Liebe. Komm, nimm hier Platz, aber geh nicht weg, ich besorge uns schnell eine Erfrischung."

Stephen geleitete sie zu einer Sitzgruppe am Rand des Saals, und nachdem sie Platz genommen hatte, ging er zum Buffet mit den Erfrischungsgetränken. Er drehte sich noch einmal um und lächelte herüber, dann wandte er ihr den Rücken zu, um seine Bestellung aufzugeben.

Hastig sprang Fiona auf und lief in Richtung Terrasse. Nach dem Tanz hatten wohl viele Gäste das Bedürfnis, sich ein wenig abzukühlen, und es entstand wieder einmal ein regelrechtes Gedränge vor der Tür. Fiona quetschte sich zwischen zwei beleibten Herren hindurch, von denen der eine hinein- und der andere hinauswollte. Dann hatte sie es endlich geschafft.

Draußen angekommen schaute sie sich um. Der Garten erschien ihr recht groß und gleich hinter der schmalen Terrasse begannen mehrere helle Kieswege, die in die Dunkelheit führten. Direkt am Haus im Schein der Fackeln entstand ein gewisses Gedränge, während die Wege nach hinten in die Tiefen des Gartens verwaist waren. Offenbar wollte sich niemand die guten Tanzschuhe auf den Kieswegen ruinieren und alle blieben in dem Bereich nahe am Haus, der mit hellen Steinplatten belegt war.

Wie sollte sie Anthony hier nur finden? Er war nun schon recht lange mit dieser Madeleine hier draußen und sicher hatten sie etwas sehr Persönliches zu besprechen. Sie würden das nicht hier mitten zwischen den Ballbesuchern tun, sondern sich in einen privateren Bereich zurückziehen. Um Schicklichkeit musste Madeleine sich als verheiratete Frau ja nicht mehr in dem Maße kümmern, wie es bei ledigen Mädchen der Fall war. Unsicher trat Fiona von der untersten Stufe und wählte den erstbesten Weg, der ihr erfolgversprechend erschien. Sie war noch nicht weit gekommen, als sie eine schrille weibliche Stimme mit einem deutlichen französischen Akzent vernahm. Die Dame regte sich sehr auf und sprach eindringlich auf jemanden ein. Verstehen konnte sie die Worte allerdings nicht, und so ging sie zögerlich weiter.

Was, wenn sie Anthony und Madeleine störte? Vielleicht wollten sie sich aussprechen, vielleicht würde sie ihn um Verzeihung bitten. Durfte sie sich überhaupt einmischen, oder sollte sie besser im Haus warten, bis die beiden zurückkämen? Was, wenn sie ihn wirklich um Verzeihung bat, wenn diese Geschichte mit der Heirat gar nicht stimmte und sie aus einem ganz anderen Grund wieder da war?

Fionas Kehle wurde eng und sie atmete flach und hektisch. Nein, das würde er nie tun, immerhin war er mit ihr verlobt. Er liebte sie und würde sie bald heiraten. Das war es doch, was er wollte. Oder wollte er nach wie vor die Französin? War sie nur ein Ersatz gewesen, da er Madeleine nicht haben konnte? Wie würde er sich entscheiden?

Entschlossen hob sie das Kinn und ging weiter. Sie war Fiona Maxwell und sie würde dieser französischen Schlange zeigen, dass Anthony zu ihr gehörte. Diese Madeleine würde schon sehen, was sie davon hatte, sich mit einer Schottin anzulegen.

Inzwischen war sie nah genug herangekommen, um Madeleines Worte zu verstehen. Es klang, als würden die beiden gleich auf der anderen Seite der Hecke stehen. Sie hielt inne. Waren diese Vorstellungen, dass Madeleine ihr den Verlobten wegnehmen wollte, doch nur Hirngespinste? War sie nur eifersüchtig, dass er sich mit einer anderen Frau hier im Garten traf? Und wenn es wirklich so war, dass Madeleine ihn wiederhaben wollte, dann musste Anthony seine Wahl ganz allein treffen. Nur dann konnte sie sicher sein, dass er sie wirklich liebte.

Die ärgerliche Stimme auf der anderen Seite wurde jetzt noch eine Spur lauter. „Aber Antoine, was habe ich nicht alles auf mich genommen, um zu dir zurückzukehren. Jetzt, wo mein Ehemann tot ist, bin ich ganz allein auf dieser Welt. Du kannst mich doch nicht so herzlos wegstoßen." Madeleines Tonfall wandelte sich innerhalb einer Sekunde von empört zu anschmiegsam. „Mein lieber Antoine, ich hatte doch damals keine Wahl. Dabei habe ich doch immer nur dich gewollt. Meine Eltern haben mich ja einfach in die Kutsche gesetzt und zu ihm geschickt." Jetzt klang sie weinerlich.

Fionas Befürchtungen hatten sich bestätigt. Madeleine war Witwe und war nur aus einem Grund wieder in England. Einerseits schämte Fiona sich, dass sie hier stand und die beiden belauschte, aber sie brachte es auch nicht über sich, einfach wegzugehen. Was dachte Anthony nur von all dem? Warum sagte er nichts dazu?

„Er war ein furchtbarer Ehemann, Antoine. Kalt und hartherzig, ganz anders als du, mon coeur. Oh, ich habe dich so sehr vermisst. Bitte sag mir, dass du mich noch liebst. Bitte." Ihre Stimme klang honigsüß.

Fiona ballte die Fäuste. Sie konnte das alles einfach nicht länger ertragen. Anthony würde sich jetzt entscheiden müssen, wen er wirklich liebte. Sie hob einen Fuß an und wollte sich gerade in Bewegung setzen, da erklang unvermittelt Anthonys Stimme.

„N-ein. D-u bedeutest mir tatsächlich nichts mehr. Es ist vorbei, Madeleine. Du solltest ..."

„Oh", kreischte Madeleine und ließ ihn nicht einmal aussprechen. „Du hast doch nicht etwa einer anderen Frau das Jawort gegeben? Während ich nicht hier war, hat sicherlich eine dieser faden und dummen Engländerinnen sich an dich herangemacht."

Madeleine zeterte noch weiter, aber Fiona hörte nicht mehr zu. Entschlossen trat sie um die Hecke herum, doch der Anblick, der sich ihr bot, ließ sie innehalten.

Anthony und diese Madeleine saßen auf einer Bank und die Französin hatte die Arme um seinen Hals geschlungen. Inzwischen war sie wieder in die weinerliche Rolle geschlüpft. Theatralisch schluchzend hing sie an seiner Brust und murmelte französische Kosenamen, die Fiona nur halb verstand.

Anthonys Blick flog hoch und als er Fiona sah, sprang er mit einem Ruck auf. Sein entsetzter Gesichtsausdruck verriet ihr, dass er ganz genau wusste, wie das Bild gewirkt haben musste.

Durch seine plötzliche Bewegung war Madeleine zur Hälfte von ihrem Sitzplatz gerutscht und hing nun mit weit gebauschtem Rock halb auf und halb vor der Bank zu Anthonys Füßen.

Der kümmerte sich allerdings überhaupt nicht darum, sondern machte mit betretener Miene zwei schnelle Schritte nach vorn.

„F-iona, es ist nicht …"

„Antoine!", kreischte es hinter ihm und Fiona glaubte einen Moment, er wäre ihr auf die Finger getreten. „Du kannst mich nicht so behandeln. Das wird dir noch leidtun."

Im nächsten Moment bog jemand im Laufschritt um die gleiche Ecke, hinter der soeben noch Fiona gestanden hatte, und rannte beinahe in sie hinein. Erschrocken fuhr sie herum, nur um wenige Zentimeter vor ihrer Nase eine breite Brust zu sehen. Als sie den Blick hob, starrte sie direkt in das verdutzte Gesicht des schrecklichen Gareth Chamberly.

Gareth erholte sich schnell von seiner Verwunderung und trat einen Schritt zurück. Mit einem überheblichen Grinsen ließ er den Blick über die versammelten Personen gleiten. „Na, was haben wir denn hier?"

Im gleichen Augenblick spürte sie Anthony neben sich. Er legte beschützend seine Hand auf ihren Arm.

„D-as hat dich überhaupt nicht zu interessieren."

Die beiden standen sich unmittelbar gegenüber und schienen sich mit Blicken zu duellieren. Trotzdem gab Anthonys Nähe Fiona Sicherheit und sie richtete sich selbstbewusst auf, obwohl sie sich zwischen den beiden hochgewachsenen Männern eher verschwindend klein fühlte.

„Mylord, helfen Sie mir. Bitte", schluchzte Madeleine aufgelöst von hinten und reckte einen Arm empor. Noch immer hockte sie vor der Bank am Boden. Mit ihrem weit gebauschten Kleid und der theatralischen Geste wirkte sie wie ein abgestürzter Paradiesvogel.

Gareth stürzte sofort zu ihr und reichte ihr die Hand, damit sie aufstehen konnte. „Aber Mylady, was ist nur passiert? Sind Sie verletzt? Hat dieser Mann Sie angegriffen?"

Fiona starrte die Französin mit großen Augen an. Was für eine gute Schauspielerin sie war! Madeleine stützte sich mit beiden Händen an Gareths Schultern ab und schwankte ein wenig, woraufhin er sich genötigt sah, um ihre Taille zu greifen, damit sie nicht wieder hinfiel.

Als Anthony sich von Fiona löste, um zu den beiden zu treten, hielt sie ihn am Arm fest und schüttelte den Kopf. Überrascht wandte er sich zu ihr um, aber sie legte den Finger auf den Mund und nickte zum Weg.

Er sah sie verständnislos an, also fasste sie einfach seine Hand und zog ihn ein Stück von den beiden fort.

Er folgte ihr, aber als sie außer Hörweite waren, hielt er an. „Fiona, ich muss dir ..."

„Nicht jetzt, wir müssen uns beeilen." Sie eilte weiter und sah zu ihrer großen Erleichterung Lady Watford am Ende der Terrasse stehen. Unauffällig trat sie von der Seite her in den beleuchteten Bereich. „Hier bin ich, Tante Liddy. Hast du mich gesucht?"

„Oh, mein Kind, Gott sei Dank." Die Tante sah von ihr zu Anthony, der ihr ebenso unauffällig gefolgt war und nun an der Mauer des Gebäudes entlang auf die Terrasse trat. „Ist alles in Ordnung?"

Interessiert wandten sich die beiden Freundinnen der

Tante zu ihr um und beäugten sie, als suchten sie nach irgendetwas, das nicht in Ordnung sein könnte. Fiona hatte eine derart perfekte Gelegenheit niemals erwartet, aber nun durfte sie nicht zögern. „Oh ja, es ist alles in bester Ordnung, aber ich mache mir Gedanken um die Dame in dem roten Kleid. Sie ist soeben zwischen den Hecken verschwunden und dieser schreckliche Lord Chamberly scheint ihr gefolgt zu sein. Er wird ihr doch nichts antun?"

„Oh Himmel, so etwas", entsetzte sich die eine der Freundinnen und sah die andere bedeutungsschwer an. Ohne ein weiteres Wort zu wechseln, wandten sie sich dem Weg zu, in den Fiona gezeigt hatte, und marschierten energisch los wie zwei Kriegsfregatten auf Feindfahrt.

Tante Liddy zog die Brauen hoch und ihr Blick flog zwischen Fiona und ihren beiden verschwindenden Freundinnen hin und her. „Bist du sicher …?" Sie brach ab, als Fiona nicht mehr an sich halten konnte und in lautes Lachen ausbrach.

„Ja, Tante, ich bin ganz sicher, dass die beiden unbedingt davon abgehalten werden müssen, sich *heimlich* im Garten zu treffen."

Anthony trat einen Schritt näher und lachte ebenfalls, dann senkte er seinen Kopf dicht an ihr Ohr und flüsterte: „Ich fürchte, Gareth hat einen großen Fehler begangen, als er dich zu seiner Feindin gemacht hat."

Jetzt stimmte auch die Tante in das Lachen ein. Mit einem Kopfschütteln wandte sie sich zu den Türen. „Lasst uns lieber hineingehen. In das, was sich jetzt gleich hier abspielt, wollen wir sicher nicht hineingezogen werden."

EPILOG

„Drei Lemoncakes und drei Tee, wie immer?", fragte Mister Negri mit einem Winken von der Theke her.

„N-atürlich, wie immer", bestätigte Anthony. „Oder heute etwas anderes?" Er sah von Fiona zu Stephen, aber beide schüttelten die Köpfe.

Fiona lehnte sich mit einem Lächeln zurück und ließ den Blick von ihrem frischgebackenen Ehemann zu dem gemeinsamen besten Freund gleiten. Sie genoss die Teenachmittage bei Domenico, die nun schon seit Längerem einen festen Platz in ihrem Wochenplan hatten.

Hier hatte sie Anthony zum ersten Mal gesehen und hier hatten sie sich miteinander ausgesprochen, nachdem der große Streit mit dem Earl sie beide aus dessen Haus getrieben hatte. Dieser Teesalon war es auch, in dem sie sich während ihrer Verlobungszeit immer wieder getroffen hatten, und daher wusste Mister Negri schon ganz genau, was sie bestellen würden.

„Dann bin ich in das Feuer gefallen, und meine Kleidung stand in Flammen, weißt du noch? Du hast den Brand mit den bloßen Händen ausgeschlagen, um Himmels willen." Stephen nahm den Faden der Unterhaltung wieder auf.

„Oh, das hat wehgetan, aber nicht so sehr wie die Schmach, den Wagen danach nicht mehr selbst lenken zu können." Anthony grinste zu Fiona und sie dachten beide zugleich daran, wie das Gig vom Weg abgekommen war und Fiona plötzlich auf Anthonys Schoß gesessen hatte.

Stephen beugte sich vor und schielte auf Anthonys Hände. „Es ist doch alles gut verheilt, oder? Nach eurer Rückkehr ist ja so viel geschehen, dass ich nie dazu gekommen bin, danach zu fragen."

Anthony streckte die Handflächen nach oben. „Hie und da ein paar kleine Narben, aber insgesamt ist die Geschichte gut ausgegangen." Er sah wieder zu Fiona hinüber, dann legte er einen Arm um ihre Schultern, obwohl es selbst unter verheirateten Paaren nicht üblich war, in der Öffentlichkeit solche Vertrautheit zu zeigen. „Sie ist sogar sehr gut ausgegangen. Immerhin ist sie jetzt meine Frau, auch wenn sie eigentlich lieber dich genommen hätte." Er grinste.

Stephen lachte und wedelte verneinend mit der Hand. Dabei stieß er beinahe das Tablett um, das Mister Negri gerade zum Tisch brachte. „Oh nein, sie wollte immer schon nur dich, ich war nur ein Notnagel. Aber welcher Mann außer mir kann schon von sich sagen, dass eine Lady ihm einen Heiratsantrag gemacht hätte?"

Der Teesalonbesitzer sah Stephen von der Seite an und wirkte deutlich irritiert. Da aber niemand weiter erklärte, was es mit diesem Heiratsantrag auf sich hatte, stellte er schweigend Tee und Lemoncake ab und zog sich wieder zurück.

„Stephen, ich fürchte, du hast den lieben Domenico jetzt sehr durcheinandergebracht", stellte Fiona fest und konnte sich ein Grinsen nicht verkneifen. „Dass du Heiratsanträge entgegennimmst, scheint ihn zu überraschen."

„Wieso sollte ihn das interessieren?", fragte Stephen leicht verwundert.

Jetzt schüttelte Fiona ungläubig den Kopf. „Ist es dir etwa noch immer nicht aufgefallen? Er bedient unseren Tisch immer persönlich, und das tut er sicher nicht, weil er Anthony oder mich so sehr schätzt."

Stephen versteifte sich und sein Blick sprang unruhig im Raum herum. Offenbar war er besorgt, jemand hätte Fionas Bemerkung mitbekommen. Der Teesalon war zu der späten Stunde allerdings nur sparsam besetzt und die Tische in unmittelbarer Nähe waren alle leer.

„Keine Sorge, ich glaube nicht, dass es noch jemandem aufgefallen ist", beruhigte Fiona ihn sofort. Dann sah sie unauffällig zur Theke hinüber, wo ein verstört dreinblickender Mister Negri scheinbar planlos Kuchenstücke von einer Seite zur anderen räumte.

Stephens Blick folgte ihrem. Er lehnte sich vor und raunte. „Du meinst, er wäre ... interessiert?"

Fiona spürte die Anspannung, die sich in Stephen aufbaute. „Ich denke, er ist ein sehr sympathischer Mann und ein zuvorkommender Gastgeber. Mehr weiß ich nicht, aber du könntest es herausfinden."

Stephen sprang so plötzlich auf, dass sein Stuhl

umkippte und mit einem Knall auf den Boden schlug. Hastig wandte er sich um, hob ihn auf und stellte ihn schwungvoll wieder an seinen Platz. Dann drehte er sich zur Theke herum, atmete einmal geräuschvoll ein und marschierte los.

„Das wurde aber auch Zeit", grinste Anthony. Dann beugte er sich zu ihr und flüsterte, damit es wirklich niemand mithörte. „Stephen war in letzter Zeit viel zu still und in sich gekehrt. Ich denke, er ist einsam und braucht unbedingt jemanden an seiner Seite." Dann lehnte er sich wieder zurück und sein Blick wurde dunkel. Mit zusammengepressten Lippen sah er auf den Lemoncake, ohne davon zu nehmen.

„Was ist los?", fragte Fiona. „Denkst du, das könnte problematisch werden für Stephen?"

Anthony seufzte tief und es dauerte einen Moment, ehe er antwortete. „Um Stephen mache ich mir in der Tat weniger Gedanken." Er stockte noch einmal, aber dann sprach er weiter. „D-as Verhältnis zwischen meinem Bruder und mir war immer – wie soll ich sagen – schwierig. Wir mögen uns eigentlich, aber der E-arl treibt uns auseinander und … Wie auch immer, ich mache mir Sorgen um Gregory. Eine bestimmte Zeit der Trauer ist ja richtig, wenn man einen geliebten Menschen verloren hat. Auch seine eigenen Verletzungen haben ihn lange ans Bett gefesselt und er ist noch immer nicht wieder vollständig genesen. Aber er hat sich völlig verändert. Es ist nicht die Trauer um seine Ehefrau, irgendetwas anderes quält ihn."

„Ich verstehe ihn da ein wenig", gab Fiona zu. „Nachdem mein Vater gestorben war, fühlte ich mich auch monatelang wie in einem Nebel gefangen. Nichts konnte mich erreichen oder berühren, es war furchtbar. Aber nach und nach wurde es besser, und nach all den Jahren ist es jetzt nur noch wie ein leiser Schmerz in einer Ecke meines Herzens."

Anthony fasste ihre Hand. „Es tut mir leid, dass du ihn immer noch so sehr vermisst. Aber bei Greg ist das anders. Er verkriecht sich regelrecht vor jedem menschlichen Kontakt. Dass er auf Druck des E-arls für einen Tag hier nach London gekommen ist, war ja schon ein reines Wunder. Von diesem kurzen Besuch abgesehen hat er seit Monaten kaum das Haus verlassen und er empfängt auch keinen Besuch. Sein Kammerdiener sagt, er säße stundenlang nur da und starre aus dem Fenster. An solchen Tagen isst er nicht einmal etwas und auch sein körperlicher Zustand wird gar nicht besser."

Fiona runzelte die Stirn. „Körperliche Verletzungen? Ich wusste gar nicht, was geschehen ist, mir war nur der Stock aufgefallen."

„Das ist eine lange Geschichte. Sein Kammerdiener hat mich überhaupt nur deshalb angesprochen, weil er glaubt, Gregory hätte jedes Interesse am Leben verloren."

Fiona schlug die Hand vor den Mund. „Um Himmels willen, so schlimm steht es um ihn? Können wir nicht etwas tun? Laden wir ihn zu uns ein, damit er aus seinem Landhaus mal herauskommt. Vielleicht bringt ihn das auf andere Gedanken."

„Ach, meine Sonne, das ist so lieb von dir. Ich fürchte nur, er wird nicht kommen." Anthony runzelte die Stirn.

Mit einem glücklichen Lächeln kehrte Stephen an den Tisch zurück. „Ich fürchte, mein Tee ist jetzt kalt, aber das macht nichts. Was habe ich inzwischen verpasst?"

„Nicht viel", antwortete Fiona, da Anthony noch immer geistesabwesend wirkte.

„Aber ich habe etwas sehr Interessantes erfahren." Stephen grinste ausgesprochen schadenfroh und Fiona fragte sich augenblicklich, was für Neuigkeiten das sein konnten.

„Ihr könnt euch nicht vorstellen, was über Lord und Lady Chamberly erzählt wird. So ein Teesalon ist ja besser als die Tageszeitung, und was ich soeben gehört habe, würdet ihr aus der Gazette nie erfahren."

„Lady Chamberly." Fiona schüttelte den Kopf. „Ich kann mich wirklich nicht daran gewöhnen, Madeleine so zu nennen."

Anthony mischte sich in das Gespräch ein. „Was? Madeleine? Was hat sie nun wieder angerichtet? Ich dachte, seit Gareth sie heiraten musste, wäre etwas Ruhe eingekehrt." Ein Lächeln kämpfte sich auf seine Lippen, als er Fiona ansah. „Das hast du ja damals im Garten der Beckfields ganz großartig eingefädelt."

Stephens Grinsen wurde noch breiter, wenn das denn überhaupt möglich war. „Ja, das hast du, liebe Fiona, aber wie großartig das wirklich war, das ist erst jetzt herausgekommen." Er lachte laut. „Im wahren Wortsinne herausgekommen."

Fiona mischte sich ein. „Aber sie sind doch nach der Hochzeit direkt ins Landhaus seines Vaters gezogen und seitdem hat niemand mehr etwas von ihnen gesehen. Wer will denn da jetzt Neuigkeiten erfahren haben?"

Stephen holte Luft und unterdrückte mit Mühe ein weiteres Lachen. „Die Dienerschaft redet immer und in den alteingesessenen Familien sind die Bediensteten von Landhaus und Stadthaus oft dieselben, mindestens aber eng verwandt. Wie auch immer. Lady Chamberly hat …" Er presste die Lippen zusammen und machte eine Pause, um die Spannung zu steigern. „… hat einen strammen Sohn geboren."

Fiona blieb einen Augenblick lang der Mund offen stehen. Dann stammelte sie: „Ein Kind? Aber sie haben doch gerade erst geheiratet und kannten sich vorher auch gar nicht. Sie …" Abrupt brach sie ab und schnaufte.

„Verzeiht, ich glaube, ich war etwas langsam mit meinen Gedanken. Aber … das ist ja der Gipfel."

„Offenbar hatte sie ziemliches Glück. Eigentlich müsste sie dir für die kleine Charade dankbar sein", wandte Anthony ein.

Fiona schüttelte abermals den Kopf. „Ich habe der Sache ja nur den letzten Stoß gegeben. Im Grunde ist dein Onkel verantwortlich, der sie mit nach London gebracht hat."

Anthony lächelte versonnen. „Er hatte allerdings etwas ganz anderes für sie im Sinn als eine Ehe mit Chamberly. Sein Gedanke war es, mich und Madeleine wieder zu vereinen."

„Da hatte er nicht mit mir gerechnet", warf Fiona ein und lachte. „Das kann man ihm aber nicht vorwerfen, er wusste nichts von uns."

„Nein, das wusste er nicht. Und du glaubst gar nicht, wie leid ihm das alles tat, als ich ihn über die Vorfälle aufgeklärt hatte. Aber das ist jetzt Vergangenheit." Tee und Kuchen waren inzwischen verspeist und es wurde Zeit, aufzubrechen. Anthony winkte Mister Negri, um zu zahlen.

Dieser eilte herbei und verbeugte sich. „Mylady, Mylords, der Verzehr geht heute Abend aufs Haus. Ich möchte Sie bitten, dies als kleine Geste für meine hochverehrten Stammgäste anzunehmen." Er verbeugte sich noch einmal und nahm Teller und Teetassen vom Tisch.

„Wir danken Ihnen für diese nette Geste und freuen uns schon auf nächste Woche", antwortete Anthony und erhob sich. Auch Fiona stand auf und Anthony reichte ihr den Umhang. „Kommst du?", wandte er sich an Stephen, der sich nicht rührte.

„Ähm, geht nur schon, ich habe noch etwas zu besprechen", antwortete Stephen.

Antony und Fiona sahen sich an und mit einem Lächeln beschlossen sie beide, das nicht weiter zu kommentieren.

Draußen angekommen winkte Anthony nach einer Mietdroschke.

„Ach nein", meinte Fiona sofort. „Lass uns den kurzen Weg laufen. Der Abend ist noch warm und ich habe das Gefühl, dass ich etwas Bewegung gebrauchen könnte."

Mit ineinander verschränkten Armen gingen sie die Straße hinab und jeder hing seinen Gedanken nach. Es dämmerte bereits und nur wenige Fußgänger waren auf der Straße unterwegs. Ab und an ratterte ein Fuhrwerk oder eine Kutsche vorbei, aber insgesamt ging der Tag recht still und friedlich zu Ende.

An der Ecke zum Berkeley Square zog Anthony Fiona

etwas zur Seite, blieb stehen und wandte sich ihr zu. Er legte beide Hände um ihre Taille und zog sie zu sich heran.

„Meine kleine Sonne, weißt du eigentlich, wie glücklich es mich macht, dass ich dich gefunden habe? Ich liebe dich so sehr, dass ich es mit Worten gar nicht ausdrücken kann."

Fiona reckte ihr Kinn, denn wenn sie so dicht bei ihm stand, musste sie sich strecken, um ihm ins Gesicht sehen zu können. „Mein großer Held, ich bin auch froh, dass du mich gefunden hast." Sie streckte sich noch ein wenig und berührte sacht seine Lippen mit ihren.

Anthony begegnete dieser zarten Aufforderung hungrig und voller Leidenschaft. Schon nach wenigen Augenblicken löste er sich von ihr. „Danke, dass du mich einen Helden nennst, aber das war ich noch nie", entgegnete er mit einem schmalen Lächeln.

„Doch, mein Held. Du hast mich gesucht und gefunden, mich verteidigt und gerettet. Das ist es doch, was Helden tun."

„Ach, meine Sonne, du hast mich mindestens ebenso oft verteidigt und gerettet. Aber jetzt lass uns schnell nach Hause gehen, ich muss unbedingt unaussprechliche Dinge mit dir tun, und wenn du mich so ansiehst, kann dich niemand mehr vor mir retten."

Fiona grinste verschwörerisch zu Anthonys Worten. Nach all den Ereignissen in den vergangenen Wochen freute sie sich darauf, dass in ihrem Leben nun ein wenig Ruhe einkehrte. Auch wenn es einige Umwege und Irrungen gegeben hatte, so war nun doch endlich ihr Kindheitstraum wahr geworden: Sie hatte einen ehrenhaften respektablen

Gentleman gefunden und eine Ehe aus Liebe geschlossen. Noch einmal stellte Fiona sich auf die Zehenspitzen und küsste Anthony.

„Mein großer Held, ich liebe dich."

DANKSAGUNG

Wer stottert oder aus einem anderen Grund Probleme mit dem Sprechen hat, wird häufig nicht ernst genommen oder gar für geistig minderbemittelt gehalten. Auch für denjenigen, der zuhört, ist eine Unterhaltung mit einem Stotterer oftmals sehr anstrengend.

So hat Anthony nicht nur mit den Worten, sondern auch mit etlichen Vorurteilen zu kämpfen.

Die Idee zu diesem Thema bekam ich durch eine Autorenkollegin, die noch deutlich stärker als Anthony mit den Silben ringen muss. Auch im Gespräch mit weiteren Betroffenen konnte ich wertvolle Informationen gewinnen, um die Problematik authentisch und verständlich in dieses Buch einzubauen. Ich danke allen Gesprächspartnern hiermit für ihre Offenheit und die Bereitschaft, mir ihre individuellen Sprachprobleme zu erklären.

Natürlich danke ich auch meiner Familie für die ungestörte Schreibzeit, meinen Autorenkollegen und Freunden für Rat und Tat bei der Gestaltung des Plots und natürlich meiner Lektorin für wertvolle Tipps und den abschließenden Feinschliff. Die wichtigsten Personen für jedes Buch sind natürlich die Leser, denen ich für ihre wertvolle Unterstützung, die Rezensionen und das persönliche Feedback per Mail und über die sozialen Netzwerke danke.

Es hat mir viel Freude gemacht, dieses Buch zu schreiben, und ich hoffe, dass auch Sie beim Lesen eine schöne Zeit hatten.

WEITERE TITEL VON HELENA HEART:

Baron Camerden ist auf den ersten Blick fasziniert von der zurückhaltenden Lady Sophia. Unerwartet hilft sie ihm aus einer prekären Situation und er erkennt, dass sie ebenso gegen die Schatten der Vergangenheit kämpft wie er selbst.

Die Erlebnisse in der Kriegsgefangenschaft lassen den Baron selbst ein Jahr nach seiner Rückkehr keinen Frieden finden. Doch welches Geheimnis verbirgt die junge Witwe Sophia, die man überall nur die »steinerne Lady« nennt?

Als Sophia durch die Machenschaften geldgieriger Geschäftsleute in Schwierigkeiten gerät, bietet der Baron seine Hilfe an. Doch die Dämonen der Vergangenheit ruhen nicht – Sophia wird entführt und Henry sieht sich alsbald einem grausamen Gegner gegenüber.

»Lady Sophia und die Schatten der Vergangenheit« ist der zweite Roman aus der Reihe »Great Northern Shipping«.

Nikolas, Baron Boundfield, ist seit einem Unfall blind. Sein Stiefbruder schmiedet mit seiner Frau einen perfiden Plan, um ihn aus dem Weg zu schaffen und auf sein Erbe Anspruch zu erheben. Nikolas' einziger Ausweg ist die Flucht, aber als er sich völlig allein im Wald wiederfindet, ist sein Leben wieder in Gefahr.

Lady Felicity Windgrove steht nach dem Tod ihrer Eltern unter der Vormundschaft des älteren Bruders. Die Familie will sie zwingen, einen stadtbekannten Spieler und Taugenichts zu heiraten, den Felicity zutiefst verabscheut. Auch sie muss überstürzt fliehen, um ihrem Schicksal zu entrinnen.

»Der Lord, der mit dem Herzen sah« ist ein berührender Liebesroman im England des 18. Jahrhunderts im Stile der Regency-Epoche. Begleiten Sie Felicity und Nikolas auf ihrer Odyssee, die sie zu einem gemeinsamen Verständnis über die Welt führt: Die wirklich wichtigen Dinge sieht man nicht mit den Augen, sondern mit dem Herzen.